改变世界的信

[英] 科林·索尔特 著　　[美] 程应铸 译

Colin Salter

GUANGXI NORMAL UNIVERSITY PRESS
广西师范大学出版社
·桂林·

GAIBIAN SHIJIE DE XIN
改变世界的信

出 品 人：赵运仕　　营销编辑：戚　斯
责任编辑：刘　涓　　责任技编：伍智辉
助理编辑：曹　媛　　装帧设计：赵　瑾

100 LETTERS that changed the world
by Colin Salter
Copyright © 2019 Pavilion Books
First published in the United Kingdom in 2019 by Batsford,
An imprint of Pavilion Books Company Limited, 43 Great Ormond Street,
London WC1N 3HZ
ALL RIGHTS RESERVED

著作权合同登记号桂图登字：20-2022-206 号

图书在版编目（CIP）数据

改变世界的信 / （英）科林·索尔特著；（美）程应铸译. ——
桂林：广西师范大学出版社，2023.4
书名原文：100 Letters That Changed the World
ISBN 978-7-5598-5862-7

Ⅰ．①改… Ⅱ．①科… ②程… Ⅲ．①书信集－世界 Ⅳ．①I16

中国国家版本馆 CIP 数据核字（2023）第 040967 号

广西师范大学出版社出版发行

（ 广西桂林市五里店路 9 号　　邮政编码：541004 ）
（ 网址：http://www.bbtpress.com ）
出版人：黄轩庄
全国新华书店经销
广西广大印务有限责任公司印刷
（桂林市临桂区秧塘工业园西城大道北侧广西师范大学出版社
集团有限公司创意产业园内　邮政编码：541199）
开本：787 mm × 1 092 mm　1/16
印张：16.5　　字数：240 千
2023 年 4 月第 1 版　　2023 年 4 月第 1 次印刷
定价：118.00 元

如发现印装质量问题，影响阅读，请与出版社发行部门联系调换。

目 录

序 言   1

约公元前 346 年   斯巴达人给马其顿国王腓力二世的回信   1

公元前 44 年   恺撒的谋杀者们通信拟定下一步行动   3

约公元 100 年   揭示罗马帝国边陲生活细节的简牍   6

约公元 107 年   小普林尼向塔西佗描述庞贝的火山爆发   9

约公元 450 年   罗马－不列颠人在帝国衰落时向罗马求助   12

1215 年   《大宪章》之后，英格兰贵族试图施展他们的法律权力   14

1429 年   圣女贞德告诉亨利六世，上帝站在她一边   17

约 1480 年   莱奥纳尔多·达芬奇向米兰公爵陈述他的技能   20

1485 年   亨利七世致英格兰贵族的求助信   23

1493 年   哥伦布向西班牙国王说明他的发现   26

1521 年   马丁·路德告诉他的朋友："让你的罪加重"   29

1528 年   亨利八世致安妮·博林的情书   32

1542 年   德拉斯·卡萨斯揭露西班牙人在新大陆的暴行   35

1554 年   伊丽莎白一世致血腥玛丽的求生信   38

1586 年   巴宾顿的阴谋暴露在致苏格兰女王玛丽的密码信中   40

1588 年   西班牙腓力二世坚持让无敌舰队继续推进并攻打英格兰   43

1605 年   蒙蒂格尔勋爵收到一份措辞谨慎的警告……   46

1610 年   伽利略解释首次观测到木星的卫星   49

1660 年   查理二世向议会保证他们将拥有控制权   52

1688 年   英格兰贵族对奥兰治亲王威廉的提议   55

1773 年	本杰明·富兰克林盗窃的邮件泄露了一桩政治丑闻	58
1776 年	阿比盖尔·亚当斯告诫丈夫约翰"对女士们加以关注"	61
1777 年	乔治·华盛顿在独立战争中雇用了他的第一个间谍	64
1787 年	杰斐逊建议侄子质疑上帝的存在	67
1791 年	莫扎特在努力完成《安魂曲》时写信给妻子	69
1791 年	玛丽亚·雷诺兹告诉亚历山大·汉密尔顿：她丈夫已经觉察	72
1793 年	托马斯·杰斐逊想让一名法国植物学家去探索美国的西北部	75
1793 年	夏洛特·科黛刺杀沐浴中的马拉后在绝境中写信	78
1805 年	开战前夜，纳尔逊给他的舰队发送一条信息	81
1812 年	拿破仑通知亚历山大一世，法国与俄国开战	83
1830 年	当机械取代农场劳动力时，"斯温上尉"发出威胁	86
1831 年	达尔文接受工作邀约，成为一艘勘探船的博物学家	88
1840 年	第一张邮票改变了信件的投递方式	90
1844 年	弗里德里希·恩格斯（"弗雷德"）开始与卡尔·马克思（"摩尔"） 终生通信	92
1845 年	波德莱尔给情人写了一封自杀遗书，但他活了下来	95
1861 年	罗伯特·安德森少校报告，他已弃守萨姆特堡	97
1861 年	沙利文·巴卢在激战前夜写信给妻子萨拉	99
1862 年	亚伯拉罕·林肯向麦克莱伦将军发出最后通牒	102
1862 年	亚伯拉罕·林肯向霍勒斯·格里利阐明内战的首要任务	104
1863 年	威廉·班廷想让世界知道他怎样减肥	106
1864 年	舍曼将军提醒亚特兰大市民，战争就是地狱	108
1880 年	文森特·凡高写给弟弟提奥的动人信函	111
1888 年	芝加哥一家卫理公会培训学校推出了一个赚钱的项目	114
1890 年	威廉姆斯致比利时国王利奥波德二世的一封愤怒的公开信	116
1892 年	亚历山大·格雷厄姆·贝尔致信海伦·凯勒的教师安妮·沙利文	119
1893 年	比阿特丽克斯·波特给一封信画插图，逗乐了五岁的诺埃尔·摩尔	122
1894 年	皮埃尔·居里写信给玛丽，恳求她回来从事研究	124
1897 年	奥斯卡·王尔德在雷丁监狱写信给阿尔弗雷德·道格拉斯勋爵	127

1898 年	作家埃米尔·左拉指控法国军方的反犹阴谋	130
1903 年	奥维尔·莱特和威尔伯·莱特发送消息给父亲米尔顿·莱特主教	133
1907 年	约翰·缪尔游说泰迪·罗斯福干预约塞米蒂	135
1909 年	刘易斯·威克斯·海因向全国童工委员会报告	137
1912 年	斯科特上尉说："我们已到达南极，我们将像绅士一样赴死"	139
1912 年	泰坦尼克号上最后一封未寄出的信	141
1917 年	齐默尔曼提议墨西哥收复得克萨斯州、亚利桑那州和新墨西哥州	143
1917 年	斯坦福德姆勋爵为英国王室想出一个新名字	145
1917 年	西格弗里德·沙逊给《泰晤士报》写了一封公开信	147
1919 年	阿道夫·希特勒最早的反犹文章是写给阿道夫·格姆利希的一封信	150
1935 年	大师级间谍盖伊·伯吉斯获得一封进入英国广播公司工作的推荐信	153
1939 年	埃莉诺·罗斯福表示反对美国革命女儿会	156
1939 年	阿尔伯特·爱因斯坦和利奥·西拉德向富兰克林·D. 罗斯福总统发出警示	158
1940 年	温斯顿·丘吉尔给他的私人秘书写了直言不讳的回信	160
1941 年	罗斯福送给丘吉尔一首曾经打动过亚伯拉罕·林肯的诗	162
1941 年	弗吉尼亚·伍尔夫给丈夫伦纳德的诀别信	164
1941 年	温斯顿·丘吉尔收到电码译员的紧急请求	166
1941 年	报告珍珠港遭到袭击的电报	169
1943 年	潜艇送出奈将军致亚历山大将军的诱敌信	171
1943 年	奥本海默获准研究原子弹	173
1943 年	J. 埃德加·胡佛收到"匿名信"	175
1943 年	所罗门群岛两名当地人为遭遇海难的肯尼迪送出生死攸关的信息	177
1952 年	莉莲·海尔曼向参议员麦卡锡送出一封信和口信	179
1953 年	威廉·博登认定 J. 罗伯特·奥本海默是苏联间谍	181
1958 年	杰基·罗宾逊告诉艾森豪威尔，他的人民厌倦了等待	184
1960 年	华莱士·斯特格纳为美国的荒野谱写了一首赞美诗	186
1961 年	纳尔逊·曼德拉向南非总理发出最后通牒	189
1962 年	迪卡唱片公司给披头士乐队经纪人布赖恩·爱泼斯坦寄出一封拒绝信	192

1962 年	战争一触即发之际，赫鲁晓夫向肯尼迪发送一封和解信	194
1962 年	当局势缓和，肯尼迪给赫鲁晓夫回信	196
1963 年	马丁·路德·金写自伯明翰监狱的信	198
1963 年	普罗富莫的辞职为英国政坛最大的性丑闻画上句号	201
1965 年	切·格瓦拉告诉卡斯特罗他想要继续战斗	203
1973 年	水门事件审判后，詹姆斯·麦科德致信约翰·西里卡法官	206
1976 年	罗纳德·韦恩以八百美元卖出他百分之十的苹果股份	208
1976 年	比尔·盖茨给正在盗用他软件的电脑爱好者写了一封公开信	210
1991 年	迈克尔·舒马赫因为划掉了定冠词"the"而成为世界冠军	212
2001 年	谢伦·沃特金斯致信批评安然公司的可疑账目	215
2003 年	大卫·凯利博士承认他是英国广播公司批评性报道的线人	217
2005 年	博比·亨德森要求堪萨斯州承认飞天意面怪	219
2010 年	切尔西·曼宁通过数据转储给维基解密写信	221
2010 年	宇船员们哀叹美国缺乏太空运输系统	224
2013 年	爱德华·斯诺登向德国媒体披露了一个令人震惊的消息	227
2013 年	揭密者向未来的揭密者发出呼吁	229
2017 年	书信是继艺术品之后的又一个投资热点吗？	231
2018 年	娱乐行业的女性要求改变	233
2019 年	格蕾塔·桑伯格宣读一封给印度总理的信	235
	附录（终生的书信交往）	237
	译后记	249

序 言

　　自口语演变出其书写形式以来，信件便在历史中扮演了重要角色，一些发挥了关键作用并塑造了国家的命运，另一些记录了重大的事件，而很多只是让我们了解到生活在过去的时代是怎么回事。

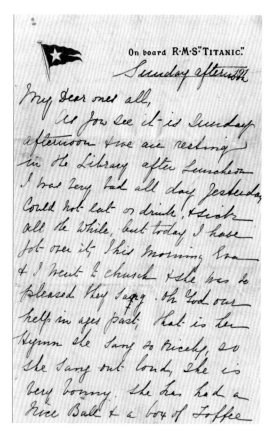

　　拍卖会上，经常出现来自横跨大西洋的不幸邮轮 RMS 泰坦尼克号的信件，竞拍价格居高不下。具有讽刺意味的是，RMS 是王家邮轮的简写。

亲爱的读者：

　　我想是时候给你们写封短信了。这本书里都是历史信件——来自大人物和小人物的书信。在这些书页中，你们可以找到私人信、公务信、公开信、要遵从的信、不服从的信、最早的信、连锁信、最后的信、丢失的信、电报和在激战前夜送出的数则重要信息。

　　它们也许改变了历史，也许没有，但无一不具有历史意义。小普林尼亲睹公元79 年维苏威火山的爆发并没有改变历史，但他写给塔西佗描述这一事件的信，为挖掘庞贝古城和赫库兰尼姆古城的考古学家提供了生动而清晰的见解。他的舅舅老普林尼死于这场灾难，他的记录是如此准确，以至于现代火山学家在谈及这类火山喷发时都称之为"普林尼式火山喷发"，以为纪念。

　　有些信的内容更为私密。比如说，亨利八世写给新欢安妮·博林奉承味十足的情书，奇怪的是，这些信件最终被送到了罗马梵蒂冈。其中还包括彼得·居里的第一次尝试，他想与他未来的妻子玛丽亚（后来叫玛丽）建立不仅仅是科学事业上的合作伙伴关系。她作为学生在巴黎短暂居留后，回到祖国波兰，在那里继续她的事业。居里写了一封充满激情的信给她，于是她返回了巴黎。

因为收到一封信而最终有了改变世界

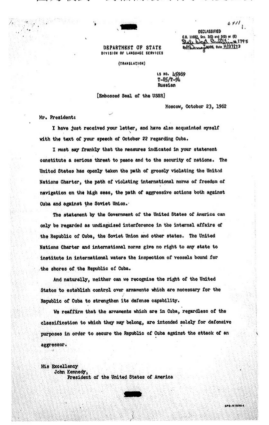

1962 年古巴导弹危机期间，俄罗斯领导人尼基塔·赫鲁晓夫致约翰·F.肯尼迪的一封历史上最紧要的信件。

的科学突破，玛丽·居里并不是唯一一位有这种经历的科学家。一封例常的来信告知年轻的查尔斯·达尔文一个消息——王家海军小猎犬号勘探船上有一个博物学家的职位空缺。这虽是一封极普通的信件，但这趟为期五年的旅行最终使他发展出了他的物竞天择理论。有些信件来自科技先驱，其中包括一封伽利略写于 1609 年的信，描写了他通过望远镜观察到的木星的多颗卫星，还有莱特兄弟在他们历史性的首次飞行后即时发送的电报。莱奥纳尔多·达芬奇 1480 年写给米兰公爵的简历和附信，含有你们在其他任何简历中都找不到的职业亮点。

此外，你们能够读到批准 J.罗伯特·奥本海默研发原子弹的信件，但颇为有趣的是：信中并没有提到原子弹。如果这是奥本海默事业的开始，那么其结束就是威廉·博登的一封信，信中奥本海默被指控为共产党的间谍。而他的工作成果——核武器，差点给世界带来灭绝性的灾难，这场灾难通过赫鲁晓夫和肯尼迪总统之间为解决 1962 年古巴导弹危机的通信才得以避免。

虽然奥本海默不是间谍，但间谍活动的主题贯穿了本书的很多篇章。你们可以读到秘密传到本·富兰克林手中的信件丑闻，这些信件揭露了马萨诸塞殖民地英国总督的真实看法；你们还可以读到乔治·华盛顿委任美国第一个间谍组织的信件。本书还含有这样的信件，它暗示英国最著名的间谍之一——盖伊·伯吉斯，就像经历了一场儿时疾病一样，度过了他人生中的共产主义阶段。

英国本国的谍报网在16世纪便已建立，当时它发现了苏格兰女王玛丽和一个密谋暗杀英格兰女王伊丽莎白一世的组织之间进行勾结的信件。另外，还有布莱切利公园电码译员的故事，他们直接写信给丘吉尔，恳求获得更多的资源来破解德国人的恩尼格玛密码，这项工作最终使第二次世界大战的局势朝有利同盟国的方向转变。

战争是历史的丑陋地标，是穿越时间、改变千万人生活的里程碑。本书的第一封信是当一支古希腊军队要求它的敌人斯巴达人投降时，对方所给予的严正回答。另外，书中还有盟友之间的通信（如罗斯福与丘吉尔，希特勒与墨索里尼）、敌人之间的通信（如法国的拿破仑向俄国的亚历山大一世宣战）和胜败双方之间的通信。美国内战期间舍曼将军致亚特兰大市民的信，很人性化地承认了战争必然带来的恐惧，而报告珍珠港遭到轰炸的电报却简明扼要。

也有更个人化的战争描述。沙利文·巴卢在1861年的第一次布尔河战役中阵亡，

丘吉尔鼓舞人心的演讲比他的书信更为出名，二战期间，他写了一封信支持"向士兵致敬"运动，为军事装备筹集资金。

他写给妻子萨拉的情书在遗物中被发现。诗人西格弗里德·沙逊在第一次世界大战期间写给指挥官的书信中直言不讳，也许使他得以在战争中幸存。约翰·F.肯尼迪在他的巡逻艇沉没后被困在太平洋的一个岛上，这时，他那封刻在椰子上的著名信件，无疑救了他的性命。

现代间谍活动可能是商业性的、政治性的，也可能是军事性的。詹姆斯·麦科德在一封自白信中承认自己参与了水门事件，使得丑闻被公之于众。揭密者的出现是一种现代现象，本书还囊括了一些揭露

像安然公司和国家安全局这样的机构违法行为的来信。这些揭露者往往冒着个人风险，但总是带来改变，和崭新的、使我们所有人受益的透明度。

在英国，武器检查员大卫·凯利在给国防部的信中承认，他曾怀疑一份"欺骗档案"的真实性，这份档案的建立旨在附和托尼·布莱尔对加入伊拉克战争的呼吁。这封信的消息一经公开，他就受到新闻界和政界人士的追堵纠缠。事件的余波影响了所有涉事者的职业生涯，并迫使他自杀。绝命书可能冷酷而迷人，本书也收录了弗吉尼亚·伍尔夫写给丈夫的最后一封充满痛苦和悲情的信，还有法国诗人波德莱尔本想留给情人的最后一封信。尽管他刺向自己的胸口，但没有伤及任何重要器官，他活了下来，写出了一生中最好的作品。

其他的艺术在本书也有呈现。比阿特丽克斯·波特的畅销书《彼得兔》，源于她写给某个小朋友的一封信；文森特·凡高在一封信中试图向弟弟提奥解释他的艺术；莫扎特给妻子的一封信，显示了他在最后的日子里狂热而又急切地作曲。在大众心目中，流行乐已在很大程度上取代了古典曲目。可令人难以置信的是，披头士乐队在其职业生涯之初收到过英国顶级唱片公司的拒绝信。

本书还收录了奥斯卡·王尔德的作品，但不是因为他的信有妙语连珠的诙谐。他在雷丁监狱——他被迫在那儿反省自己的放荡生活——写下了一封惊世骇俗的信。马丁·路德·金也在监狱里抽时间写了一封长信，为他的非暴力反抗罪辩护，他因这一罪名身陷囹圄。

马丁·路德·金和另一个著名囚犯纳尔逊·曼德拉，他们写的信，是为非洲人和非裔美国人的民权进行的长达几个世

王后安妮·博林的工整字迹。她写信给红衣主教沃尔西，感谢他促成了自己与亨利八世的婚姻。

纪的斗争的一部分。我们还收录了亚伯拉罕·林肯、乔治·华盛顿·威廉姆斯和埃莉诺·罗斯福写的书信，信中他们表达了在该问题上的立场。在针对社会不公的另一方面，这本书收录了2018年的"时间到了"公开信，由三百名娱乐界的女性签署，呼吁性别平等，呼吁停止在任何地方发生的男性虐待。我们只能希望这能比1776年阿比盖尔·亚当斯写给丈夫约翰的信带来更大的变化——在那封信中，她要求他将妇女权利写入他起草的美国宪法，而他认为她是在开玩笑。

这些信有一些共同特质。它们是我们与那些写信人、收信人以及写信时代之间非常直接的联系。纸张、墨水和文字往往是有形的元素，它们使其所在的历史变得生动起来。

我喜欢密封在信封里的信，信封上贴有盖了邮戳的邮票，它不是投寄到虚拟信箱里的，而是实实在在的一封信。当今的时代，每个人都写电子邮件，信件似乎已经过时了。但不管它们的内容有多么涉及隐私，电子邮件永远不是真正个人化的，也不是真正私密的。

它们不是手写的，没有人挑选过它们的信纸；从人们的电子邮件供应商到国家安全局，它们能够被任何人读到。电子邮件看上去全都是相同的，它们会因为不慎碰触键盘而被删除。它们永远不会有气味！没有可以用手握住的形体，没有能保留下来的实物，在一个安静的时刻，你也不能从皮夹和手提袋里将它们拿出来反复阅读玩味；没有可以珍藏的东西。

好吧，事情就是这样。我希望你们喜欢这本书。如果你们喜欢，为什么不写一封信给我呢？

致以最良好的祝愿。

科林·索尔特
于苏格兰爱丁堡
2019年

斯巴达人给马其顿国王腓力二世的回信

（约公元前 346 年）

拉科尼亚式表述是言辞冷静的体现：以一种简短、直率、精练、诙谐的陈述，打击或拒绝一个更傲慢、更啰嗦的人或观点。它由古希腊的斯巴达城邦首创，并以其所在的希腊地区拉科尼亚命名。

斯巴达人有着令人望而生畏的名声。斯巴达男性从七岁开始服兵役，接受基本的军事训练。他们还接受艺术方面的教育，包括答辩技巧：以"非拉科尼亚方式"回答问题的人，会受到特别的惩罚。他们在二十到三十岁之际，被强行征入国家军队服役，并作为后备军人随时接受征召，直到六十岁。如果一个斯巴达人被征召去前线，作为传统，妻子会郑重地把他的盾交到他手中，说道，"拿着它，或倒在它

斯巴达的重甲步兵或国民兵。红色披风是斯巴达军服的特征之一，但作战时会被丢弃。

上面"——换言之，要么胜利归来，要么马革裹尸。

邻近的马其顿王国的国王腓力二世是三兄弟中年龄最小的一个，他们的父亲把马其顿王国统一成了一个公认的强国，与邻国的战争也就成为家族事业。虽然腓力二世的父亲活到耄耋之年，可他的儿子们却没有如此幸运。在一连串暗杀和作战造成的早逝事件之后，腓力二世在公元前 359 年废黜了他的侄儿，从而登上王位。

虽然是篡位，但腓力二世证明了他是个有能力的统治者。他振兴了马其顿王国的军队，并开始通过军事征服来收复和扩展国家的疆域。因为马其顿王国的声势日益增长，有时仅凭入侵的威胁就足以使邻国弃戈投降。大约在公元前 346 年，腓力二世写了一封致斯巴达将领们的信，算是给他们一个不战而降的机会。"奉劝你们

别再拖延，立即归顺，因为一旦我率领大军踏上你们的土地，就将毁灭你们的农庄，屠戮你们的人民，夷平你们的城市。"这是一个厚颜无耻的提议，在三百年间，斯巴达人的战斗力在古希腊世界一直名列前茅。自公元前371年被底比斯打败后，斯巴达又受到国内奴隶起义的进一步摇撼，可能腓力二世觉得斯巴达人衰弱了，根基不稳了。但是，他这封信首先让世人记住的却是斯巴达人给他的回信。

斯巴达人的回答很简单："打了再说。"

据说腓力二世还和斯巴达人打过另一次交道，他写信说："我该作为朋友抑或敌人进入你们的土地呢？"这一次，回答同样简洁："都莫想。"

公元前336年，腓力二世在他女儿和一个邻国统治者的婚礼上被刺杀。他的儿子亚历山大三世继承了王位，成为亚历山大大帝。虽然亚历山大的征服之战推进到了印度次大陆，但马其顿的军队始终没有入侵斯巴达。

希腊奥林匹亚的腓力神庙。该历史遗迹的建造是为了庆祝公元前338年腓力二世在喀罗尼亚战役中大获全胜。他的马其顿军队击溃了底比斯和雅典的军队，从而统治了除斯巴达之外的整个希腊⋯⋯

恺撒的谋杀者们通信拟定下一步行动

（公元前 44 年 3 月 22 日）

在分散各处的收藏品中，有二十七封不同凡响的书信，它们是刺杀尤利乌斯·恺撒的阴谋集团成员之间的通信。这些书信写于两千多年前，也不知是以什么方式，它们的内容被保存下来。

尤利乌斯·恺撒，这个人人都喜爱的古罗马人，是一位出色的军事指挥官和手腕娴熟的政治家。作为一个特立独行的将军，他未经批准便发动战争，在转向民粹主义政治之后，他把罗马共和国带向了独裁统治，而他自己则是最高统治者。

罗马由元老院实施统治。在一些元老院议员领受恺撒给予的荣誉和头衔的同时，另一些议员则担心他正在不断破坏共和国的民主政治。元老院议员卡西乌斯和他的姐夫布鲁图策划了除去这个暴君的密谋。公元前 44 年的 3 月 15 日（按照传统的说法，古罗马历的 3 月 15 日是罪孽必须偿还之日），在庞贝大剧院门外的路面上，尤利乌斯·恺撒被连捅二十三刀。

刺杀行动并不会自发地产生。密谋者在彼此的家中会面，事发之前自然不会落下太多的文字。然而，事发后一片混乱，

谋杀发生几天后，布鲁图在给卡西乌斯的一封信中，考虑了同谋者面临的一些选项。

他们没有被围捕和处决的事实，已经说明了当时的一些情况。刺杀恺撒并非完全不得人心，加之也没有扩大到杀害他最亲密的盟友马克·安东尼——密谋者的唯一目标就是推翻暴君，而不是改变政体。

不过，布鲁图指出，"我们任何人在罗马都是不安全的"。忠于恺撒的人很有可能来寻仇，"我决定提出要求，当我们在罗马的时候，允许我用公费雇用一个保镖；但是我不指望他们会同意给予我们这项特权，因为我们会掀起一场不受欢迎的风暴来反对他们"。

同时，布鲁图努力和马克·安东尼达成一项让他们离开首都的交易。他似乎向马克·安东尼索要一个总督的职位，但"他说他不可能给我外省的职务"。所以"我

决定为我自己和我们的其他朋友谋求一个荣誉大使的职位，以便找到某个离开罗马的体面借口"。他被迫流亡他乡，至少暂时是这样："如果时局有好的转机，我们会返回罗马；如果没有太大的变局，我们将继续流亡。"

如果马克·安东尼想要接替恺撒担任领袖，他将会失望。恺撒早就指定他的孙外甥屋大维作为自己的继任者；恺撒已把这样的权力集中在自己手中，要想重返更民主的罗马共和国是不可能了。君主专政是新罗马帝国的未来。

屋大维的第一项举措就是宣布密谋者为谋杀犯，于是在尤利乌斯及屋大维的支持者与反对者之间爆发了内战。布鲁图和卡西乌斯逃亡到希腊，并在那里组建了军队，但在腓立比战役中被屋大维和马克·安东尼的联军打败后，两人自杀身亡。

温琴佐·卡穆奇尼于 1844 年所画刺杀恺撒的油画，罗马现代美术馆藏。

德西默斯·布鲁图致马尔库斯·布鲁图和卡西乌斯的信

……处于这些困境之中，我决定为我自己和我们的其他朋友谋求一个荣誉大使的职位，以便找到某个离开罗马的体面借口。希尔提乌斯已经答应给我任命，但我不相信他会履行承诺，这些人是如此寡廉鲜耻，如此坚决要对我们施加迫害。即使他们同意了我们的要求，我想，也阻止不了他们在不久的将来把我们宣布为公敌或作为罪犯驱逐。

"下一步怎么办，"你们说，"你有什么建议吗？"唉，我们必须向命运低头。我想，我们得离开意大利，转移到罗得岛或者其他地方去。如果时局有好的转机，我们会返回罗马；如果没有太大的变局，我们将继续流亡；如果面临最糟的情况，我们将诉诸最后的自卫手段。

此刻，我们当中也许会有人想问，为什么我们要等到那个最后阶段，而不立即采取一些强有力的行动？因为除了塞克斯图斯·庞培和凯基利乌斯·巴索斯，我们确实没有可以团结的中心，在我看来，他们一旦知道了关于恺撒的这个消息，会更为坚定不移。当我们了解了他们的真实力量有多大，会有足够的时间加入他们。我会以你和卡西乌斯的名义，达成一切你们希望达成的协议，事实上，希尔提乌斯坚持要我这样做。

我必须请你们俩尽快给我回信——因为我毫不怀疑希尔提乌斯会在第四个小时到来前告知我这些事情——请在回信中告知我，我们能在什么地方晤面，你们希望我去哪里。

自从我上一次和希尔提乌斯交谈后，我决定提出要求，当我们在罗马的时候，允许我用公费雇用一个保镖；但是我不指望他们会同意给予我们这项特权，因为我们会掀起一场不受欢迎的风暴来反对他们。但我依然认为，不应该抑制自己去要求任何我认为是合理的东西。

揭示罗马帝国边陲生活细节的简牍

（约公元 100 年）

20 世纪 70 年代，在对英格兰北部的文德兰达的一处罗马要塞进行考古挖掘期间，出土了数百封简牍。它们写于公元 1 世纪的最后十年，那时，它们是在英格兰发现的最早的书写文字。

文德兰达（Vindolanda）对罗马士兵来说是一个不舒适的驻地。"Vindo"和现代英语单词"winter"（冬天）来自同一个词根。它是罗马帝国最北边的前哨之一，那可是一个苦寒之地，当地的平均降雨量很高，加上这个要塞位于湿地，境况更是雪上加霜。罗马人为了将自己和这样的潮湿环境区隔开来，在兵营的地面铺上一层稻草和苔藓，权当是粗劣简陋的地毯。

掉下的物件很容易失落在这些交缠混乱的纤维中，而它们的上面又会频繁地添加新的覆盖层。多亏了这样的潮湿环境，如此多的文物被保留下来。这些信用墨水写在约明信片大小的木片上。全都是拉丁文：一些是用此前人们不认识的字体书写的，现在已被破译出来；一些则是用速记的形式书写的，至今尚未被完全解读。一些是在文德兰达收到的信件，另一些是从文德兰达寄出的信件的底稿，这些信被寄往该地区其他前哨或罗马不列颠更南边的前哨。

到目前为止，大约已有七百五十封信被译出，它们为罗马帝国的这个小小角落拼凑出一幅生动的、前所未见的日常生活图卷。大量的简牍表明，当时人们读写能力的普及程度远比想象的高；这些信来自不同等级的人士，不只是军官阶层，实际上也不仅仅是军队成员。其中有鞋匠、泥水匠、四轮马车修理匠和澡堂看管员写的信件。

有一封信想必是随一个包裹附上的：信的部分文字是这样的——"……我寄（？）给你……几双来自萨特的袜子、两双凉鞋和两条衬裤"。另有一封信，是邻近要塞一位军官的妻子写的，寄给文德兰达一位军官的妻子，邀请她参加一次生日聚会：

克劳迪娅·塞韦拉问候勒皮迪娅。9月11日，姐妹，因为这是庆祝我生日的日子，我热情地向您发出邀请，请务必来我们这里，如果您在场，您的到来将使我在这一天倍感快乐。代我问候您的克里阿利斯。我的埃留斯和我的小儿子向他致意。

大多数信都是口授给抄写员落笔的，但是克劳迪娅·塞韦拉在信的末尾亲笔补充说："我盼望您来，姐妹。再见，姐妹，我最亲爱的人，祝您顺利和快乐。"

迄今所知，这是女性所写最早的拉丁文书信中的一封。

文德兰达是古罗马帝国的一个后备要塞，靠近哈德良长城，占据时期在公元85年到约公元370年。两座塔重建于诺森伯兰郡巴登磨坊村附近的旧址。

在文德兰达出土了七百五十余片木简，还有更多的在继续出土。它们提供了古罗马帝国要塞日常生活的私密细节，甚至涉及罗马士兵穿的衬裤（subligaria）。

克劳迪娅·塞韦拉致勒皮迪娅的生日邀请信

克劳迪娅·塞韦拉问候勒皮迪娅。9月11日，姐妹，因为这是庆祝我生日的日子，我热情地向您发出邀请，请务必来我们这里，如果您在场，您的到来将使我在这一天倍感快乐。代我问候您的克里阿利斯。我的埃留斯和我的小儿子向他致意。（代笔）我盼望您来，姐妹。再见，姐妹，我最亲爱的人，祝您顺利和快乐。（反面，亲笔）

致克里阿利斯的妻子苏尔皮齐娅·勒皮迪娅，塞韦拉寄。

关于不列颠人作战特点的短简

……不列颠人没有盔甲保护。有大量骑兵。骑兵不用剑，而可怜的不列颠人为了投掷标枪也不骑马……

小普林尼向塔西佗描述庞贝的火山爆发

（约公元 106 或 107 年）

　　小普林尼（公元 61—约 107）是一位古罗马律师和地方法官。著名作家老普林尼是他的舅舅。两人在公元 79 年经历了维苏威火山的爆发，这场灾难埋葬了庞贝城，外甥描述该事件的若干信件是历史上最早的目击者陈述。

　　罗马律师小普林尼一生中究竟写了多少书信，才能有多达二百四十七封幸存下来？他是一位多产的书信作者，历史学家很重视他对罗马帝国生活的洞察。他与罗马君主图拉真有关早期罗马基督徒法律地位的往来信件，是他们所处时代的迷人文档。

　　小普林尼幼年丧父，在罗马由他深为崇拜的舅舅抚养成人。老普林尼在那不勒斯西边的米塞努姆港担任罗马海军舰队的指挥官。公元 79 年，这位外甥偕母亲去那里探访舅舅，其间，位于那不勒斯海湾另一边的维苏威火山开始喷发。

　　当老普林尼听到民众处于危险之中，他和一支轻型船队从米塞努姆港启航，去维苏威火山下面的海岸营救他们。面对抵达时周围人们的恐惧和惊慌，他试图通过表现得不以为意来安慰他们——冷静地洗澡、用餐，并小睡。返航米塞努姆港的时间因此延误，而这造成了致命的后果。他差点被落下的碎石困在卧室里，逃到岸边后，却遭遇了有毒烟雾，以致倒地身亡。

　　二十五年之后，罗马历史学家塔西佗写信问及小普林尼火山爆发时的经历。在两封回信中，普林尼非常详细和精确地描

一幅描绘公元 79 年维苏威火山爆发的经典铜版画。小普林尼幸免于难，他的舅舅老普林尼死于非命。

述了展现在他面前的那场灾难，以至于今天的火山学家把类似的火山喷发称作"普林尼式火山喷发"。

就像历史上经常发生的，正是普通民众受到侵扰的小小瞬间，让普林尼的回忆跃然于纸上。他记录，人们逃离因地震而摇晃的屋子，跑到田间，那里"烧红的石头和滚烫的岩渣如阵雨般地倾盆而下，造成毁灭性的威胁。他们跑到室外"，普林尼回忆，"用餐巾把枕头绑在头上，这就是他们抵挡周围落石风暴的唯一方法"。

居民的恐惧是显而易见的。"你可以听见妇女的尖叫声、儿童的惊嚷声和男人的呼喊声，人们或呼叫他们的孩子，或呼唤他们的父母，或喊叫自己的丈夫……一些人渴望死去，以从对死亡的恐惧中解脱，一些人举起手来求助神灵，但是大多数人此刻相信根本没有神灵，传说中最后的无尽黑夜降临了世界。"

他用一个非常人性化的画面，描绘了舅舅投身救援时的从容不迫。"最为肯定的是，他毫不慌乱，一倒下就沉沉入睡了，因为他身体肥胖，打鼾声又重又响，以至于外面的侍从都听到了。"在那一刻，老普林尼不再是一位著名的博物学家，而是一个打鼾的胖男人。

对于这些信件，他告诉塔西佗："您只管挑出最重要的东西；因为一封信是一回事，一段历史完全是另一回事。写给朋友是一回事，写给公众又是另一回事。"但事实上，普林尼的文字功力使得鱼和熊掌兼而得之。

THE
LETTERS
OF
PLINY the YOUNGER

With OBSERVATIONS on each LETTER;
And an ESSAY on PLINY's LIFE,

Addressed to

CHARLES Lord *BOYLE.*

By JOHN EARL of ORRERY.

VOLUME I.

LONDON,
Printed by *James Bettenham,*
For PAUL VAILLANT in the *Strand.*
MDCCLI.

小普林尼致塔西佗的信函

……因此，我非常愿意执行您的命令，即使没有您的吩咐，我确实也应该要求获取这项任务。当时他在米塞努姆指挥他的舰队。8月24日，大约下午一点钟，我母亲希望他去观察一下一朵云，它的大小和形状都显得很不寻常。那时他刚在阳光下散步了一圈，然后洗了个冷水澡，用了简便的午餐，就回房读书。他立即起身，出外攀上一个山丘，在那里他能有一个较好的视野观察这一非凡景象。一团不清楚来自哪座山的烟雾，隔着一段距离（但后来发现是来自维苏威火山），正在上升。关于它的外观，我无法为您做更确切的描述，只能把它比喻为一棵松树，因为它的形状像一根高高的树干，迅速上升到一个极高的高度，接着在顶端伸展开来，形成某种树枝状；我猜，这或许是受一股突如其来的气流推动所致，这股气流的力量随上升而减弱，也可能是烟雾被其自重给压了回去，然后以我提到的那种方式伸展；它时而明亮，时而幽暗斑驳，这取决于它沾染泥土和灰尘的多少。在像我舅舅这样有学识和有钻研精神的人看来，这种现象非同寻常，值得进一步探究。他下令准备一艘轻型快艇，并准许我若想去的话可以和他同行，我说我宁可继续做自己的事情；正好，他给了我一些东西誊写。当他走出屋子时，收到巴苏妻子雷克蒂娜的一封短笺，她对迫在眉睫的危险所带来的威胁感到万分惊恐，因为她的别墅位于维苏威火山山脚，除了大海没有其他逃生之路，故而恳切地请求他来救援，于是他改变了初衷，他原本秉持着一种哲学的理念出发，现在要以高尚和慷慨的精神去行事。他命令大帆船驶往大海，并身先士卒上了船，他的目的不仅仅是救助雷克蒂娜，还有救援其他几个密布在美丽海岸的城镇。接着，他加速赶往别人正在惊恐逃离的地方，径直朝着危险的地点航行，他如此冷静和镇定，以至能够进行观察，并口述他在这个可怕场景中看到的骚动和所有乱象……

罗马－不列颠人在帝国衰落时向罗马求助

（约公元 450 年）

在罗马帝国的衰退和没落时期，罗马人逐渐撤出边远的行省，包括不列颠尼亚——罗马－不列颠。由罗马人建立的良好社会秩序崩溃了，社会陷入混乱。黑暗时代降临……

随着公元 407 年最后一批罗马士兵撤离不列颠，这片现在被我们称为英格兰的土地，处处遭受皮克特、苏格兰和撒克逊掠夺者的进犯。甚至当罗马的军队还留守在不列颠时，罗马－不列颠人就觉得有必要请求罗马增派援军。公元 368 年，地处罗马帝国边远前哨哈德良长城的驻军因为当地的条件恶劣而造反，并且和蛮夷军队结盟。罗马派出一支远征军平息了叛乱，但在公元 4 世纪 90 年代，不列颠人又要求进一步的帮助，以遏制来自北方的皮克特人的袭击。"由于这些部落的入侵和随之而来的衰颓，"他们写道，"不列颠尼亚派了一位特使前往罗马，声泪俱下地恳求调遣军队报仇雪耻。"

罗马再次派出一个军团，解决了燃眉之急。但军团一返回罗马，袭击又卷土重来，这一次来犯的是苏格兰人和越过北海而来的撒克逊人。不列颠人又写了一封信。

"再一次，派遣的求救使者风尘仆仆而来。就像胆怯的鸟儿蜷伏在母鸟坚实的翅膀下，他们请求罗马人的帮助，以免处于危境中的国家被彻底摧毁。"

罗马方面勉强答应了，但它也有自顾不暇的苦衷：在罗马帝国其他地方，汪达尔人和西哥特人蹂躏欧洲，为了击退他们，帝国各地都向那里增调军队，包括在公元 407 年从不列颠尼亚撤走的所有那些留守士兵。出于被抛弃的愤怒，不列颠人在公元 409 年废弃了罗马的行政机构，此举给霍诺留皇帝提供了所需的借口，使他在公元 410 年彻底摆脱了麻烦不断的不列颠。

失去了所有来自欧洲的支持，现在，不列颠尼亚毫无防御能力。来自爱尔兰的突击队袭击了威尔士和西南地区；皮克特人在东北重新提出他们的主张和要求；到公元 5 世纪 40 年代，撒克逊人开始在英格兰东海岸一带定居。约公元 450 年，不列颠人再一次绝望地向罗马求援。他们写信给那时的罗马军队统帅弗拉维乌斯·埃提乌斯，信头的标题是"不列颠人的呻吟"，阐明了自己的困境："野蛮人把我们赶往海边，而大海又把我们赶回野蛮人那边，我们处于两种死亡之间，要么被杀死，要么被淹死。"这一次，罗马没有回复。

一位人称沃蒂根[1]的不列颠首领孤注一掷，从欧洲招募了雇佣兵，传说由亨吉斯特和霍萨两兄弟率领。不久，在一次被称为"长刀背叛"的事件中，两兄弟反过来对首领发动攻击。他们为大量来自欧洲大陆的盎格鲁人、撒克逊人和朱特人打开移居的大门，这些移民带着自身的生活方式、文化和语言来到不列颠岛。不列颠人的呻吟是英格兰一段历史的垂死悲叹，同时也是现代英语和现代英格兰诞生的呐喊。

首领沃蒂根在肯特郡的萨尼特岛与亨吉斯特、霍萨兄弟率领的雇佣兵会合。兄弟二人引发了英格兰东南部的移民大潮。

---

1 沃蒂根（Vortigern），公元 5 世纪英格兰的统治者，最著名的举措是邀请撒克逊人到英格兰阻止皮克特人和苏格兰人的入侵，并允许他们移居这片土地。"沃蒂根"并非名字，而是头衔，意为"伟大的酋长"。

《大宪章》之后，英格兰贵族试图施展他们的法律权力

（1215 年 6 月 19 日）

《大宪章》标志着英格兰民主政治的转折点。迫于国内贵族的压力，国王约翰放弃了君主享有的绝对权力。最近发现的一封书信显示了国王在兰尼米德的签字是一个多么具有革命性的时刻。

在中世纪，政治和权力是残忍的博弈。国王约翰的兄长们年轻时曾经反抗他们的父亲亨利二世，而约翰本人，则趁他有"狮心王"之称的哥哥理查一世参加第三次十字军东征之际，试图推翻他的王位。尽管约翰输掉了这场家庭争斗，但在 1199 年理查死后，他还是继位了。

作为国王，他在法国的战争中丢失了大量英属安茹王朝的领地，这使他获得"无地王约翰"的外号。他冒犯了他的法国贵族，他们背弃他，且未经协商就向英格兰贵族征收新税，以资助法国的另一场战役。

贵族们反对他，这原本只是一群心怀不满的贵族混乱不堪的指责，却演变成一场更有组织性的军事反叛，占领了林肯、埃克塞特甚至伦敦这些拥有大教堂的城市。约翰被迫通过坎特伯雷大主教为他的王国进行和平谈判。

作为结果，和平条约《大宪章》问世。它阐述了对国王滥用传统封地惯例的限制，换言之，规范了他如何与贵族们共同处理事务。它还提供了书面保证，无论财富多少，人们都可以诉诸司法程序，不仅仅对贵族如此，对所有的自由民亦然。它建立了一个正义联盟，是一个由二十五名贵族组成的委员会，用来监督和执行这些下放的特权——如果有必要可以诉诸武力。这是一个新型的政府，而英格兰的敌人对此困惑不解，只能取笑说，如今英格兰有了二十六个国王。

这份文件仍然受到全球法律体系的尊崇，因为它认为基本人权神圣不可侵犯。但是在 1215 年的时候，似乎任何一方都没有太过重视它的签署。叛乱者违背了归还

伦敦的承诺，约翰也不接受和平，恢复了对他们的进攻。随之而来的内战直到第二年才随着约翰逝世而结束。

然而，最近发现的信件证明，至少最初还是有一些贵族试图运用他们的新权力。《大宪章》签署后仅仅四天，新委员会的五位成员就写信给肯特郡的官方，通知他们，在十二名骑士宣誓就职时，必须要有男爵在场，像每个郡一样，将由他们"调查郡长及其僚属所造成的关乎林务官、猎苑看守人、河堤管理者的陋规恶习，以遏止此类万恶旧制"。

这是《大宪章》的条款之一，而这封信清楚地表明存在这样一项新的法规：在此之前，郡长和他们的下属、林务官，猎苑看守人、河堤管理者，不管他们的旧规陋习有多恶劣，都一直逍遥法外，而现在都被制止了。这犹如一把新扫帚，决心要打扫清洁。肯特郡的郡长和国王的全体执事必须明白，他们应向委员会宣誓，而不是向国王。

这封最近被专家们发现的信，是保存在兰贝斯宫图书馆的抄写手稿。图中所示是文本末尾的一段。这份文档对国王和贵族之间的权力平衡做了新的阐述。

二十五人贵族团中的五名委员致信肯特郡，委任四名骑士监督该郡十二名骑士的宣誓和讯问任命

　　兹向尔等派出如下持信人，系来自恩斯福德的威廉，和威廉·德罗斯、托马斯·德坎维尔以及来自格拉维尼的理查德，现基于享有之权限，委托其代表吾侪接受尔等众人的宣誓，一如陛下致郡长及上述各人信中所定，命令尔等以国王信函所述形式向该四名骑士宣誓，尔等的宣誓时间和地点均由四骑士定夺。此外谨盼在尔郡选举十二名骑士时，上述四名骑士务必到场，该十二人将宣誓调查郡长及其僚属造成的关乎林务官、猎苑看守人、河堤管理者的陋规恶习，以遏止此类国王宪章所列之万恶旧制。

圣女贞德告诉亨利六世，上帝站在她一边

（1429 年 3 月 22 日）

圣女贞德看到三个圣人的神迹发生后，她开始扭转英格兰在法国北部的统治局面。这位不识字的牧羊人之女口述了这封信，送给亨利六世和正在围困奥尔良的贝德福德公爵。

1337 年至 1453 年，百年战争席卷法国。亨利五世治下相信英格兰有权统治法国的英格兰人，与支持本国国王查理六世的法国人之间展开了连续不断的战争。

由于查理六世的精神病，战争变得更加复杂。他奥尔良派的弟弟路易和勃艮第派的堂弟约翰，不能就如何代他治理国家达成一致。于是内战爆发：约翰暗杀了路易，而路易的支持者又刺杀了约翰，然后约翰的勃艮第支持者们站到英格兰一边。难怪到 15 世纪初，英格兰占了上风。

1422 年，亨利五世和查理六世双双去世。1425 年，圣女贞德在照料父亲的羊群时，见到了圣迈克尔、圣凯瑟琳和圣玛格丽特，他们告诉她，驱逐英格兰人，让法国的继承人查理六世之子查理七世加冕为王。她的家乡是一个位于法国偏僻地区的小村庄，民众一直忠于法国国王，即便遭到了支持英格兰占有法国王位的人的袭击，村庄也被焚毁。

1429 年，查理七世正在计划进行一次远征，以解救被围困的奥尔良城，此时，贞德到了。或者是贞德给他留下了深刻印象，又或者是因所有战事处于颓势而绝望，他同意让贞德和他的军队一起行军。当他们接近奥尔良时，贞德口述了一封信，送交亨利六世和他的表亲——指挥英格兰军队的贝德福德公爵。

尽管能签自己的名字，她并不识字，但这位牧羊人的女儿毫不怯于向英格兰统治阶层提出要求。"把你们占领和进犯的所有法兰西美好之城的钥匙，交给该少女吧，她是上帝——天国的王派遣来的。"

"英格兰国王，"她继续说，"如果你不这样做，我作为一名战争的首领，无论在法兰西的什么地方遇到你的人民，都会让他们离开，不论他们愿意与否。如果他们不顺从，我会让他们全都死于非命。"

贞德的出现激励了法国军队。他们开始和英格兰人殊死拼搏，他们抵达奥尔良仅一个月之后，就迫使英军撤退。通过将英格兰国王和天国的王做对比，她把百年战争转变为一场圣战。"我是由天国的王上帝派来的，我们将前赴后继，把你们赶出整个法兰西。"

局势发生了逆转，法国人赢得了一连串的胜利。她总是活跃在战场，坚持手擎旗帜而不是握剑。她屡屡负伤，但是在给英格兰人写信仅四个月后，她就完成了神圣的使命，让查理七世在兰斯加冕成为国王。

1430 年，贞德被勃艮第人的军队捕获，由博韦地区一名亲英格兰的主教皮埃尔·科雄主持审讯。在科雄宣判她犯异端罪后的 1432 年 5 月 30 日，年约十九岁的她被烧死在火刑柱上。但这对复仇心切的英格兰人来说已为时过晚。法国由一位法国国王统治，圣女贞德最终也加入了曾来见过她的圣人们的行列。

《奥尔良的少女》，前拉斐尔派兄弟会创始成员约翰·埃弗雷特·米莱画于 1865 年。

圣女贞德致信围城的亨利六世

英格兰国王，还有自称法兰西王国摄政王的贝德福德公爵，萨福克公爵威廉·波尔，约翰·塔尔博特、托马斯·斯凯尔斯男爵——你们二位自称是让天国君主得到满足的贝德福德公爵的副官，请把你们占领和进犯的所有法兰西美好之城的钥匙，交给该少女吧，她是上帝——天国的王派遣来的。她是本着上帝的旨意，来到这里挽救王室的血统。如果你们愿意放弃法兰西，交出你们所占有的，让她满意，她会非常愿意和平解决。以上帝的名义，你们这些弓箭手、战士、绅士和其他在奥尔良城前的人，离开这里回你们自己的国家。如果你们不这样做，那就等着该少女的消息吧，她很快就会来见你们，给你们沉痛的重创。英格兰国王，如果你不这样做，我作为一名战争的首领，无论在法兰西的什么地方遇到你的人民，都会让他们离开，不论他们愿意与否。如果他们不顺从，我会让他们全都死于非命。我是由天国的王上帝派遣来的，我们会前赴后继，把你们赶出整个法兰西。如果他们愿意顺从，我将宽恕他们。没有其他的选择，因为你们不可能从上帝，从天国的王，从圣玛利亚之子手中夺走法兰西王国。因为真正的继承人国王查理将掌控它，这正是该少女吐露给他的神旨，他将和一队忠实的随从进入巴黎。如果你们不相信这些来自上帝、来自该少女的声音，那么无论在什么地方发现你们，只要你们拒绝向正义屈服，我们就会在那里掀起一阵法兰西千年未见的惊天大浪。必须明白，天国的王将赐予该少女巨大的力量，赐予她武装精良的战士，足以摧毁你们的任何进攻。如此，就可以看出谁更蒙天国的王的眷顾。你，贝德福德公爵，该少女祈祷并请你们不要自取灭亡。如果你们认可她的权利，你们也可以加入她的队伍，法兰西人将在其中为基督教做出有史以来最公正的事。请回答你们是否希望在奥尔良城谋求和平，如果不，你们很快会知道，你们将付出十分沉痛的代价。

莱奥纳尔多·达芬奇向米兰公爵陈述他的技能

（约 1480 年代）

莱奥纳尔多·达芬奇向未来雇主陈述自己技能的信，是一份不同凡响的个人简历。它展示了这位伟大画家令人倾倒的创造力和在机械方面的深入见解，但几乎没有提及他在素描和油画上的娴熟自如。

1482 年，莱奥纳尔多·达芬奇住在佛罗伦萨，在一个名为圣马可广场花园的地方挥洒才智，为统治当地的美第奇家族工作。当他转而服务于另一个意大利贵族家族时，他开始着手进行为圣多纳托教堂绘制《三王朝拜》的工作，教堂位于佛罗伦萨城墙外的斯科佩托。美第奇家族把他暂时借给了米兰公爵卢多维科·斯福尔扎，米兰地处佛罗伦萨北面约一百八十五英里（三百公里）。

这是作为一个权力中心的美第奇家族向另一个权力中心的和平献礼。莱奥纳尔多随身携带一把马头形七弦竖琴，是他亲手精心制作的，华美至极。如果说音乐有使胸中的怒气平息的力量，那么美第奇家族送出的礼物不只是音乐本身，还有制作音乐的人——莱奥纳尔多除了具有许多其他特质外，还被认为是一位优秀的音乐家。

为了强调他是多么有价值的礼物，莱奥纳尔多亲自写了一封概述他能力的自荐信。这份个人履历堪称典范，它以简明的形式进行了逐项列举，外加一段精短的介绍性引文。达芬奇在信中声称有以下这些能力：

· 我会制造带篷的二轮战车，它们安全、坚不可摧，带着它们的火炮冲入敌阵，体魄再强大的士兵，都会败下阵来。

· 如有需要我将制造大炮、迫击炮，或轻型炮。

这是一份军事发明和创新的清单，也许美第奇家族和莱奥纳尔多一起，把他们的军事秘密提供给斯福尔扎家族，以显示他们对和平进程的信心。直到信的末尾，莱奥纳尔多才提及他在艺术方面的服务：

·我相信，我能在和平时期完美满足人们的需求，使所有公共建筑物和私人建筑物的风格及结构达到同等的水准；我还能把水从一个地方引到另一个地方。

·我能用大理石、青铜或黏土做雕塑，在绘画方面，我也无所不能，不输任何人，无论他是谁。

不论米兰城是否受益于达芬奇在工程方面的创造力，毫无疑问他的艺术才华为它做出了突出贡献。莱奥纳尔多在这座城市一直待到 15 世纪末，当时卢多维科·斯福尔扎委托他绘制了一幅壁画——这成了他最著名的壁画《最后的晚餐》，是为该市的圣玛利亚－德勒格拉齐教堂而作。

莱奥纳尔多画的一张巨弩草图（画着一人站在发射装置上），收编在十二卷本的《大西洋古抄本》中，这是达芬奇从 1478 年至 1519 年的绘画合集，由雕塑家蓬佩奥·莱奥尼编辑。

达芬奇的信稿。

莱奥纳尔多·达芬奇致信米兰公爵

最尊敬的勋爵大人：

对于众多自诩为战争装备大师及能工巧匠者的全部成就，敝人现已充分检视并注意到，上述器械的发明及性能与通常使用之器具并无丝毫不同。敝人当努力不懈，无意诋毁其他业内同行，只是意在向阁下坦陈一己之管见，使阁下对敝人有所知，然后可斟酌以定，一俟时间成熟，凡此总总事务，皆可有效付诸实施，兹将其部分内容简列如下：

1. 敝人计划建造特轻、超强且易于移动的桥梁，可用以追击敌军，若遇特殊战况，亦可用以退避强敌锋芒。此外，无论处烈焰下，抑或在战斗中，该桥都坚不可摧，并能轻巧快捷地搬运，方便择地安置。敝人另有火攻及摧毁敌军之良策。

2. 围地强攻之际，敝人熟谙如何排除护城河之水，如何建造数以万计的桥梁、活动掩体、云梯以及其他应对该战局必需之器具。

3. 再者，围地强攻时，若因斜堤之高度，或因敌方环境及位置之优势，以炮击而不能攻克，敝人有法摧毁每一座堡垒或其他防御工事，向前推进，除非其筑于诸如岩石的坚固之物上……

亨利七世致英格兰贵族的求助信

（1485 年）

15 世纪下半叶的英格兰历史是一部血腥的传奇，是一个充满贪婪争斗和背叛的故事。金雀花王朝互为对手的旁支彼此争斗，直至同归于尽。心怀不满的贵族们伺机等候，如果能够找到新的国王，他们随时准备追随。

这场战争之所以被称为"玫瑰战争"，是因为相争的两个主要派系是约克王朝和兰卡斯特王朝。约克家族的盾徽上有一朵白玫瑰，而兰卡斯特家族的盾徽上有一朵红玫瑰。约克派的爱德华四世谋杀了兰卡斯特王朝软弱无能的国王亨利六世，掌握了权力。

爱德华四世在那个动荡时代得以寿终正寝，实属难得。他的父亲和兄弟死于韦克菲尔德战役，另一个兄弟因叛国罪被处死，而他死后，他的两个儿子（塔中的王子们）在爱德华的兄弟理查的"保护下"被杀。这让理查在 1483 年得以顺畅无阻地登上王位，被称为理查三世。

兰卡斯特王朝的亨利六世是一个软弱的统治者，他丢失了英格兰在法国除加来之外的所有领地。在那种权力真空中，英格兰各贵族派系为获得影响力而相互争斗，并招募从法国战场返国的士兵组建私人军队。当冲突逐渐蔓延全国，富有的内维尔家族支持了约克王朝，而在约克派拥护的国王理查三世治下，他们从他的感激之情中获取了极大的利益。其他反对理查当政的人则发现，他们的土地被没收了。

约克派对权力的控制非常严厉和残忍。但理查三世在执政伊始就遭人反对，反抗集中在流亡的亨利·都铎身上，由于庶出以及兰卡斯特家族的母系血统，他索取英格兰王位的主张十分不占优势。亨利流亡于法国西北地区的布列塔尼，在那里，他成为英法两国关系中的一枚棋子。

然而此刻，他感觉返回英格兰接受王位的最好时机已经到来。理查想把亨利带回英格兰处死，亨利于是逃到巴黎，通过可靠的信使送出很多密信，游说潜在的支持者。由于谋划回国需要保密，大部分信件在读后就被销毁了，但有一封幸存下来。

他写道，他很高兴得知自己获得了收信者们的支持，"促使我提出我的正当要求，以获得该有的和世袭的王位，因为，它被现在正在非法统治你们的嗜血而残忍的暴君所剥夺"。

然而，真正将会使他高兴的，是了解"你们会准备多少力量，率领多少军官和首领，蓄势待发，跨洋渡海，就像我在这里的朋友们为我准备的军队一样"。亨利正在欧洲大陆组建一支进攻英格兰的军队，他暗示了支持一场成功叛乱的好处："假使我能如愿神速行事并获得成功，按照你们的期望，我会永远最为诚挚地铭记并充分报答你们在我这场正义纷争中的伟大、感人

而充满深爱的恩惠。"

亨利的来信得到许多回复，信中承诺给他提供充分支援，让他得以继续挺进，并于1485年8月在威尔士的彭布罗克登陆。当他穿越威尔士时，越来越多的人聚集到他的麾下。三个星期后，在博斯沃斯原野战役中，理查三世的很多貌似忠诚的支持者倒戈。亨利赢得了决定性的胜利，理查则在作战中阵亡，他的坟墓直到2012年才在莱斯特一个20世纪的停车场下面被发现。

亨利被加冕为亨利七世，成了都铎王朝的第一位君主，这个王朝延续到他儿子亨利八世（他有六个妻子）和他孙女伊丽莎白女王。毫无疑问，这些来自法国的信收到了成效。

亨利七世致兰卡斯特王朝支持者的信

值得信赖和尊敬的高贵的同盟者们，我向你们致以问候。我欣喜地得知你们良好的心愿和恳求，这促使我提出我的正当要求，以获得该有的和世袭的王位，因为，它被现在正在非法统治你们的嗜血而残忍的暴君所剥夺。我要让你们明白，我的心会比任何基督徒更充满欢乐和喜悦，一旦你们确切地通知我，你们会准备多少力量，率领多少军官和首领，蓄势待发，跨洋渡海，就像我在这里的朋友们为我准备的军队一样。假使我能如愿神速行事并获得成功，按照你们的期望，我会永远最为诚挚地铭记并充分报答你们在我这场正义纷争中的伟大、感人而充满深爱的恩惠。我以我们亨利印信的名义许下诺言。

恳请你们务必相信派来见你们的这位信使。

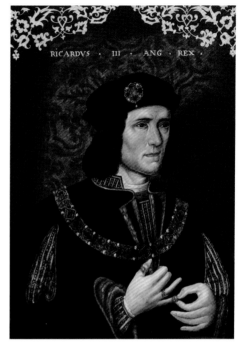

亨利七世画像，作于 1505 年，即博斯沃斯原野战役结束整整二十年后。它是伦敦国家美术馆收藏的最古老的油画。

众所周知，莎士比亚将理查三世描写为一个"驼背"，理查的遗骸在莱斯特的一个停车场下面被发现后，他被确认患有脊柱侧凸。这幅肖像画是一幅早期画作的复制品，推定的年代是 16 世纪晚期，几乎是他死后的百余年。

哥伦布向西班牙国王说明他的发现

(1493 年 3 月 15 日)

克里斯托弗·哥伦布在他第一次发现新大陆的返航途中，写了一封信描述他的发现。这封信在全欧洲引起了轰动，直到 19 世纪，它一直是唯一传世的以亲历者身份描述 1492 年至 1493 年这一历史事件的文字。

哥伦布在寻找亚洲。自从奥斯曼人占领君士坦丁堡，去东方进行贸易的传统路线，即陆地上的丝绸之路，就岌岌可危了。根据乐观的测算，哥伦布认为日本在加那利群岛西边大约两千三百英里（三千七百公里）处，对于 15 世纪的帆船来说，如果备有足够的食物和淡水给养，是可以胜任这次航行的。

1492 年，哥伦布终于说服卡斯蒂利亚国王斐迪南（卡斯蒂利亚位于现今西班牙境内）赞助他的航程。就在一年前，天主教君主最终击败了奈斯尔王朝，结束了二百五十多年来穆斯林在西班牙半岛许多地区的统治。现在斐迪南想做的是抢占旧欧洲其他国家的先机，为新统一的西班牙开辟一条又快捷又可靠的通往亚洲的海上航线。

哥伦布和他的三艘船——圣玛利亚号、平塔号和尼尼亚号——用五个星期的时间横渡了大西洋。他把他第一次登陆的陆地称为圣萨尔瓦多，即"神圣的救世主"之意。它可能是东巴哈马的普拉纳礁岛，他从那里登陆了邻近的巴哈马群岛，然后探索古巴（他称它为胡安娜岛）的北部海岸和东边的伊斯帕尼奥拉岛（他称它为西班牙岛，今天分裂成海地和多米尼加共和国）。

在信中，他这样描写古巴："极其富饶。它的四周有许多港口，非常安全和开阔，胜过臣下所见过的任何港口。许多又宽阔又清澈的河流在岛上流过。"对伊斯帕尼奥拉岛，他暗示它是某个至福的乐土："有险峻而美丽的山脉，有大片农地、树林和原野，非常肥沃，适于耕种和放牧，也适于建造房屋。这个岛屿上港口的便利程度、河流的卓越水准，就数量和益处而言，若不是亲眼所见，简直令人难以置信。此处的树木、牧地和水果都与胡安娜岛的大相异趣。"

"此外，"他继续写道，"该西班牙岛物种丰富，盛产黄金和其他金属。"这就是事情的本质——不是欧洲文明能为新大陆做些什么，而是新大陆能为西班牙做些什么。哥伦布煞费苦心地指出，当地土著除了弓箭没有别的武器，很容易被征服。他认为，他们可能"成为基督徒，并想要爱戴我们的国王、王后、王子以及所有的西班牙人"。他俘获了一些当地土著，作为战利品带回来献给斐迪南，然而在返航中只有八人存活下来。

斐迪南对西印度洋群岛的潜能有了深刻的印象，于是又派遣哥伦布继续做了三次航行，深入中美洲和南美洲。哥伦布的信很快用拉丁文发表，并传遍整个欧洲，引发了对美洲的殖民统治，最终发展出了奴隶交易。哥伦布生前一直坚称自己发现了一条通往亚洲的海上航线，尽管越来越多的证据表明他抵达的并非亚洲。一位名叫亚美利哥·韦斯普奇的意大利探险家在1502年首次反驳了哥伦布的说法，从此，他的名字就被用来指代这片新大陆——美洲。

这幅克里斯托弗·哥伦布的肖像，标注日期为1519年，由塞巴斯蒂亚诺·德尔皮奥博所画，注明画中人是"利古里亚人科伦坡，第一次乘船进入对跖地世界的人，画于1519年"。虽然长久以来它都被视为权威性的哥伦布肖像，但是1519年这个日期却让人生疑，因为哥伦布在1506年就死了。

哥伦布致信斐迪南国王和伊莎贝拉女王

臣下决定给陛下写这封信，向陛下禀报臣在这次航行中的所有作为和所有发现。

在离开加迪斯三十三天之后，臣下进入了印度洋，在那里发现诸多有不少人口居住的岛屿。臣下通过公开宣布并展示陛下的旗帜，为我们最幸运的国王占领了它们，没有人做任何抵抗。这个名叫胡安娜的岛屿，和邻近的其他岛屿一样，极其富饶。它的四周有许多港口，非常安全和开阔，胜过臣下所见过的任何港口。许多又宽阔又清澈的河流在岛上流过，岛上还有许多巍峨的高山。所有这些岛屿都美不胜收，形状各异；它们易于横穿，处处可见品类繁多的参天大树……

臣下前面说过那个定名为"西班牙岛"的岛屿，有险峻而美丽的山脉，有大片农地、树林和原野，非常肥沃，适于耕种和放牧，也适于建造房屋。这个岛屿上港口的便利程度、河流的卓越水准，就数量和益处而言，若不是亲眼所见，简直令人难以置信。此处的树木、牧地和水果都与胡安娜岛的大相异趣。此外，该西班牙岛物种丰富，盛产黄金和其他金属。土著……是唯一的居民，就像臣下之前说的，没有任何铁器，他们缺乏武器，对武器一无所知，也不适于使用武器；倒不是由于身体有什么残疾，他们长得魁梧，只是因为生性胆怯，心怀恐惧……但当他们看到自身是安全的，所有的恐惧都随之消失，他们非常诚实、坦率，全都慷慨大方。对于索求者，没有人会拒绝给出自己拥有的东西，相反，他们会主动询问我们需要什么。他们对臣等所有人员表示极大好感，拿出有价值的物品来交换一些琐细之物，满足于一些微不足道的东西，甚至陶然于一无所得……臣下给了他们许多美丽而惹人喜爱的小玩意，是臣下随身携带的，倒不是为了换回什么，而是为了赢得他们的爱，使他们可能成为基督徒，并想要爱戴我们的国王、王后、王子以及所有的西班牙人。还为了使他们有可能去热心搜寻、收集，把他们盛产的和我们急需的物资奉献出来……

马丁·路德告诉他的朋友："让你的罪加重"

（1521年8月）

> 1507年被任命为罗马天主教神父的马丁·路德，因为涉嫌传布异端邪说，反对天主教正统教规，被教皇利奥十世开除出教会，并被神圣罗马皇帝定罪。这封给他的新教徒弟兄菲利普·梅兰希顿的信写于事发仅两个月后，显示了他心志弥坚，毫无悔意。

路德直接挑战教会和其领袖教皇的权威，抨击赎罪券的实施——即以对教会的财政捐赠作为赦免罪恶的回报。他相信，唯有信仰上帝才能使灵魂得救，这是拜神所赐的恩典，绝不是神父所能贩卖的。

路德拒绝撤回他在德国沃尔姆斯镇发表的批评言论，这导致了《沃尔姆斯法令》的颁布，法令称："即日起，我镇禁止任何人以言语或行动，接受、捍卫、支持或偏袒上述之马丁·路德……凡协助将其捉拿归案者，将因功而获巨额奖赏。"

多亏了萨克森的腓特烈亲王，允许路德秘密居住在他位于瓦特堡的城堡里，他才得以逃脱追捕。在瓦特堡期间，路德完成了也许是他最具革命性的工作——把《新约》从拉丁文译成德文，这使得普通人也有能力阅读它。他还抽出时间写信给他的朋友、神学家同道菲利普·梅兰希顿，后者是推动宗教改革的重要人物。

梅兰希顿和路德同在维滕堡大学担任教职，路德写了一篇文章，支持他们的教授同事肯贝格主教，肯贝格主教因身为神父却结婚而违背了天主教的教义。路德引述圣保罗——"神圣的权威声音"——在给蒂莫西的信中写到的话："独身的规则是魔鬼所定，因此可以不理它。它绝非来自上帝。"他提出，结婚要比"空让欲火焚身"或不结婚而行不道德之事要好。两年后，路德自己娶了一名修女为妻。

路德在信中提到支持安德烈亚斯·卡尔施塔特关于圣餐这一主题的观点。不完整地领受面包和葡萄酒组成的圣餐被认为是一种罪，即便其中一项是被故意截留的。但是，他写道："《圣经》里并没有定义我们可以宣称这种行为是罪。"万一葡萄酒不小心溢出来怎么办？那一年晚些时候，卡尔施塔特用德语而非拉丁语主持了新教圣餐仪式，允许会众自己吃面包和喝葡萄酒，而不是由神父喂。这是对神职人员权威的又一挑战。

这就是解放的神学，它在长期受天主教会的权力和腐败压迫的民众中迅速传播开来。路德对基督教的影响非常深远，与诸如西班牙、法国和意大利等国相比，北欧至今仍是新教的大本营。

在这封信的结尾，路德又抨击了神父对《圣经》的错误解读。他认为只有靠真正的信仰才能获得真正的救免，而不是赎罪券。所以，真实的罪和由不公正的或非《圣经》规定的律法所虚构的罪，两者之间是有区别的。"所以你必须担当真实的罪，而不是虚构的罪……做一个罪人吧，让你的罪加重，但让你对基督的信仰更为

强大。""换言之，如果你要犯罪，就得正确地犯罪，要相信基督是为了救免你而死。""没有什么罪能使我们和主隔绝，即便我们每天成千上万次杀戮和通奸。"

Luther

马丁·路德相信，灵魂得救和永生的礼物不是对世上行善的奖励，而是信徒通过相信耶稣基督是罪的救赎者而从上帝那里得到的神圣恩典。

马丁·路德致信菲利普·梅兰希顿

……当然，你们只能知道并赦免那些向你们承认了的罪；那些没有向你们坦白的罪，你们既毋需知道，也不可能予以赦免。这非你们能力所及，亲爱的先生们。

你们不能使我相信神父和僧侣的誓言同样如此。因为我甚为重视这样一个事实：上帝将神职秩序设定为自由的。自愿选择其位置的僧侣们并不同样如此，虽然我几乎已经得出结论，那些在成年之前就有了这种身份，或目前正处在那个阶段的人，可以凭着良心退出了。不过，对于那些长居这个位置并在其上日渐老去的人，做出这样的定论我很踌躇。

顺便说一下，圣保罗非常直率地谈到神父，谈到魔鬼禁止他们结婚，圣保罗的声音是神圣的权威声音。所以，我毫不怀疑他们必须对他坚信不疑，以至即使当时他们同意了魔鬼的这个禁令，现在——意识到这是和谁订立的契约——他们也可以在欢呼中撕毁它。

上帝的话语清晰地表明，这是魔鬼下的禁令，这激励和促使我支持肯贝格主教的行为。因为上帝说这是一个来自魔鬼的禁令时，他没有说谎，也没有哄骗人。如果和魔鬼签了一个契约，决不能继续下去，因为它是在亵渎神明和违背上帝的错误下订立的，将遭上帝谴责和唾弃。因为他说得很清楚，那些邪灵是错误禁令的始作俑者。

你们为什么犹豫加入对地狱之门的神圣审判呢？以色列的子民对基遍人起的誓并不是这样的。他们遵照自己的法律起誓，法律规定他们必须奉献和平，或接受给予他们的和平，接受加入他们的皈依者和坚守自己习俗的人。这一切都发生了。在那里没有违背主的事，也没有因邪灵引诱而做成的事。因为虽然最初他们低声抱怨，但后来他们应允了誓言。

此外，我认为独身的规定只是一条人类的法令，可以随时解除。所以，任何基督徒都可以这样做。即使禁令不是来自魔鬼而是来自虔诚的信徒，我也会这样表述……

亨利八世致安妮·博林的情书

（1528 年）

安妮·博林是英王亨利七世宫廷里一名外交官的女儿。亨利七世的儿子亨利八世对她痴迷不已，目前存世的十七封亨利八世写给她的情书，其中充满激情的语言证明了这点。这是一桩改变英国历史进程的风流韵事。

亨利八世婚娶六个妻子有其多种原因，在 16 世纪，婚姻是权贵之间的政治协议，婚配不是出于两人之间的爱情。亨利的第一次包办婚姻原本是为他哥哥亚瑟——亨利七世的王位继承人——准备的。这是一场非常理想的联姻：阿拉贡的凯瑟琳是西班牙君主斐迪南国王和伊莎贝拉女王的女儿。但亚瑟在和凯瑟琳结婚仅仅六个月之后就死了，时年十五岁。

但是，英格兰和西班牙之间的联姻实在不容错过。亚瑟的弟弟亨利是新的王位继承人，1509 年他加冕之后，凯瑟琳改嫁给他。这对王室夫妇生有一个女儿玛丽。但亨利迫切想要一个男性继承人，一个未来的亨利九世。

然后，在 1526 年，安妮·博林出现了。这时亨利还是个二十五岁的年轻人，为凯瑟琳没能给他一个儿子而感到失望，他的心灵和情感都被比他小十岁的安妮迷住，他追求她，并用一封封情书打消了她最初对他魅力的抗拒。一封他写于 1528 年 1 月的信，展示了他在向她求爱这件事上取得了多大的进展，以及对她有多么迷恋。

安妮送给他一件模型船礼物，里面含有一个女性的小人模型，暗示亨利是她躲避生活风暴的避难所。亨利，这位英格兰的国王，坚称他配不上这样的礼物。"因为在朕看来，如果不是受益于你的大爱和恩惠，"他用法文写道，"朕很难有机会配得上它。"安妮曾谦虚地请求他原谅自己身上的任何缺点，他以同样的态度予以回应。"朕还要恳求，如果此前任何时候，有任何冒犯之处，盼能像卿要求朕的那样，同样地给予宽恕。"

"从今以后，吾心将唯卿是从，"阿拉贡的凯瑟琳的丈夫信誓旦旦，"愿整个身心都归属于吾爱。"亨利宣称他的"心坚如铁石，永不能移，朕要说的是：要么在那里［你的心里］，要么无处可寄"。他写道，她的话"让朕永远由衷地敬你，爱你，为你效力"。他几乎是在引述婚姻誓言，而婚姻就是他所说的不可改变的意愿。

可是，有一个棘手的问题。亨利是一个已婚的男人，而天主教会不允许离婚。亨利和安妮都向教皇克莱芒七世求情，但无济于事。亨利既沮丧又怒火中烧，于是在1533年任命了一位新的坎特伯雷大主教，宣布他与凯瑟琳的婚姻无效，而他和安妮也早在四个月前秘密结婚。作为报复，教皇把亨利和大主教托马斯·克兰麦逐出教会。亨利干脆和罗马决裂，自立为英国

国教的领袖。他关闭了当时作为英国人日常生活中心的有财有势的修道院，永远改变了这个国家的宗教、经济和社会生活。所有这一切，都是为了爱。

就像在她之前的凯瑟琳一样，安妮也生了一个女儿，即未来的女王伊丽莎白一世，但没能生下儿子。而亨利也像之前那样，移情别恋，这一次他迷上的是简·西摩。安妮因莫须有的叛国罪、私通罪和乱伦罪被处以极刑，遭斩首——以爱开始，却以恨告终。亨利在这封承诺要娶安妮·博林的信上签了名，有如一个少年在树上刻下他们相连的姓名首字母——"H aultre AB ne cherse R"，意思是"亨利国王除了安妮·博林别无他求"，而安妮·博林的姓名首字母"AB"被圈在一个心形里。

在梵蒂冈教廷图书馆发现了若干封亨利八世致安妮·博林的情书。据信它们是从安妮那里偷来的，在亨利八世和罗马天主教会就废除他与凯瑟琳的婚姻进行斗争时，这些信被送到教皇手中。

亨利八世致信安妮·博林

对于如此美丽的礼物，没有任何东西可以与之媲美（朕考虑的是它的整体），朕以至诚之心对吾爱致以谢意，并非因为它的精美钻石，亦非因为这艘有孤独少女在其中摇荡颠簸的小船，而主要是因为它的美好含意，以及你彬彬有礼的谦恭，假如是的话，那是你对朕的一份善意。因为在朕看来，如果不是受益于你的大爱和恩惠，朕很难有机会配得上它，这是朕一直苦苦追求的，朕将尽力用所有的仁爱来寻求维护它，对此，朕心坚如铁石，永不能移，朕要说的是：要么在那里，要么无处可寄[1]。

卿信中的美丽箴言，如此真挚地表达了对朕的感情，让朕永远由衷地敬你，爱你，为你效力，恳请吾爱继续怀抱上述坚定不移的目标。朕可立誓，朕将超越你的热情，而不是与之相背而行，但愿朕内心的忠诚和取悦你的愿望能促成这点。

朕还要恳求，如果此前任何时候，有任何冒犯之处，盼能像卿要求朕的那样，同样地给予宽恕，朕愿向卿许下山盟海誓，从今以后，吾心将唯卿是从，愿整个身心都归属于吾爱。假若上帝高兴，他能让朕做到，为了那个结果，朕将每天祈祷，愿最终他能听到朕的祈求。愿这一天不会太久，但直至相逢之前，朕会感到时日漫漫。

1　原文为拉丁语。

德拉斯·卡萨斯揭露西班牙人在新大陆的暴行

（1542 年）

西班牙向它在新大陆的殖民地输送了很多东西，首先是施虐狂式的残忍暴行，这是西班牙宗教裁判所治下的产物。但到 1542 年，一个人写了一封揭露西班牙人野蛮对待土著族群的信，从而催生了保护他们的《西印度群岛新法》。

巴托洛梅·德拉斯·卡萨斯曾经是一名西班牙殖民者，后来转而成为神父，在拉丁美洲服务。1502 年，十八岁的他和父亲第一次来到了伊斯帕尼奥拉岛（今日的海地），成了一名农场主，雇用当地人耕种土地。1510 年，他成为天主教会的神父，后担任随军神父，参与对古巴的野蛮殖民。虽然他继续努力让当地岛民皈依他的欧洲宗教，但也试图为他们建立一个模范殖民地，改善他们在其中的生活条件。他反对奴役他们（虽然他建议奴役非洲人），是印第安人权利的早期支持者。

然而并非他的所有同胞都是这样的人道主义者，因此在 1542 年，当神圣罗马帝国皇帝查理五世召开一个关于西班牙殖民的专题讨论会时，巴托洛梅给皇帝写了一封信，描述了他所目击到的、西班牙人在伊斯帕尼奥拉岛和古巴对当地部落犯下的暴行。

这封信在会议上被大声宣读，使听众们感到不适。他形象地详述了西班牙殖民者为了取乐做出的残暴行为——把部落首领慢慢吊死或烧死，或活活把人肢解而死，或用利刃和长矛进行大规模杀戮。

"基督徒们骑着马，手持剑和长矛……他们深入乡间，既不放过孩子，也不放过老人、孕妇、童工，他们刺穿所有这些人的身体，并撕碎它们。"这显然是为了取乐。"开怀大笑，以此为乐"，他写道："他们打赌谁能把一个人一撕为二，或一刀砍下他的脑袋。"

至此，他致力维护伊斯帕尼奥拉人的权利已近三十年，习惯了那些权势人物的冷眼蔑视，他们从西班牙在该地区的活动中攫取利益。但现在，他掷地有声的证词击中了他们的要害。而巴托洛梅早在罗马帝国皇帝担任西班牙国王时就与其结识，这段交情对他颇有帮助。查理五世颁布了后来众所周知的《西印度群岛新法》，召回一些西班牙殖民地的官员，管理西印度群岛对当地劳工的雇用。

他使得监护征赋制被逐步废止，殖民者原被授予权利对所属殖民地人口永久征赋——而现在，监护征赋制会随着现有的委托监护者或权利拥有人的死亡而终止。奴隶制被宣布为非法，在当地部落因遭到残酷对待而几近灭绝的西印度群岛，土著居民不必再为西班牙征服者提供任何物产或服务。

巴托洛梅认为《西印度群岛新法》还远远不够。但是委托监护者，包括新西班牙（西班牙美洲殖民地的总称）总督，认为这些法律过于激进。巴托洛梅收到死亡威胁，甚至引发了暴动。《西印度群岛新法》实施仅三年便被废止了。巴托洛梅·德拉斯·卡萨斯在失败中离开了新西班牙，在西班牙王宫里，作为对殖民地权益的倡导者而度过余生。

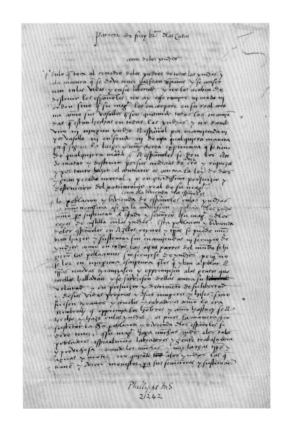

巴托洛梅·德拉斯·卡萨斯极具影响力的信件。

巴托洛梅·德拉斯·卡萨斯致信西班牙国王查理五世

……上帝创造了所有这些芸芸众生，使他们极其单纯，没有恶意或口是心非，对他们的领地主人，对他们所侍奉的基督徒最为顺从和最为忠诚；他们最是谦逊，最有耐心，最为平和沉静，没有争斗，也不起冲突；和世上其他未受压迫的人一样，他们不吵架，也无怨言，没有骚动、仇恨和复仇的欲望……

造物主把上述禀性赐予了这些温良的羔羊，西班牙人一知道他们的存在就进到他们中来，像是饿了好多天的狼、老虎和狮子，四十年来，后者什么也没做，除了用见所未见和闻所未闻的、古怪和新奇的各种残忍手段去伤害、折磨和摧毁前者……

基督徒们骑着马，手持剑和长矛，开始大肆杀戮，在猎物中间施行不可思议的残忍行径。他们深入乡间，既不放过孩子，也不放过老人、孕妇、童工，他们刺穿所有这些人的身体，并撕碎它们，仿佛他们攻击的是聚集在羊圈里的众多羔羊。

他们打赌谁能把一个人一撕为二，或一刀砍下他的脑袋，又或剖开他的肚子。他们抓住婴儿的脚将其从母亲怀里扯出，以其头猛撞岩石。还有，他们抓着另一些婴儿的肩膀扔进河里，然后开怀大笑，以此为乐，当婴儿落进水里时，他们高喊："煮这家伙的尸体！"他们把其他婴儿的连同他们母亲的以及死于之前的所有人的尸体串在他们的剑上。

他们做了一个绞刑架，高度差不多刚好能让人的双脚触到地面，并为十三的倍数，为了向我们的救世主和十二个圣徒表示纪念和敬意，他们把木柴堆在下面，用火把印第安人活活烧死……

伊丽莎白一世致血腥玛丽的求生信

（1554 年 3 月 16 日）

当亲缘关系不符合他的利益时，亨利八世宁愿割舍它们。他死后，他的长女玛丽把她同父异母的妹妹伊丽莎白关进伦敦塔。伊丽莎白担心玛丽继承了父亲的冷酷无情，给她写了一封信，乞求她能给自己一条生路。

玛丽是亨利八世第一任妻子——阿拉贡的凯瑟琳之女，伊丽莎白的母亲则是他的第二任妻子安妮·博林。亨利解除了他和凯瑟琳的婚姻，并在娶他六任中的第三任妻子简·西摩之前，将安妮斩首。亨利的一系列婚姻都是为了求得一个男性继承人，他最终和简生下了儿子爱德华。

爱德华即位时年仅九岁，到十五岁就死了，没有任何后嗣。玛丽是亨利的儿女中最大的，是理所当然的继位人，但她是一名天主教徒。而在亨利被教皇逐出教会后，爱德华被培养成

伊丽莎白的肖像，有时被认为是威廉·斯考茨所画，作画时间大约在 1546 年到 1547 年间，那时她十三岁或十四岁。

了一名新教徒，摄政者们这时宣布他的远房新教徒表亲简·格雷为新女王。但简在位仅仅九天就被玛丽的支持者废黜了。历史上以"血腥玛丽"著称的玛丽一世，现在开始瓦解她父亲的新教改革，并以特有的野蛮方式巩固对王位的掌控。

1554 年 2 月 12 日，简被斩首，3 月 18 日，被玛丽视为她王位的另一个潜在竞争对手的伊丽莎白，被下令送往伦敦塔囚禁，那里是简被处决前的关押之地。伊丽莎白也是新教徒，她担心最糟糕的情况发生，那就是被指控涉嫌一项阴谋——阻止玛丽与身为天主教徒的西班牙国王结婚。

她写信给玛丽，申明她的清白，并恳求宽恕。

"我在上帝面前起誓，"她坚称，"我从来没有做过、建议过，也没有赞成过可能对你的人身有任何伤害或对国家有任何危害的事情。"而对她不利的证据，是一封来自阴谋头目托马斯·怀亚特的伪造信。

"至于那个叛徒怀亚特，他可能给我写过信，可是我确信我从没收到过他的任何信件。至于寄给法兰西国王的那封信的副本，如果我给他捎过话、消息、物品或信件，我祈祷上帝永远惩罚我。"

尽管伊丽莎白必定认识很多密谋者，但大多数历史学家相信她是无辜的。她极力说服玛丽倾听她的自辩，而不只是听信自己的摄政者："我谦卑地恳求陛下，让我在您面前作答，而不是相信您的辅臣让我受罚，是的，在我去伦敦塔之前（如果这有可能）；如果不是在我被进一步定罪之前。"

伊丽莎白花了很长时间写这封信，在她收笔之前，泰晤士河的潮水已经退了，那天她无法再被渡船送去伦敦塔。那是一个巧合吗？伊丽莎白是个精明的行家，在信上签了名后，她在纸上留下的空白处画了一些贯穿的线条，以防有人在信纸上添加任何使她获罪的证据。玛丽最终被说服，饶了伊丽莎白一命，1558 年她临死时没有继承人，她认可伊丽莎白作为她的英格兰王位继承人。

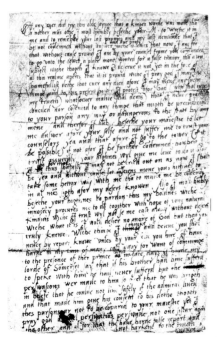

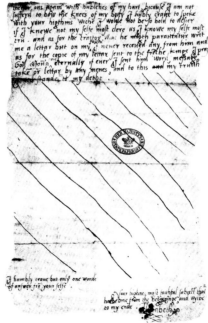

鉴于对英格兰宫廷充满不信任，伊丽莎白不能冒险在信纸上留白，于是在上面画了一些贯穿空白处的线条。

巴宾顿的阴谋暴露在致苏格兰女王玛丽的密码信中

（1586 年）

当苏格兰女王玛丽被英格兰女王伊丽莎白一世拘押囚禁后，她的支持者们密谋暗杀伊丽莎白一世，他们精明地用密码写信联络。但策划者遭到当局间谍的渗透，密码被破解，引发了致命的后果。

两位女王本是表亲，玛丽对英格兰的王位有她自己的强烈要求，她在被怀疑谋杀分居的丈夫达恩利勋爵亨利·斯图亚特后，逃离了苏格兰。在这件丑闻发生时，伊丽莎白写了一封信给她："如果我不……告诉您全世界正怎么想，那么我该是没有履行一个表妹或一个忠诚朋友的职责。人们对我说，'你不是在抓凶手，而是看着他们从你的手指缝里溜掉'；还对我说，'你不会向那些给你带来如此多快乐的人寻求报复'。"

玛丽嫁给了被指控为谋杀犯的博思韦尔伯爵，此举使苏格兰的舆论产生了分歧。她在被

约 1585 年的一幅弗朗西斯·沃尔辛厄姆爵士的画像。他作为一名坚定的新教徒，在伊丽莎白同父异母的姐姐玛丽一世统治期间，被流放到瑞士和意大利北部。

囚禁和从洛克利文城堡逃脱之后，最终于 1568 年南逃到英格兰，受到她表妹的保护性监禁。

起初，在一些事情上，她被允许保有近于王室的特权。但她是伊丽莎白很多政敌关注的焦点，随着她从一个城堡转移到另一个城堡，她的自由也越来越多地被削减。

就像英国历史上经常发生的那样，宗教是症结所在。伊丽莎白和英格兰人是新教徒；而玛丽是天主教徒，而且，对于所有希望天主教徒重登英格兰王位的人来说，后者是一座灯塔。这些人中包括耶稣会牧师约翰·巴拉德，他主导了解救玛丽和暗杀

她表妹的阴谋。为了达成这个目标，巴拉德招募了一些支持者，其中有安东尼·巴宾顿，他是玛丽以前的典狱长鲁斯伯里伯爵的手下。

1586 年年初，巴宾顿写信给玛丽，告诉她这个密谋，没有想到的是从一开始伊丽莎白的间谍就渗入了暗杀者的圈子。巴宾顿的朋友兼同事罗伯特·波利受雇于伊丽莎白的最高安全主管弗朗西斯·沃尔辛厄姆爵士。沃尔辛厄姆爵士还安插了吉尔伯特·吉福德——一个双重间谍，他被允

许用啤酒桶为玛丽偷运往返信件，并把信的内容传递给沃尔辛厄姆。

玛丽并没有煽动暗杀她表妹的阴谋，但肯定是同意了。她在给巴宾顿的一封信中强调，需要信奉天主教的西班牙发动入侵，以助她登上王位。这封信和其他信一样，也被沃尔辛厄姆的密码破译师托马斯·菲利佩斯截获，于是沃尔辛厄姆命令他在信中加上了一段附言。当巴宾顿收到这封信时，信中包含了一项伪造的、让他把同谋者的名字送交玛丽的要求，这给了沃尔辛厄姆所需要的关于她叛国的确凿证据。她写道："让伟大的阴谋开始吧。"

在 1586 年 9 月，玛丽的支持者一个接一个地遭到围捕和审判，然后被绞死、溺死、肢解而死。玛丽本人在福瑟灵黑城堡接受了公审，审判中不允许她提出任何辩护。她的解码信被当众宣读，由英格兰主教、伯爵和贵族组成的陪审团以四十五票对一票判定她有罪。伊丽莎白女王长期以来一直拒绝对她麻烦的表姐进行处决的要求，可这回她再也不能这样做了。1587 年 2 月 8 日，玛丽被斩首。

沃尔辛厄姆的密码专家托马斯·菲利佩斯在 1586 年玛丽写给巴宾顿的信中伪造了这段附言，要求巴宾顿告诉她密谋者的名字。

安东尼·巴宾顿致苏格兰女王玛丽的密码信

　　首先，保证入侵的顺利进行：入侵者要有足够的力量——要到达指定的港口，每一处都有一支强大的队伍与之会合，以确保登陆成功。然后解救陛下，处决篡位的敌手。为实现这所有一切，请陛下接受我的效忠……现在，鉴于拖延会带来极大危险，请最尊贵的陛下用您的智慧指引我们，以您高贵的权威来推动这件事的进展。我们预测没有任何自由贵族能向陛下保证他们会誓死效忠（除非有我们不知道的），但我们认为迫切需要有人成为率领民众的首领。而在这片土地上，追求高贵是天生注定的使命，考虑到这不仅能使平民和贵族团结一致地追循它（而矛盾和冲突总是存在于平等中），还给首领们增添了极大勇气，为此，我必须考虑向陛下推荐一些我认为最适合做您西部辅臣的人选，在北部、南威尔士、北威尔士，以及兰卡斯特、德比和斯塔福等各郡：所有这些地区，由于队伍业已形成，并忠心不二地聚于陛下的名下，我握有最可信的和最毋庸置疑的忠诚人选……

　　……我本人将与十位绅士以及我们的一百名追随者一起，竭力把您的王室成员从敌人手中解救出来。为了处死篡位者，我们会把她逐出教会，使我们从顺从她的禁锢中获救，有六名高贵的绅士，都与我有私交，基于他们对天主教事业和为陛下效力的热心，将由他们来执行那个残酷的处决。

西班牙腓力二世坚持让无敌舰队继续推进并攻打英格兰

（1588 年 7 月 5 日）

1588 车 5 月下旬，在梅迪纳·西多尼亚公爵的指挥下，拥有一百三十艘战船的无敌舰队驶离了西班牙。他所负任务是护送一批军队去佛兰德斯结集，准备进攻英格兰。梅迪纳·西多尼亚是一个没有海军指挥经验的贵族……这就是问题所在。

无敌舰队的目标是推翻女王伊丽莎白一世和她在英格兰建立的新教，并遏止英格兰私掠船船主的掠夺行径，他们严重扰乱了西班牙与其殖民地获利丰厚的贸易。

在腓力二世原来任命的圣克鲁斯侯爵去世之后，梅迪纳·西多尼亚公爵被任命为舰队的指挥官。在腓力二世看来，公爵的主要任职资质就是会按吩咐办事。他没有什么军事能力，海军经验更是欠缺，还容易晕船。

从里斯本一启航，这些弱点就暴露了，舰队在穿越比斯开湾时遭受风暴重创而七零八落。公爵向腓力二世报告受到挫折，并力劝推迟行动，让舰队回到拉科鲁尼亚重组和休整，为两国之间可能的和平谈判争取时间。

国王在 1588 年 7 月 5 日回了信。他的指示很清楚："朕的意图，并非在发生了这一切后就终止大计，而是继续执行业已启动的任务。远征绝不可能因为此等困难而放弃。"

公爵抱怨舰队良莠不齐，他的一百三十艘船中，仅有二十八艘是为特定目标建造的战舰，其余都是改装的货船和驳船，它们用于运送军队和给养，更适宜的活动区域是近岸水域，而不是比斯开湾这样的远海。

暴风雨过后，很多船舰下落不明。当公爵为推进任务而焦虑时，国王命令他不要去寻找它们，坚持认为余下的船舰完全适于渡海航行。"为了节省时间，可以让十二到十五艘最无效用的船只留下，将其中的货物转装到其他船上。"

拖延给远征队的补给徒增压力。无敌舰队本应带着两个月的食物和饮料航行，但是一些船很快就耗尽了水和食品。"尔等在港口的时候，要装满新鲜面包、肉和鱼，"腓力继续写道，"可以用备用金来支付。"

国王最后说："一旦接到朕下一步的指令，就准备挥师启航。"和谈已经失败，第二天，梅迪纳·西多尼亚公爵虽然感到很勉强，但还是顺从地再次扬帆出航。英吉利海峡的恶风、与等候在荷兰的西班牙援军的沟通不畅、弗朗西斯·德雷克爵士用火攻船对停泊在加来港外的西班牙舰队进行的突袭，以及北海的风暴等无敌舰队遭遇的所有致命打击，使西班牙宫廷在国际上颜面尽失，尴尬不堪。

德雷克和约翰·霍金斯爵士的船舰比笨重的西班牙大帆船体积小，但速度更快，无敌舰队在等待进攻部队上船时，被英国人的火攻船打得七零八落。

在1596年和1597年，腓力的固执驱使他又派出两支较小的舰队，但途中都遇上了风暴。英格兰在1588年的胜利证实了它的海军优势，也永远削弱了天主教在北欧的政治力量。三分之一的无敌舰队在苏格兰和爱尔兰海域失事，据说康尼马拉的野马是游上岸的西班牙战马的后代。

腓力二世没能通过武力迫使英格兰回归天主教，尽管英格兰国内的一些派别支持这一变局。

西班牙腓力二世给梅迪纳·西多尼亚公爵的信

爱卿本月 28 日的来信已于昨天送达。在回答之前，朕想说，如爱卿在朕上月 26 日和本月 1 日的信中所读到的，朕的意图，并非在发生了这一切后就终止大计，而是继续执行业已启动的任务。不过，朕的意思是，在舰队整修，你们分散的军队也重新结集，或许再完成其他很多甚为重要的事项之后。

如朕所言，朕的意图在上述信中已有明示。但两封信的后一封，关于无敌舰队在本月 10 日启航的命令，是有前提的，即您已和失踪的船舰会合，已尽快安排好船舰的修整，并增援了那些留在后面载运武器、兵员和食物的航船。对于留下的船只，朕是指那些您觉得需花很长时间修理的船只，必须空船留下，所有的装载应转移到其他船上。

不过，朕仍想在这封信中再度明确朕的意思。这和军事委员会写给您的信是一致的：为了节省时间，可以让十二到十五艘最无效用的船只留下，将其中的货物转装到其他船上。朕一直认为，其余失踪的船只该是已经归队了。

朕现在送达爱卿的信中，附有爱卿所要求的委员会的报告和意见。关于舰队应该离开拉科鲁尼亚而动身沿着海岸寻找失踪船只的提议，无论如何都不应采纳。失踪船只会在那里与你们会合，当所有的或足够数量的船只归队之后，尔等即可继续远征，朕同意爱卿为此目的所颁布的命令……

蒙蒂格尔勋爵收到一份措辞谨慎的警告……

（1605 年 10 月 26 日）

　　1605 年的"火药阴谋"，是天主教徒意图在英格兰议会新会期的第一天炸毁议会大厦的计划，届时新教徒国王詹姆斯一世将出席。在计划引发爆炸的前一周，一位著名的天主教贵族蒙蒂格尔勋爵收到了一封匿名信。

　　伊丽莎白女王死后没有继承人，英格兰想延续她的新教遗产，因此邀请苏格兰国王同时统治英格兰。讽刺的是，身为新教徒的詹姆斯是虔诚的天主教徒苏格兰女王玛丽的儿子，伊丽莎白在发现她的篡位阴谋后把她处死了。

　　蒙蒂格尔勋爵本人曾因参加一次反对伊丽莎白的叛乱而被监禁。然而，人们预期詹姆斯国王对天主教会比他的前任更宽容，蒙蒂格尔于是写信给詹姆斯，向后者保证"他和所有形式的阴谋都断绝了关系"。

　　并不是所有的天主教徒都对新国王持有同样的看法。罗伯特·凯茨比与蒙蒂格尔勋爵参加了同一次叛乱，也像蒙蒂格尔一样受到囚禁，他发现詹姆斯国王 1603 年即位后对天主教的宽容度低于自己的预期。1604 年，他动了用火药在上议院炸死詹姆斯的念头。1605 年 11 月 5 日，议会的开幕仪式会在那里举行，国王肯定会莅临现场。凯茨比开始招募其他天主教徒加入他的事业，他们把议会的爆炸视为一场民众起义的序曲，这场起义要让天主教徒重新登上英格兰王位。

　　他对爆炸将会造成数百名新教贵族和平民的丧生毫不关心，但那里仍会有一些天主教贵族，比如他的前革命伙伴蒙蒂格尔也会与国王同归于尽。虽然蒙蒂格尔收到的信没有署名，但它看上去像是凯茨比写的，或者，至少是来自一个知道蒙蒂格尔宗教倾向的阴谋者。

　　这封信的表述隐晦含糊，但意思很清楚。写信人谈到蒙蒂格尔的宗教信仰时，措词只是"我对您的一些朋友的爱"，而谈到新教则称之为"这一时代的邪恶"，对它，"上帝和人类已经达成共识予以惩罚"。这封信鼓动蒙蒂格尔"想出一些借口来推脱出席这届议会"，"退避到您的乡下（庄园），在那里您可以安全地期待事件的发生"。

信中强烈地暗示了事件的性质："这届议会将遭受可怕打击，然而他们搞不清是谁伤害了他们。"来信人还敦促蒙蒂格尔不要因为害怕卷入阴谋而忽视自己的忠告，"因为您只要把信烧掉，危险就消失了"。

有人认为是蒙蒂格尔亲自写信讨好新国王。不管怎么说，他是个言而有信的人，他曾表示自己"和所有形式的阴谋都断绝了关系"，他把信交给国务大臣，然后信又被交到国王手中。正如人们所说，余下的都已成为历史。在上议院开幕的前夜，在对议会大厦的彻底搜查中发现了一名阴谋者，盖伊·福克斯，他躲在地下室里，把一小桶火药藏在一堆煤炭下面。

严刑拷问下，福克斯吐露了同谋者的名字，这些人都在 1606 年 1 月被处决了。蒙蒂格尔因为对新教国王的忠诚，从感激他的政府那里得到了金钱和土地。这封信保存在英国国家档案馆里。

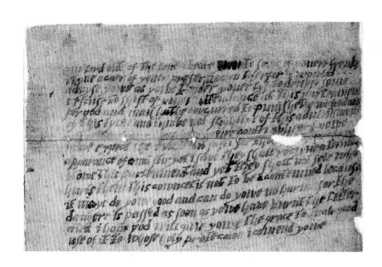

泄露阴谋的警告信。

给蒙蒂格尔的匿名信

　　1605 年 10 月 26 日。阁下，出于我对您的一些朋友的爱，我担心您的安全，因此我要劝告您，就像您珍惜自己生命一样，请想出一些借口来推脱出席这届议会。因为上帝和人类已经达成共识予以惩罚这一时代的邪恶，不要轻视这一消息，请退避到您的乡下，在那里您可以安全地期待事件的发生，因为虽然没有任何骚乱的迹象，但我已经说过这届议会将遭受可怕打击，然而他们搞不清是谁伤害了他们。这个忠告不应该受到谴责，因为它可能对您有益，而不会对您造成伤害，因为您只要把信烧掉，危险就消失了，我希望上帝赐您恩典，并使您能够充分利用它，我把您托付到他的神圣保护之下。

伽利略解释首次观测到木星的卫星

（1610 年 1 月）

伽利略时常被人们誉为"近代科学之父"。他有智慧和想象力，能以新的观点审视问题，找到解决它的科学方法。1610 年 1 月，他写了一封信，描述并说明了他的最新发现。

17 世纪的头十年，伽利略在意大利北方的帕多瓦大学教授几何学、天文学和力学。1609 年，有人向他展示了一架很原始的小望远镜，那是荷兰的新发明，用以观察远处的物体。伽利略立刻明白了这架早期远望镜的原理，并着手为自己制造一架更好的。

望远镜完成之后，他写信给威尼斯共和国的总督莱奥纳尔多·多纳托。威尼斯是个实力雄厚的国家，和荷兰一样，通过海上贸易积累了财富，伽利略确信总督对他大幅改进过的装置会抱有兴趣。"该望远镜的优点在于，"他写道，"能比肉眼早两小时发现敌人的舰队。"

约 1640 年伽利略七十五岁左右时的肖像。

显而易见，它的好处是能够提前评估敌人的力量，"做好追赶、攻击或避开它们的准备"。如伽利略指出的——不仅在海上，而且在陆地上，"在空旷的野外观察所有的细节，分辨每一个动作和预备行动"。

不过，伽利略看到了这个新设备的更大潜力。当用一架望远镜观察的时候，为什么只将视线停留在地平线上呢？这位天文学家已经用它来观察天空，在他给总督的信稿下方，有他画的展示木星四个卫星的草图。他在写这封信的几天前发现了它们，并连续几个晚上画下它们与行星的相对位置，除了 1 月 14 日，他批注道，那天天气多云。

通过用望远镜观察，他推断它们不是恒星，而是在轨道上围绕木星运行的卫星。凭借它们，伽利略成为发现太阳系除地球卫星之外其他行星卫星的第一人。至今，它们被称为伽利略卫星——艾奥（木卫一）、欧罗巴（木卫二）、卡利斯托（木卫四），以及它们中最大的伽倪墨得斯（木卫三）。

它们是目前已知环绕行星的七十九个卫星中最大的，这四颗卫星的发现，挑战了相信宇宙中的一切都是围绕地球旋转的世俗观念。众所周知，伽利略在这条科学道路上走得更远，他认为是地球绕着太阳转，而不是太阳绕着地球转。这大大地动摇了既有的世界观，1633 年，他被迫撤回这个观点，并在软禁中度过余生。

然而，他是正确的，1989 年，美国国家航空航天局发射了以他名字命名的伽利略号太空探测器，任务是近距离观察木星及其卫星。2003 年，它的任务完成了，探测器在木星表面着陆，发回的数据极大增进了我们对天体的认识，而对它们的最早探索，是在 1609 年通过那台自制望远镜完成的。

伽利略致威尼斯总督莱奥纳尔多·多纳托的信，包括他的"木星卫星的说明"。

伽利略致威尼斯总督莱奥纳尔多·多纳托的信

最尊贵的殿下：

伽利略·伽利莱最谦恭地俯伏在殿下的面前，敝人仔细观察，心怀至诚，不仅是以此满足在帕多瓦研究中阅读数学的需求，也以此决定写这封信向殿下献上一架望远镜（Occhiale），它对海上和陆地事务有极大帮助。

敝人向您保证，将绝对为这项新发明保密，只为殿下展示。

望远镜是为了最精确地进行远程研究而制作。

该望远镜的优点在于，能比肉眼早两小时发现敌人的舰队，并能辨别其数量和特征，判断它们的战力，以便做好追赶、攻击或避开它们的准备；抑或，在空旷的野外观察所有的细节，分辨每一个动作和预备行动。

查理二世向议会保证他们将拥有控制权

（1660 年 4 月 4 日）

英格兰曾经是一个共和国。英格兰内战是一场国家由谁掌控之争——是国王还是议会。结果，国王查理一世被斩首，他的儿子查理二世逃到欧洲，奥利弗·克伦威尔作为护国公统治了英格兰。当克伦威尔死的时候，机会出现了……

查理一世相信国王有绝对的统治权，能够自行决定国家的一切。具有历史讽刺意味的是，克伦威尔作为军事独裁者，在没有议会的情况下统治了英格兰五年，正如查理所希望的那样，集所有权力于一身。

1658 年克伦威尔死后，他儿子理查德·克伦威尔继承了他的统治权，向王权进一步靠近。然而理查德缺乏他父亲的权威和能力，共和国的新模范军很快就用议会取代了他。但是当议会威胁要行使其统治权时，军方又解散了它，于是国家分裂成不同的派系，争论着如何

查理二世热衷于把他的宫廷拔高为艺术的大赞助人，他利用艺术来巩固自己作为合法而威严的君主的地位。在约翰·迈克尔·赖特为他画的肖像中，他手中拿着加冕球和权杖，这自然是符合礼仪的，1953 年伊丽莎白二世所持与之完全相同。

治理国家。无政府状态似乎一触即发。

克伦威尔的苏格兰总督乔治·蒙克将军率部队南下，以稳定局势。作为国会议员，他采取了一个惊人之举，给当时流亡在荷兰的查理二世发送密信，邀请他为了国家的利益，返回英格兰接受王位。查理二世写了一封回信，历史学家称它为《布雷达宣言》。

从本质上说这是一封求职信，在信中，他讨论了他会给国王这个职位带来什么益处。本着和解的精神，他准备对王室以前的敌人"给予无条件和广泛的赦免"，只要他们"在四十天内……回归善良国

民的忠诚和服从"。在赦免的人中，他把参与斩首他父亲的人排除在外。

考虑到在他的前任治下，新教和天主教之间在心灵和思想上无休无止的争斗，他承诺宗教自由。他答应："准备批准这样一部议会法，在成熟考虑之下，将给予我们充分的宽容。"

这是一位愿意为了人民的福祉和议会合作的国王。"一个自由的议会，"他详加说明道，"根据国王的旨意，通过它，我们将得到建议。"在经历了内战，如此多的财产发生转移之后，他精明地给予议会一项职责，让它来裁决财产纠纷。他提出一项财政刺激方案，表示愿意解决蒙克对士兵的欠薪，并在不削减薪金的条件下收编军队。

《布雷达宣言》为所有相关人士提供了一条前进的路径。国王重回王位，除了那些直接参与处决他父亲的人，几乎没有谁因为先前让他失去王位而受到惩罚。这为一个饱经沧桑的国家——正如查理说的那样，"这么多年来一直流血不止"——和平恢复君主政体提供了真正的可能性。

蒙克召集了一次特别议会，宣布查理二世自他父亲被处决以来一直是国王。一年后，查理在威斯敏斯特教堂行了加冕礼，开创了英国议会民主的新时代。

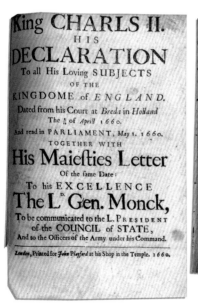

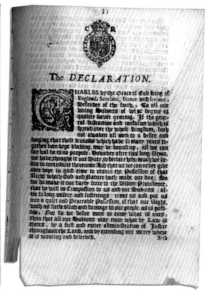

查理给议会的信被印刷出来，并广为散发。

查理二世致臣民的信

借着上帝的恩典，英格兰、苏格兰、法兰西及爱尔兰的国王和信仰的捍卫者查理，向我们亲爱的臣民，致以最最诚恳、最最深切的问候。

如果蔓延整个王国的无休止的倾轧和混乱不能唤起所有人的希冀和渴望，把这么多年以来一直流血不止的创伤包扎起来，那么，我们能说的所有一切都将毫无意义。然而，在长时间的沉默之后，我们认为我们有责任宣布我们希望为此做出多少贡献。因为我们永远不能放弃希望，要不失时机地去获得上帝和自然赋予我们的应有权利，这样做会使我们的每一天符合神的旨意，经过这么长时间的痛苦和磨难之后，他会同情我们和我们的臣民，赦免我们，并在尽可能不流血、不伤害我们人民的前提下，让我们安定而和平地拥有自己的权利。我们也不是想要自己享有更多的权利，而是希望通过在全国范围内实行全面和完整的司法体系，通过在需要和值得的地方扩展我们的仁慈，使所有臣民都能享受法律赋予他们的东西。

为了使曾经反对过国家安宁和幸福的人，最终不会因自己的过去而对惩罚有任何恐惧，不会在未来一直抱有负罪感，在国王、贵族和人民恢复他们公平的、原先的、基本的权利时，特以此为证，我们宣布，会给予他们无条件和广泛的赦免，一经请求，我们准备盖上英格兰国玺予以通过，对于我们的所有臣民，不论阶层高低、才能优劣，在本宣言发表后四十天内，都会得到我们的恩惠和仁慈，所有善良的臣民都会得到，只有那些被议会列为例外的人不在赦免之列……

英格兰贵族对奥兰治亲王威廉的提议

（1688 年 6 月 30 日）

历史是胜利者书写的，所以一封邀请外国势力进攻英格兰的信件的签名者，如今被称为"不朽的七人"，而不是"叛国的七人"，由这封信引发的事件被称为"光荣革命"。

这是叛国行为。在詹姆斯二世统治的 1688 年，三位英格兰伯爵、一名议员、两名绅士和当时的伦敦主教给一位外国亲王写信，邀请他率军渡过海峡前来就任国王。而引发这一高层分裂的原因正是宗教信仰。

尽管查理二世在收回英格兰王位时承诺对宗教信仰持宽容态度，但英格兰的国教通过拒绝让天主教徒、清教徒和其他少数派基督徒担任公职来确保他们的边缘化。查理本人在临终时皈依了天主教，王位由信奉天主教的弟弟詹姆斯二世继承。詹姆斯开始任命天主教徒担任军队高层职务和其他公职，而当他的第二任妻子生下一个将被培育成天主教徒的儿子时，英格兰的国教徒们担心一个新的天主教王朝即将建立。

当詹姆斯下令，在每一个英格兰国教讲坛上宣读一份对天主教徒和非国教徒的宽纵宣言时，事态剑拔弩张。七名主教拒绝这样做，詹姆斯以煽动罪逮捕了他们。1688 年 6 月 30 日，他们被判无罪，这一决定动摇了詹姆斯推进天主教议程的权威。

那天下午，"不朽的七人"给荷兰奥兰治亲王威廉写了一封信。威廉娶了詹姆斯二世第一任妻子生的女儿玛丽，两人都是坚定的新教徒。在詹姆斯有了新生的儿子之前，玛丽一直是英格兰王位的继承人。

这封信谈到了国民对詹姆斯二世新宗教自由的抵制程度："人民这般普遍地不满政府目前在宗教、自由和财产等方面的所为……以至于我们可以向殿下保证，整个王国，每二十人中有十九人都希望改变。"

写信者向威廉保证，如果他选择登陆英国，会有军队支援他："非常多的普通士兵每天都表示自己厌恶教皇的宗教，可以想象，在这种情况下，很可能涌现大量逃兵。"

谣传四起，有人说新的男性王位继承

人并不是真正的王家血统，因为王后的婴儿是个死胎，替代的婴儿被藏在便盆里偷偷带进了王家的寝室。信中说："一千个人当中没有一个人相信〔婴儿〕是王后生的。"暗示这件事可以作为威廉入侵的借口。

威廉在德文郡登陆，而荷兰军队对英国的入侵成了"光荣革命"。英国国教就此成为国家的法定宗教。而詹姆斯二世，英国最后一位天主教君主，逃亡到了欧洲。

他通过取得爱尔兰天主教徒的支持，为夺回王位做了最后尝试，但1690年7月1日，威廉率领的军队在博因河战役中击败了詹姆斯。这一胜利加深了爱尔兰天主教徒和新教徒之间充满仇恨的歧见，过了将近三百年之后，仍能感受到这封写给奥兰治亲王威廉的信所产生的余波。

奥兰治的威廉三世肖像，约画于1680年至1684年间。博因河战役是两位加冕的英格兰、苏格兰与爱尔兰国王在战场上的最后一次交锋。

英格兰伯爵和牧师给奥兰治亲王威廉的信

我们在极大的满足中发现……殿下做好了这样的准备，并愿意给予我们提到的援助。我们有充分理由相信，我们的处境将每况愈下，越发没有能力保护自身，因此，我们真诚地希望，在还来得及解救我们自己之时，有可能幸运地找到方法。虽然我们希望这样，然而，我们决不会给殿下错误的预期，让殿下在这件事上误导您的议会，所以我们能给出的最好建议，就是如实地告知殿下此时此地的情况以及我们面临的困难。

先说第一个问题，人民这般普遍地不满政府目前在宗教、自由和财产等方面的所为（所有这些都遭到了严重的侵害），他们这般预期自己的前景将日益暗淡，以至于我们可以向殿下保证，整个王国，每二十人中有十九人都希望改变，我们相信，如果他们有这种保护来支持他们的起义，使他们不至在有能力防御之前遭到毁灭，他们会心甘情愿地效力。可以肯定，绝大多数贵族和绅士同样不满，尽管起事前和他们广为交谈颇不安全。但毫无疑问，其中最举足轻重的一些人，敢在殿下首次登陆时冒险配合，只要这时候他们能保护人们，使人们聚集到一起，这样的利益就能吸引大多数人。如果这种力量能够落实，能够保护它自身和起事者，直到可能团结起来形成一种秩序，我们毫不怀疑它在数量上会暴增至此地军队的两倍，尽管对方自以为他们的军队处于绝对优势。鉴于我们已经打下良好基础，相信到那时他们的军队会四分五裂，很多军官心怀不满，他们继续留在军队只是为了生计（再说，他们中一些人已经意识到这点），非常多的普通士兵每天都表示自己厌恶教皇的宗教，可以想象，在这种情况下，很可能涌现大量逃兵。而水兵当中，几乎可以肯定，会为这场战争效力的不足十分之一……

本杰明·富兰克林盗窃的邮件泄露了一桩政治丑闻

（1773 年）

本杰明·富兰克林是马萨诸塞湾殖民地的邮政局局长并担任该地驻伦敦的代表。他接到了一包马萨诸塞总督托马斯·哈钦森给他副手安德鲁·奥利弗的信件，内容非常具有煽动性……

这些信写于几年之前，那时，对伦敦统治的不满情绪已经在人们心中普遍蔓延。在 18 世纪 60 年代，英国对殖民地人口征收一系列赋税，以帮助支付保护其美洲殖民地的军费。民众认为，如果要纳税，自己就该对如何使用这些钱有发言权——"没有代表权就不纳税"成了他们的口号。

哈钦森和奥利弗之间的信件，讨论了他们对随之而来的动乱的反应。他们非但没有对民主做任何让步，还要求增加驻军并削减"英国式自由"——这样一来，殖民者虽然同为英国的国民，但不享有与英国居民同样的权利。

马萨诸塞总督托马斯·哈钦森的肖像，他流亡英国，在那里度过余生。

富兰克林认为这些发现值得让马萨诸塞通信委员会（为分享有益的革命信息，数个委员会成立了，马萨诸塞通信委员会是其中之一）知情。富兰克林明白这些信具有爆炸性的影响力，坚持只供委员会阅读，不宜广泛传播。但在 1773 年 6 月，它们最终还是被公布在《波士顿公报》上，点燃了殖民地的怒火。

年底，波士顿民怨沸腾，因为该年夏季，一项新的法案给了英国东印度公司高于殖民地茶叶进口商的免税竞争优势。波士顿的商人登上一艘东印度公司的商船，把船中的货物抛下船去，以此宣泄情绪——这就是著名的波士顿倾茶事件。

在英国，本杰明·富兰克林被迫承认他向通信委员会提供了这些信件。当就倾茶事件和哈钦森信件内容召开听证会时，一个议会委员会居高临下地训斥了他。富兰克林被指责盗窃和行为不名誉，并被解除了邮政局局长职务。哈钦森则被宣告无罪，但很快被撤销总督职位，由英国在北美的军事指挥官托马斯·盖奇将军替代。

富兰克林在整个听证会上三缄其口，但是回到美洲后，他毫不动摇地相信美国从英国独立出来的必要性。1774年，英国议会通过了一系列精心炮制的法令，旨在惩罚马萨诸塞殖民者对英国意志的勇猛反抗，它们被称为"不可容忍法令"或"强制法令"。但这只能助长对英国统治的愤怒反抗，不到一年，殖民者的情绪就爆发成一场全面的美国独立战争。当战争彻底结束，富兰克林参与起草了《独立宣言》。而出生在波士顿的哈钦森流亡英国，在那里度过了他的余生，并写下了三卷本的马萨诸塞史。

威廉·惠特利指控约翰·坦普尔拿了这些信，在遭到对方坚决否认之后，本杰明·富兰克林觉得出于道义，他有责任申明自己是信件泄露的源头。坦普尔向惠特利提出决斗，并在1773年12月初的对决中打伤了他。他们计划了第二次决斗，情急之下，富兰克林致信《伦敦公报》。

1774年12月25日致《伦敦公报》印刷商的信

先生：

　　获悉两位绅士不幸卷入一场决斗，他们双方对于这次泄密的情况完全不知情并且都是无辜的，我认为出于道义，我有责任声明（为了防止造成进一步的伤害，只要该声明可以有助于防止它的发生）：是我独自获取了那些可疑的信件并把它们送到了波士顿。W先生不可能传播它们，因为这些信从来没到过他的手中；基于相同的原因，T先生也不可能从他手中拿走它们。这些信的性质并不是"朋友之间的私人信件"：它们是公职人员就公共事务写给其他公职人员的信，目的是设立公共措施。因此它们被交到可能受它们影响的其他公职人员手中，以制定这些措施：其用意是煽动宗主国反对它的殖民地，还有，按照建议的步骤来扩大它们造成的裂痕。而对于私密性，信件表达的主要警告是，别让殖民地代表知道信的内容，写信者害怕这些信件或其副本可能被送回美国。这种担心似乎是有理由的，因为作为第一个接触到它们的代表，他认为，把它们转交给自己的选民是他的责任。

马萨诸塞湾众议院代表

B. 富兰克林

阿比盖尔·亚当斯告诫丈夫约翰"对女士们加以关注"

（1776年3月31日）

约翰·亚当斯成立了一个负责起草《美国独立宣言》的委员会，由托马斯·杰斐逊、本杰明·富兰克林、罗伯特·利文斯顿、罗杰·舍曼和他本人组成。对于宣言应该包含的内容，其他许多人都有自己的想法，包括亚当斯的妻子阿比盖尔。

约翰和阿比盖尔·亚当斯之间的通信档案，是深入了解美国早期历史的宝库。历史的目击者对独立战争前后事件的描述是珍贵无价的。阿比盖尔是美国独立的坚定支持者，这对夫妇紧密合作，发展了他们关于这个新国家政治和道德形态的理念。

宣言带来了新开始的机会。这个国家，当年它的清教徒祖辈移民因宗教信仰原因渡海而来，它现在成了一块白板，可以在上面书写法律框架，以此作为治理和被治理的依据。当约翰和他的委员会在费城

反复研究解决宣言的具体细节问题时，阿比盖尔从马萨诸塞州的布伦特里写信给他。她注意到他参与的是一项繁重的工作。"我渴望听到你们宣布独立的消息，"她写道，"顺便说一下，我认为在新的法典里，你有必要给我希望，让我看到你们会对女士们加以关注。"

早在"我也是"（#ME Too）运动发生的二百五十年前，阿比盖尔·亚当斯就呼吁所有的男性委员："不要把这样不受制约的权力放在丈夫手中。请记住，只要可能，所有的男人都会是暴君。"有人猜想阿比盖尔认为约翰是该

阿比盖尔·亚当斯和她丈夫约翰都不看好第一任财政部部长亚历山大·汉密尔顿。她曾经这样描述他："我多次从他猥亵的眼睛里看到他的内心。真实的魔鬼就在里面，那双眼睛是好色的，若看不出，我的相面术就太差了。"

规则的例外。"任何时代，通情达理的男人都讨厌那些只把我们当作你们性爱奴仆的陋习，那么，请把我们看作天意要你们眷顾的生灵，效法上帝，使用你们的权力为我们谋求幸福。"

也许只是半开玩笑，阿比盖尔威胁说，"如果你们不能给予女士们特别的照顾和关注，我们将奋起反抗，绝不会屈服于任何我们没有发言权或代表权的法律"。她把这与美国独立战争本身做了一个公平的比较，美国独立战争的起因是（男性）殖民者在英国议会中没有代表权的时候，他们拒绝接受英国的法律和征税。

不管她是否在开玩笑，她丈夫肯定是怀着那种心情领会它的。"至于你那非同寻常的法典，我禁不住笑出声来。"他的回信神气十足地摒弃了这个想法。"请相

信我，我们知道最好还是不要废除我们的男性体系。虽然它们看似强大有力，但你知道它们只不过是理论而已……实际上，你知道，我们是臣民。我们徒有'主人'之名。"

当《独立宣言》说"人人生而平等"时，它是指全人类，而不是指所有的男性。虽然直到1920年，第十九条修正案才确定了不分性别的选举权，但在那以前，很多州的妇女是有投票权的，比如马萨诸塞州，她们甚至在独立战争前就有了投票权。但即使在今天，也不是所有男性都会像约翰那样对待阿比盖尔。"你们当中想要幸福的人，"她在信中说，"心甘情愿地放弃'主人'这个刺耳的头衔，换上一个更温柔、更讨人喜欢的'朋友'称呼吧。"

阿比盖尔·亚当斯要求"对女士们加以关注"的著名信件。

阿比盖尔·亚当斯致约翰·亚当斯的信

我希望您给我写的信，有一封能有我给您写的一半长，如果可以，告诉我你们的舰队到哪儿了？弗吉尼亚能采取怎样的防御来对抗我们共同的敌人？它是否有足够能力进行防御？难道贵族和普通国民不都是封臣吗？难道他们不像不列颠人把我们描绘成的未开化土著吗？我希望他们的火枪手显示的是他们自己的狂野甚至嗜血，这不是普遍存在的特质。

我愿意殖民地因为出了一个华盛顿而欢天喜地，但他们被邓莫尔[1]无耻地愚弄了。

我有时候会想，那些惯于剥夺同胞自由的人，他们心中对自由的热情不可能同样强烈。关于这一点，我确信它不是建立在那种宽容的基督教原则上的——像他人对待我们一样对待他人……

我渴望听到宣布独立的消息，顺便说一下，我认为在新的法典里，你有必要给我希望，让我看到你们会对女士们加以关注，会比你们的祖先对她们更慷慨、更支持。不要把这样不受制约的权力放到丈夫手中。请记住，只要可能，所有的男人都会是暴君。如果你们不给予女士们特别的照顾和关注，我们将奋起反抗，绝不会屈服于任何我们没有发言权或代表权的法律。

你们男性生来蛮横粗暴，这绝对是无可争议的事实，但是，你们当中想要幸福的人，心甘情愿地放弃"主人"这个刺耳的头衔，换上一个更温柔、更讨人喜欢的"朋友"称呼吧。那么，对于那种残害和侮辱我们的堕落而非法的力量，为什么不使它们不再逍遥法外呢？任何时代，通情达理的男人都讨厌那些只把我们当作你们性爱奴仆的陋习，那么，请把我们看作天意要你们眷顾的生灵，效法上帝，使用你们的权力为我们谋求幸福……

1　指约翰·默里·邓莫尔四世伯爵（John Murray 4th Earl of Dunmore，1732—1809），英国贵族，最后一位英国殖民地弗吉尼亚自治区王家总督。1775 年主导了著名的火药事件，命令把储存在威廉斯堡的火药转移到英国王家海军军舰上，事后逃离弗吉尼亚。

乔治·华盛顿在独立战争中雇用了他的第一个间谍

（1777年2月4日）

美国作为一个国家存在，要追溯到1776年的《独立宣言》。但随之而来的独立战争的战局还未有定数。为了扭转局面，对抗精锐的英军，美国采纳了乔治·华盛顿将军提出的反间谍倡议。

在独立战争的初期，英国人轻而易举就占了上风。他们有训练有素的陆军和强大的海军，还有间谍。而反对它的是一些彼此迥异的殖民地，此前没有过任何形式的集体组织。到了1777年年初，起义的殖民者似乎败局已定。

虽然革命者明白反间谍的必要性，但他们在这方面付出的努力远远不够。在那个很讲究绅士风度的年代，利用平民做战争工具是不受推崇的。所以最初，未来的总统华盛顿在军中招募志愿者间谍。直到他们中的一员——上尉内森·黑尔被英国人逮捕并处死后，华盛顿才开始考虑招募平民，因为他们不那么引人注目。

在一个同事的提议下，华盛顿委任了一名叫纳撒尼尔·萨基特的商人，让他去组建一个间谍网。萨基特有一些使用密码和密电的经验，也有在纽约委员会与阴谋侦查和挫败委员会的工作经历。令人惊异的是，二百三十多年过去了，华盛顿写给萨基特的原信竟还存留于世。

这是一封短信，但它标志着现代美国情报收集的起源。"鉴于您有获得最早、最好敌方情报的优势，"华盛顿将军写道，"还有杜尔上校所转告的您的优良品格以

华盛顿在约克镇的胜利。他右边是拉法耶特侯爵。左边骑马的是他的副官亚历山大·汉密尔顿。

及从事这类工作的能力，我把这项工作的运作交托到您的手中。"

和英国人的情况不同，这项工作不在革命经费的预算中，但华盛顿是一个富有的农场主，在财政上有能力启动他的间谍网络。"我代表公众，同意每月支付您五十美元，……另附上总额五百美元，以付给那些您在开展工作时认为可能有必要雇用之人。"

一个月以后，萨基特递交了他的第一份报告。他已经招募了几名特工，并让他们宣誓保密。不幸的是，萨基特不是第一流的间谍组织头目，他和他的团队收集信息速度太慢，而且太不准确。几个月之后，华盛顿不得不用另一名军官本杰明·塔尔梅奇少校替换了他。

塔尔梅奇的工作干得非常出色。他建立了一个被称为"库尔珀组"的间谍网，这个组织严密高效，以至于乔治·华盛顿都不知道他们的成员有谁。直到20世纪30年代，它的存在才被公之于众。它给了美国革命者所需要的优势，使他们预知了英国人的计划，并使斗争形势发生转变。战后，华盛顿向国会递交了一份用于间谍活动的一万七千美元报销清单，国会予以全额偿付。

华盛顿给纳撒尼尔·萨基特的信。

乔治·华盛顿给纳撒尼尔·萨基特的信

　　鉴于您有获得最早、最好敌方情报的优势，还有杜尔上校所转告的您的优良品格以及从事这类工作的能力，我把这项工作的运作交托到您的手中。

　　基于您本人在该项工作中的辛劳，我代表公众，同意每月支付您五十美元，兹随函附上一张向总出纳员提款的凭单，另附上总额五百美元，您可用以付给那些您在开展工作时认为可能有必要雇用之人，并向我提交支出账目。

　　　　　　　　　　　　　　　　　　　　　　　　G.华盛顿

　　　　　　　　　　　　　　　　　　　　　　　1777 年 2 月 4 日

　　　　　　　　　　　　　　　　　　　　　　写于莫里斯敦总司令部

杰斐逊建议侄子质疑上帝的存在

（1787 年 8 月 10 日）

　　1787 年，一位叔叔在写给他十七岁侄子的信中，建议他怎样充分利用自己所接受的教育。当时托马斯·杰斐逊在巴黎担任驻法公使。如果这封信在那时被发表了，在一个如此敬畏上帝的国家，他可能永远也不会成为总统。

　　托马斯·杰斐逊之所以写信给他的侄子彼得·卡尔，是因为后者即将开始在杰斐逊以前的老师乔治·威思先生身边学习。威思是《独立宣言》的签署人之一，这时在弗吉尼亚州威廉斯堡的威廉与玛丽学院任教。

　　杰斐逊是一个博学多识的人，他高度重视教育，想把他对学习的热爱传授给彼得。信里还附了一份内容广泛的阅读清单，针对卡尔想要学习的每一门学科，也包括对不应该阅读的读物的建议——例如，有关现代历史，"略去克拉伦登〔英格兰内战的历史〕，

因为对于一个年轻的共和党人，它太有诱惑力了"。

　　清单上推荐的其他学科包括古代历史、外国历史和美国历史，以及从荷马到莎士比亚的诗歌。除了全面的经典教育，杰斐逊还强调学习科学。书单包括农学、解剖学、天文学、植物学、化学、数学和物理学的读物。在政治学和法学方面，他尊重乔治·威思挑选的读物，但是在哲学（他称之为道德）和宗教领域，他推荐了一些重量级的巨著。

　　在信的正文中，杰斐逊就几个学科详细阐述了他的基本想法。他以令人钦佩的远见，推荐彼得学习西班牙语，而不是意大利语："我们未来与西班牙人及西班牙

托马斯·杰斐逊 1800 年的经典肖像，画家是伦勃朗·皮尔。

裔美洲人的联系，将使这种语言值得掌握，我送你一本字典。"

他忠告十七岁的彼得·卡尔遏制一切旅行的欲望。"它使人更加聪慧，但变得没那么快乐。旅行让人眼界开阔，但使他们对祖国不满。这种观察，"在从巴黎写给彼得的信中，他无奈地补充说，"建立在经验之上。"

信的一半篇幅，表述了杰斐逊的哲学和宗教观点。关于道德："我认为参加这方面的讲座是浪费时间。"杰斐逊主张道德是天生的，因此除了通过实践和阅读他

清单上的书籍，是无须加以精进的。关于宗教，他的质疑非常惊人："就连神的存在也要质疑，因为，如果有神的话，他必赞同理性的敬意，而不赞同蒙昧的恐惧。"

他认为彼得应该理性地对待《圣经》，就像对待塔西佗那样的古典作家一样："《圣经》里有悖自然法则的事实，必须被更谨慎地审视。"耶稣要么是（难以置信）"上帝所生，要么是贞女所生……并升入天堂"或者（更合理的）"是非婚生的，是怀抱仁慈之心的人……根据罗马法，以煽动罪被处以绞刑"。保持一种探究的精神要比盲目信仰更为有益。

杰斐逊用忠告来作结："要善良，要博学，要勤奋……让自己对祖国来说是珍贵的，对你的朋友来说是亲爱的，让你的内心充满欢乐。"彼得·卡尔接受了他的建议，担任了四届弗吉尼亚州众议院议员。会让杰斐逊感到更加自豪的是，他的侄子帮助创建了阿尔伯马尔学院，该学院后来发展成为弗吉尼亚大学。

杰斐逊从巴黎致信彼得·卡尔，在信中建议他接受广泛的科学教育。杰斐逊在后续的信件中详述了许多他应该熟悉的学科。他写道："我一直抱有这样的希望，即我们的祖国将开展教育……在我们的国家，每一个在今天被认为有用的科学分支都应该以其最高的程度来教授。"

莫扎特在努力完成《安魂曲》时写信给妻子

（1791 年 10 月 14 日）

　　幸亏沃尔夫冈·阿玛多伊斯·莫扎特留下了大量的信件，我们才对他的生平和死亡有了如此多的了解。他存世的最早信件是十三岁时写给一位女友的。而最后一封是写给他妻子康斯坦策的，那时他的健康每况愈下，他赶着要完成他的《安魂曲》。

　　委托莫扎特写一首安魂曲的神秘陌生人于 1791 年 7 月来到他家，提出为莫扎特的这部作品付费，以获得它的所有权利。几乎从那一天起，此人就成了阴谋论的对象。他会是莫扎特的竞争对手安东尼奥·萨列里吗？

　　莫扎特决不会知道我们今天所知道的——此人其实是一位热爱音乐的奥地利贵族弗朗茨·冯·瓦尔塞格伯爵的仆人。冯·瓦尔塞格在自己位于下奥地利的城堡里供养着一支乐队。他是一位有才华的音乐家，但不是大作曲家。所以他会委托别

康斯坦策·莫扎特。

人为他写音乐，然后冒充是自己写的。

　　伯爵在妻子死后委托人谱写《安魂曲》——一首献给死者的合唱弥撒曲，打算在每年她的忌日演奏。他给出的报酬很丰厚，而莫扎特时常手头拮据，且正在等着自己与深爱的妻子康斯坦策的另一个孩子的降临，所以欣然接受了这份工作。

　　7 月底，莫扎特的新生儿弗朗茨诞生了，那时他的工作量已经非常繁重。9 月，他的几部作品在皇帝利奥波德二世的加冕礼上演奏，包括一部当时还没有完成的新歌剧《狄托的仁慈》。莫扎特从萨尔茨堡前往布拉格参加加冕礼，在途中的马车上，

他还在继续致力于创作这部作品。与此同时，他在为一首单簧管协奏曲做最后的润色，并构思另一部新歌剧《魔笛》。

工作负荷开始让他付出代价。他变得沉郁，并将肾脏衰竭的症状归结为有人想要毒死他。康斯坦策没在身边安慰他，因为她去了巴登的健康矿泉疗养地。她在那里的时候，莫扎特几乎每天都写信给她，包括10月14日写的最后一封信。

这是一份对新近一系列事情的乐观而拉家常式的报告，最精彩的是《魔笛》在维也纳上演的那个晚上。伴陪他的有他的母亲、他的儿子卡尔、歌剧歌唱家卡特琳娜·卡瓦列里和作曲家萨列里。从不谦逊的莫扎特写道，每个人都喜欢它，特别是："萨列里最是聚精会神地听和看，从序曲到最后的合唱，没有一曲不引起他的喝彩声：'好极了！''太美了！'"

在莫扎特的最后一封信里，他对佩希托尔茨多夫的一所学校提出批评。那是维也纳东南部的一个村庄，卡尔在此就读，那里乡村的空气对男孩的健康是有益的，但是"他们能做的只是为世界培养一个好农民"。他想把他带离学校一个月，送他去和康斯坦策共处。"明天，我将和你面谈，全心全意地拥抱你。"

莫扎特始终没有完成他的《安魂曲》，随着健康状况的恶化，他宣称："我是在为自己写这首《安魂曲》。"他卧病在床，为了让他高兴，朋友们陪他一起唱《安魂曲》的部分乐曲。12月4日晚上，当他逐渐不省人事，人们还听到他在向他的学生弗朗茨·克萨韦尔·祖斯迈尔口述《安魂曲》中的打击乐器部分。第二天一早，他溘然长逝，康斯坦策委托祖斯迈尔完成了莫扎特的《安魂曲》，如此，她可以收取到剩下的费用。

莫扎特写给妻子康斯坦策的最后一封信

我最亲爱的、最最可爱的娇妻：

　　昨天，10月13日星期四，霍弗和我驱车外出，去看我们的卡尔。我们在那里吃了午餐，然后大家一起驱车回到维也纳。六点钟，我召了马车去接萨列里和卡瓦列里夫人，把他们送到我的包厢里。然后我驱车飞快回去接留在霍弗家的妈妈和卡尔。你几乎不能想象他们有多么陶醉，有多么喜欢，不仅对我的音乐，而且对剧本，对所有一切。他们俩都说，这部歌剧，值得在最盛大的节日和最伟大的君主面前演出，他们会时常来观看这部作品，因为他们从没有见过比它更美、更令人愉悦的演出。萨列里最是聚精会神地听和看，从序曲到最后的合唱，没有一曲不引起他的喝彩声："好极了！""太美了！"对我的好意，他们似乎感激不尽。总之，他们昨天本打算无论如何也要去看歌剧的，但是四点前就必须回去，事实上，他们在我的包厢里舒适地观看聆听。演出结束，我载他们回家，然后和卡尔在霍弗家里用晚餐。餐后我和卡尔回家，两人睡了个好觉。因为带卡尔看了歌剧，他高兴极了，看上去一脸的灿烂。说到健康，他好得不能再好，然而，其他一切可就惨了，唉！他们能做的只是为世界培养一个好农民。不过，不说这些了。因为他的繁重学习（上帝保佑他！）要到星期一才开始，所以我安排让他待到星期日午餐之后。我告诉他们你想见他，所以明天，星期六，我会载卡尔出城来看我，然后你可以让他留下，否则午餐后我把他带回到黑格家，我仔细考虑，待一个月不会对他有什么坏处。与此同时，与皮亚里斯特家的协商目前正在讨论中，有望取得一些进展。总体上，卡尔并不糟，但同时，他也没有变得比以前更聪明，老的坏习惯还是没改。他总是喋喋不休，一如往常。而且，如果说有什么不同，那就是他不像以前那样好学了，因为在佩希托尔茨多夫，他所做的一切，无非就是上午在花园里跑上五个小时，下午再跑五个小时，这是他自己交代的。总之，那些孩子们除了吃饭、喝水、睡觉和尽情奔跑之外，什么事也不做。当时，莱迪基普及霍弗和我在一起，莱迪基普留下来和我一起用晚餐，我派出我的忠实伙伴普里默斯去维尔兹堡拿些食物。我对这家伙很满意，他只让我失望过一次，那是在我不得不在霍弗家留宿的时候，因为他们在那里睡得死死的不起床，我大为恼火。我最乐意待在家里，因为我习惯一人独处，这一次让我很不开心。由于昨日一整天都用去佩希托尔茨多夫的旅途中，所以无法给你写信。但你已有两天没给我写信了，这真是不可原谅啊。祈愿今天肯定会收到你的来信，明天，我将和你面谈，全心全意地拥抱你。

　　就此收笔，永远属于你的莫扎特。

　　千百遍地吻索菲。和N.N.一起做你想要做的，再见。

玛丽亚·雷诺兹告诉亚历山大·汉密尔顿：
她丈夫已经觉察

（1791 年 12 月 15 日）

亚历山大·汉密尔顿是美国的开国元勋。在华盛顿的主政下，他塑造了美国的经济，建立了它的金融体系和国际贸易条款。他本人原有可能成为总统，但是，一桩勒索案和性丑闻让他一蹶不振。

亚历山大·汉密尔顿和他的已婚情人玛丽亚·雷诺兹之间的风流韵事已经持续六个月了。在 1791 年的夏天，雷诺兹太太向汉密尔顿寻求经济援助，声称她丈夫詹姆斯·雷诺兹很残忍，且抛弃了她。但当汉密尔顿去看她，要给她一些钱时，他非常轻易就被诱惑了。他后来回忆说："经过一番交谈后，很快就看出，除了金钱的安慰，其他也会被接受的。"

到了当年年底，汉密尔顿想结束这段情事，虽然最近詹姆斯与玛丽亚·雷诺兹又和好了，但玛丽亚不希望终止和亚历山大的关系。根据后来事态的演变，有人认为，雷诺兹先生从一开始就知道他们的婚外情，这甚至可能是他和妻子合谋的。

1791 年 12 月初，事态急转直下，汉密尔顿收到玛丽亚·雷诺兹的一封信。一切都败露了，她显得非常沮丧，拼写也错漏百出，"雷诺兹先生今天早晨已经卸（写）信给你，我不知道你是否收到了这封信，他发誓，如果你不答应他说的，或者如果金（今）天他堪（看）不到或听不到你的回音，他将写信给汉密尔顿太太。"

在雷诺兹先生与汉密尔顿之间一系列充满火药味的信件往来之后，雷诺兹并没有向汉密尔顿提出手枪决斗，这是当时常有的举措。相反，他勒索这位现任的财政部部长，索要一千美元。这事还没有完，因为在 1792 年 1 月，雷诺兹又写信给汉密尔顿，怂恿他"作为一个朋友"回到家里来，继续这桩婚外情。

不管玛丽亚·雷诺兹是否受到丈夫胁迫，她确实又勾引了汉密尔顿好几次。而每次汉密尔顿都被雷诺兹先生说服，付了更多的勒索款，每次都在三十到五十美元之间，直到雷诺兹再次改变主意，并在 1792 年 6 月要求汉密尔顿停止他的探访。

直到这时，汉密尔顿都成功瞒住了这段婚外情。但临近年底时，雷诺兹因为另一个捞钱的企划被收监，在这起案件中，他伪造独立战争退伍军人的身份，索取赔偿。詹姆斯和玛丽亚写信给汉密尔顿，要求他对案件提供帮助，当他拒绝时，他们就试图把他也牵扯进来。

作为财政部部长，如果卷入一起金融丑闻，他将陷于身败名裂的惨境。汉密尔顿除了揭开他与雷诺兹夫妇关系的真相别无选择，他交出所有信件为证据，以支撑对事情的描述。不幸的是，这些信件后来被泄露给了他的政敌托马斯·杰斐逊，后者用它们毁了对手的名誉。虽然华盛顿依然信任他的同僚，但美国的第一桩性丑闻阻断了汉密尔顿谋求更高职位的雄心。

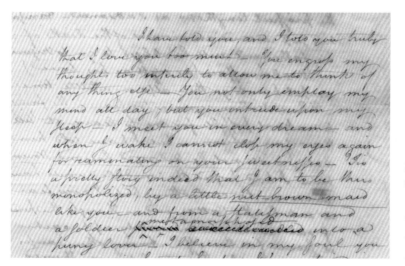

一封亚历山大·汉密尔顿饱含感情写给他长期饱受折磨的妻子伊丽莎白·斯凯勒·汉密尔顿的代表性书信。在汉密尔顿死于和阿龙·伯尔的决斗之后，她用自己的余生为其重振名声。

玛丽亚·雷诺兹给汉密尔顿的信

亲爱的先生：

　　我没有时间告诉你使我目前处于困境的原因，只是，雷诺兹先生今天早晨已经卸（写）信给你，我不知道你是否收到了这封信，他发誓，如果你不答应他说的，或者如果金（今）天他堪（看）不到或听不到你的回音，他将写信给汉密尔顿太太。他刚刚歪（外）出了，我是一个人！我想，你最好马上来这里，可能你知道了原因，就会更加知道该怎么办，唉，我的天啊，我怜悯你胜过怜悯我自己，我情愿自己没有出生，这样就不会为你带来这么朵（多）的哭（苦）恼，不要卸（写）信给他，一行字也别卸（写），只要赶快来这里就行，不要邮寄或在他手里留下任何东西。

玛丽亚

亚历山大·汉密尔顿 1792 年的肖像，
由他的画家朋友约翰·特伦布尔所画。

托马斯·杰斐逊想让一名法国植物学家去探索美国的西北部

（1793 年 1 月 23 日）

托马斯·杰斐逊对美国的展望并没有局限于十三个殖民地。在这个新国家成立之初，他热衷于支持对西部地区的探险考察，希望找到一条通往太平洋海岸的路线。鉴于法国植物学家安德烈·米肖的能力，他认为他找到了完成这一使命的人选。

安德烈·米肖是位夹在两个大陆中间的人物。他被法国国王路易十六委派研究美洲植物，这项研究可能对法国的农业经济有所裨益。但当他在新大陆期间，旧大陆的法国爆发了一场革命，路易被送上了断头台。如果他返回法国，他能保住工作吗？或者，还能保住脑袋吗？

安德烈·米肖对北美大陆生物的多样性印象深刻。据说他已将六万棵树以及其他的动植物运回了法国，还把新物种从欧洲引入美洲。但是当法国大革命骇人听闻的事件导致他被停薪，他不得不另谋高就，赚钱糊口。

他求助于美国哲学学会，这是一个1743 年成立于费城、致力推广人类科学知识的组织，至今仍然存在。杰斐逊是该学会的成员之一，米肖知道杰斐逊提出的另一项探险落空了。于是米肖提议由自己来进行类似的旅行，以获得一笔预付款来抵消目前的债务。

杰斐逊这封列有任务条款的信，被认为失踪了将近二百年，直到 1979 年才在该学会的档案里被发现。这封信表达的不仅是他对这次探险的展望，还是对他为之参与起草《独立宣言》的这个国家的展望。

米肖将沿着密西西比河和密苏里河行进，在这些可通航的水道和另一条流往太平洋的水道之间寻找一处低海拔的连接点。在那里他将与其他欧洲人会合，提交一份报告，然后返回费城，"向［学会会员］对你的旅行和观察做一个完整的叙述，并回答他们对你的咨询"。不过，米肖将保留发表自己探索成果的权利。

杰斐逊向他下达的与科学有关的指令

很广泛——他要记录一切有用的动物、植物和矿物资源的地理位置，准备有关当地居民的人类学报告。尽管杰斐逊非常谨慎地避免让自己的指示过于具体，但他还是要求米肖留意任何长毛象和美洲驼，"弄清楚……它们出现在北面多远的地方"。

在革命后充满不确定性的法国政界，这位前王室植物学家似乎把他的名字改成了安德鲁·米肖（Andrew Michaud）。

就在动身前的最后一刻，米肖得到消息，法国新政权准备仿效已故国王，雇用他担任相同的职位。他急于证明自己法国共和党人的身份，因此参与了法国新任驻美大使的一项未经批准的计划，旨在从西班牙人手中夺回路易斯安那。结果大使被召回，解放路易斯安那的计划破产了，背信弃义的米肖本人也返回了法国，没有去探索密西西比的西部。

1800 年，法国重新夺回了路易斯安那，并于 1803 年通过与杰斐逊的收购谈判将它卖给美国。1804 年，时任总统的杰斐逊组建了一支名为"发现军团"的精锐部队，最后，他委任梅里韦瑟·刘易斯和威廉·克拉克率领这支他梦想已久的探险队。

杰斐逊致安德烈·米肖的信

各界人士捐赠了一定数额的款项，鼓励你去探索密苏里河上游的土地，再从那里西进太平洋沿岸。探险计划交由美国哲学学会指导，学会接受了授权，并给予你如下指示。

他们指示你，你旅行的首要目的，是在温带纬度内寻找一条美国和太平洋沿岸之间最短、最便捷的通道，并掌握所经之地能够获取的详细资料，包括物产、居民和其他令人关注的情况。密苏里河作为这些州和太平洋沿岸的通道，就其流域而言，无疑是具有优势的。因此它被宣布为捐款投入的重要目标（不可被遗漏），这条河应该作为寻找通路的一个部分来考虑和探索。因此，你到了这条河的附近，也就是说到了卡斯卡斯基亚镇，学会将为你提供一辆运输工具，并找该镇目前在费城的印第安人来陪同你。

从那里你将横渡密西西比河，然后从陆路到达西班牙殖民点上面离密苏里河最近的地区。这样你可以避开被拦阻的风险。然后你将沿着这条河的最大支流，以最短的路线和最低的纬度到达太平洋沿岸。

当你沿着这些支流前进时，你会发现自己到了一个地方，从这里你可以找到一条以最短、最便捷的路线抵达太平洋沿岸的主要河流。你要顺着这条河前进，沿着它的路线抵达太平洋岸边。从最新的地图上看，好像有一条名叫俄勒冈的河流与密苏里河在相当长的一段距离是紧挨着的，并在离南诺特卡湾不远的地方流入太平洋。但学会认为这些地图是不可信的，不能作为指导你的确切依据……

夏洛特·科黛刺杀沐浴中的马拉后在绝境中写信

（1793 年 7 月 16 日）

法国大革命高昂的乐观情绪很快就被恐怖统治所取代。一位名叫夏洛特·科黛的女性，把捍卫自由、平等和博爱的原则作为自身使命，而这些原则正是当初革命的基石。

一般而言，1789 年的法国大革命是由两个派系推动的：山岳派和雅各宾派。山岳派由马克西米利安·罗伯斯庇尔领导，在新政府里占据了最有力的位置，但是当他们把这个国家引向更为极端的革命形式时，一些较温和的雅各宾派成员进行了抵制。

这群被称为吉伦特派的反对者，在法国远离巴黎政治温床的地区最受拥护。夏洛特·科黛来自首都西北部诺曼底的一个乡村，她支持吉伦特党人的政治目标。1792 年 9 月，激进的雅各宾派让 - 保罗·马拉下令处决一千五百名巴黎的犯人，受害者多半是非政界人士，处死他

们只是为了让他们无法支持国内外的任何反革命运动。这时，科黛被激怒了。

杀戮在全法国大约七十个其他城镇重演，然后，在 1793 年 6 月，政府中二十一名吉伦特派成员遭到清洗，被斩首。科黛决定，正如后来她在审判中声称的，"马拉正在侵害法国……必以一人之死拯救千万苍生"。1793 年 7 月 13 日，她去马拉家拜访，借口要把吉伦特派领导层的名单交给马拉。她找到了正在药浴的马拉，用一把专为行刺购买的六英寸菜刀对他猛刺。这幕场景出现在雅克 - 路易·大卫在那年稍晚时画的一幅作品里，成为一个不朽的瞬间。

应夏洛特·科黛要求，在她被处决前几个小时，一名国民警卫队军官为她画了像，她在法庭上看过草图。她在趴上断头台之前对他的作品提了一些建议。

科黛被当场抓捕。在监狱等待审判期间，她写了两封著名的书信。第一封是给父亲的，表示她的歉意，"因为未经您允许就结束我的生命。我替很多无辜的受害者报了仇，我阻止了许多其他的灾难。当人们某一天觉醒的时候，将为除去一个暴君而欢欣鼓舞"。这封信在审判中被作为她预谋犯罪的证据出示。

第二封信是写给查尔斯·巴尔巴鲁的，一位她在诺曼底遇到的吉伦特派领袖。她向他抱怨被捕后失去了隐私，她还写道："他们当中鲜有能为国家而死的真正爱国者，几乎全是自私的。唉，这是多么可怜的一个民族，去建立一个共和国。"她在审判中说，"只有在巴黎，人们才会喜欢马拉，在其他地方，他被视为怪兽"。这段话概括甚至包括了今天的法国政治生活的集权性质。

她的行动并没有立即产生所希望的效果。在接下来的几个月里，整个法国约有一万七千名吉伦特党人被杀害。这标志着恐怖时代的开始，几乎任何行动或信仰都可视为反对新革命政府的犯罪，遭到放逐或死亡的惩罚。科黛在断头台上被斩首。巴尔巴鲁在逃跑时试图开枪自杀，但被抓获，并在可能死于枪伤之前被砍了头。

《刺杀马拉》，保罗－雅克－阿利梅·博德里画于1860年。

夏洛特·科黛致查尔斯·巴尔巴鲁的信

在巴黎，我们是如此优秀的共和信仰者，以至于人们无法想象，一个无用的女人，她的生命充其量也没有多大价值，为什么能为了拯救她的国家而决绝地牺牲自己。

我完全预料到，我马上会死，但一些勇敢的人确实值得大加赞扬，他们要从那些人的狂怒中拯救我，这些人的狂怒是情有可原的，因为我除去了他们的人。当我真正平静的时候，令我备受折磨的是一些妇女的恸哭。但无论是谁，为了拯救自己的国家，都会不计代价。

我希望很快就能建立和平。这是一个伟大的开端，没有它，我们就永远不会有未来。我已经享受了两天美好的心灵平静，国家的幸福就是我的幸福，没有自我牺牲的行为，就不会产生比痛苦更多的欢乐。

我相信他们多少会折磨我的父亲，尽管失去我已让他痛苦万分。要是我能沉浸于最后一封信之中该多好，在信中，我让他觉得，出于担忧内战的惨烈我打算去英国；那个时候，我的计划是隐匿真实身份，以公众的名义杀死马拉，然后自己马上赴死，让巴黎人无从知道我的名字。

我恳求你们，恳求作为公民的你和你的同僚，如果我的亲戚和朋友有了麻烦，请答应保护他们。对亲爱的贵族朋友，我什么也不说了，但我会在心里珍藏关于他们的记忆。

除了一个人，我谁也不恨，我已经对他表示了莫大的憎恶，但对于成千上万的人，我的爱要比我的恨更为强烈。拥有生动的想象力和敏感的心，将给暴风雨般的生活以希望，我恳请那些可能为我哀悼的人考虑这一事实，这样一来，他们将高兴地想象，我在天堂乐土和睦地与布鲁图及古代先贤们相处。

至于现代人，他们当中鲜有能为国家而死的真正爱国者，几乎全是自私的。唉，这是多么可怜的一个民族，去建立一个共和国……

开战前夜，纳尔逊给他的舰队发送一条信息

（1805 年 10 月 21 日）

在 19 世纪，笔和纸并不总是传达信息的最佳方式，尤其是在开战的前夜。1805 年，海军中将霍拉肖·纳尔逊用海军版的短信——旗语，发送了一条载入史册的信息。

特拉法加是西班牙曾经的阿拉伯统治者留下的一个名字，特拉法加角位于西班牙大西洋沿岸，在加的斯港以南。1805 年，距那里西面大约五英里（八公里）处，纳尔逊领导的英国舰队与法兰西－西班牙联合舰队交火，展开了拿破仑战争中规模最大的海战。

英国封锁了法国的港口，以阻止任何进攻英国的企图，这一策略被证明颇有成效。但法国海军中将维尔纳夫设法冲出法国地中海沿岸的土伦港，与加勒比海上的其他法国船舰会合。维尔纳夫带着这些援军返回时，航行到了加的斯。

加的斯有一支由法国和西班牙战船组成的庞大舰队。由于港口的军需补给不足，维尔纳夫奉命航往那不勒斯港。纳尔逊对英国海军的卓越战斗力信心满满，他看到了把敌人拖进决战的机会。但对维尔纳夫来说，他确信在一场正面交战中，自己的

舰队对英国兵力具有压倒性的优势：法国舰队现在得到了西班牙战船的扩充，包括当时航行在全球各大洋的一些最大的船舰。

按照惯例，当时的海战是正面对决，也就是说，两支舰队各成单行相向鱼贯而过，炮击对方的舷侧。这有利于信号的传递，也意味着战败的一方比较容易脱身。然而，纳尔逊有一个大胆的作战计划，他打算用两列英国战舰而不是一列，以垂直方向而不是从侧面逼近敌人，把法兰西－西班牙舰队分割成三个较小的部分，这样更容易击溃敌阵。

当纳尔逊的两列战舰逼近法国舰队的队列时，他使用信号旗编码系统传递命令。剩下就是等待纳尔逊发出最后的信号："向敌人近距离开火。"但首先，他想用一个更个人化的信息来鼓励他的部下。

他相信他们会尽最大努力，他要求信号官传话："英格兰相信人人都会恪尽职

守。""相信"这个词，意思是"无比信任"。传令官是约翰·帕斯科中尉，他指出没有表达"相信"意思的信号旗，所以，得花更长时间来组成信号。"如果大人您允许我把'相信'这个词换成'期待'，信号就可以立刻完成，因为在信号词汇表里有'期待'这个词，若用'相信'，必须另行拼组。"纳尔逊同意了，尽管最终的信号——与其说是一封完整的信，不如说是一条附言——没有"相信"的用词，但更威严有力。

信息发出去了："英格兰期待人人都会恪尽职守。"它的最后三个字母和"信息结束"的旗帜，在 J. M. W. 透纳的一幅画中清晰可见，这幅画再现了纳尔逊的王家海军胜利号旗舰在战斗中的情景。事实上，接下来的一切都成了众所周知的历史。特拉法加战役是英国海军的一次重大胜利。由三十三艘战舰组成的法兰西－西班牙舰队，被击沉了二十二艘，足足占到三分之二。英国的二十九艘战舰无一折损。但是，在战斗的最后阶段，纳尔逊被法国狙击手的毛瑟枪子弹击中。在弥留之际，他欣慰地得知，他不依常规的进攻计划和鼓舞人心的信号在那天赢得了胜利。

透纳绘制的王家海军胜利号旗舰在特拉法加的场面，该画作挂在格林尼治的国家海事博物馆里。

尼罗河海战之后，土耳其苏丹送给纳尔逊一个由十三根钻石小枝组成的羽状饰品，代表法国沉海或被俘的战舰数目。

拿破仑通知亚历山大一世，法国与俄国开战

（1812 年 7 月 1 日）

1807 年，描绘法国和俄国皇帝亲密拥抱的纪念章被制作出来。五年之后，他们成了不共戴天的敌人。拿破仑越界闯进俄国领土，威胁入侵，并写了一封信给俄国沙皇，解释为什么事情错在沙皇。

拿破仑在 1807 年取得弗里德兰战役的胜利后，在蒂尔西特签署了两个条约，结束了他与普鲁士和俄国的战争。他把普鲁士一半的土地交给法国的附属国（包括新成立的华沙公国）和俄国。除了普鲁士，每个国家都对这个新安排感到高兴，这巩固了拿破仑对中欧的控制，并使俄国在仍在进行的英法战争中成为他的盟友。

1809 年，不断试探法兰西帝国疆界的拿破仑，以《美泉宫条约》与奥地利媾和，结果，奥地利的部分土地归了华沙公国。扩张后的公国现在和俄国有了更长的边境线，在沙皇看来，这使得法国更有可能入侵俄国。亚历山大开始反对《蒂尔西特条约》对领土的分配。拿破仑在 1808 年已经做了一些让步，但这时俄国开始在军事上对法国控制下的城市做反击的准备，例如华沙和但泽。

随着边境局势日益紧张，拿破仑向圣彼得堡发起了一个和平提议。但在收到回应之前，他于 1812 年 6 月 24 日率领一支近乎五十万人的军队（兵力约是俄国在该地区驻兵的三倍）渡过了涅曼河，进入俄国境内。四天后他进入了维尔纳，即今日的维尔纽斯。在那里，拿破仑收到沙皇的将军亚历山大·巴拉绍夫送来的信，表示只要法国军队还在俄罗斯土地上，他就拒绝谈判。

作为答复，拿破仑给同为皇帝的亚力山大写了一封长信。这是一封自我辩白的信，以法国人的立场来看这些事件，拿破仑将自己描述成受损害的一方："行军在涅曼河上，我深信为使人类免遭这些新的灾难，我已力尽所能。"他列举了自己为和平做的所有努力以及亚历山大向战争迈进的所有举动。"您肆意地武装到了牙

齿……我虽也进行了武装，但那也是在陛下您之后六个月……我没有错失任何澄清自己意图的机会……在十八个月里，您拒绝对您的行动做任何解释……"等等。

拿破仑在他的信中用略带轻松的口吻总结说："那么，我们是在开战。上帝也无法挽回已经发生的事情。"但是当然，"如果陛下想结束战争，您会发现，我已准备好这样做"。

怀着爱国热情在自己的国土上硬拼的亚历山大并不打算终止战争。拿破仑的大军装备不良，并不适应俄国的地理条件，因为它过于辽阔，无论是通过它途经的土地，还是通过法国不甚充分的补给线，都无法获得足够的给养。甚至在向维尔纳推进期间，拿破仑损失了大约一万匹战马；饥饿和疾病使军人大量死亡；他的大军出现逃兵，在异国土地上流窜，胡作非为，不受军纪约束。

虽然拿破仑抵达了莫斯科，但在兵力和装备上都付出了巨大的代价。其时正值俄国的严冬，他在从俄国首都的撤退中遭受重创，这对他的骄傲和权力是一次倍感耻辱的打击，也是对法国军队的沉重一击。

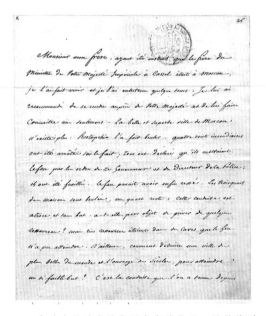

1812年6月中旬亚历山大给拿破仑的一封信。事实上，拿破仑投入了庞大的后勤以支撑他的六十八万大军，这意味着无论沙皇怎么回信，他都不会退缩。

拿破仑给沙皇的言不由衷的信函。虽然他到了莫斯科城门之下，但不是以一个伟大征服者的身份进入城市，而是发现罗斯托普钦伯爵已将他的丰厚战利品付之一炬。

亚历山大一世致拿破仑的信

仁兄尊鉴，尽管我尽责尽力履行了对陛下的义务，但昨天获悉，您的军队越过了俄国的国界，就在刚才，我收到一封来自圣彼得堡的信，洛里斯东伯爵在信中谈到这次攻击的原因，他称，从库拉金亲王要求通行证的那一刻起，陛下就认为他们和我都处于战争状态了。巴萨诺公爵给出的拒绝签发通行证的理由，决不能作为发动进攻的借口。事实上，正如大使库拉金亲王自己所言，他从没接到任何命令，让他以这种方式行事……我完全不赞成他的做法，命令他留在岗位上。如果陛下无意因为这种误解而使我们的同胞流血，如果您同意从俄罗斯领土撤军，那么，发生的一切事情都将一笔勾销，我们之间的协议依然适用。否则陛下将强迫我把您视为敌人，您的所为绝非是我的行动引起的。陛下有责任把人类从一场新的战争灾难中拯救出来……

拿破仑致信亚历山大一世谈及莫斯科大火

亲爱的阁下，我的仁兄！……没有比莫斯科更美丽、更值得自豪的城市了：可罗斯托普钦却将它付之一炬……我心平气和地与陛下开启了一场战争：不论是在最后战役的之前还是之后，您的一封信就会使我停止前进，我真的愿意向您献出首次进入莫斯科的收益。如果陛下再多保留一些过去的感情，您将会为收到这封信感到欣慰。不过，您必须感谢我，因为我知道莫斯科正在发生什么。鉴于此，亲爱的先生，我的仁兄，我祈求上帝庇佑陛下，置您于他神圣而庄严的保护之下……

当机械取代农场劳动力时，"斯温上尉"发出威胁

（1830 年）

　　1830 年，英格兰南部各地的农场主开始收到一位神秘的"斯温上尉"的手写信件，威胁要烧毁他们的庄稼和财产。在如此广袤的地区对如此多人的生活进行威胁，这个人究竟是谁呢？

　　反对技术进步的最早论点之一，就是认为这会让人们失业。当工业革命改变全球的经济和劳动惯例时，反对新工业技术的呼声日益高涨。早期一个著名的例子是勒德分子的行动，他们不仅抗议失业，还抗议劳动力技能的退化。他们在英格兰中部地区破坏新型的纺织机械，直到 1816 年才被政治和军事力量所制止。

　　1830 年，在肯特郡兴起了另一场运动，抗议该郡的农场引进脱粒机。那是一个失业率高涨的时期，而这些机器的到来，对农村社会最贫困的土地劳动者造成了威胁，使之陷于更凄惨的境地。脱粒是把谷物从粮食作物的茎秆上分离出来的过程，传统的做法是由工人使用连枷来完成。这在秋冬两季为人们提供了宝贵的工作机会，在 18 世纪晚期，这项工作雇用的人数占全部农业工人人数的四分之一。麦子在农家庭院里成垛地堆放着，等着脱粒，但它们十分易燃。

　　农场主已经降低了工人的工资，无须担忧他们会变得贫困，因为当地教会必会根据国家的《济贫法》帮助他们。而什一税的提高使纠纷增加，什一税是教会的课税，传统的税额是收成的十分之一。在这样的敏感时期，引进一种使劳动者失去工作的设备，无疑是火上加油。

　　抗议在英格兰南部蔓延开来。地主们开始收到一位"斯温上尉"的信件，威胁称如果他们不自行毁掉可恨的脱粒机，他就会来捣毁机器并焚烧干草堆。例如：

　　先生，兹以本信通知你，如果你不立即毁掉你的脱粒机，那么，我们将动手做我们的工作。谨代表全体签名……斯温。

对警方来说，这种由一人所为的纵火活动比示威活动更难对付，因为示威活动的性质本身就是公开的，而纵火是犯罪活动，经常在夜间秘密进行。历史学家们持续争论"斯温上尉"与反对教会什一税和《济贫法》负担的抗议者之间的联系。他们有一个共同的敌人，那就是脱粒机，但他们采用的方法却非常不同。

有一件事情是清楚的："斯温上尉"是一个化名，许多喜欢用更暴力手段来达到目的的人都使用它。信与信之间的书写笔迹和行文水平差异很大。

有人认为，"斯温上尉"是试图加剧工人和雇主之间对抗的内奸。也有人提出，这是农场工人和那些受益于修理被毁坏机器的人——车轮匠、铁匠和木匠——相互勾结所为。抗议活动在1831年期间绝迹了，但在这之前，有五百多名抗议者被送往澳洲，其中十九人因为他们的所为遭到处决。

从两种不同的书写风格可以证明，"斯温上尉"是来自很多人的威胁，而不是某一人。

当时的一幅政治漫画。"科贝特和卡莱尔先生"：后者指理查德·卡莱尔，一个受托马斯·潘恩著作影响的普选权鼓吹者；前者指威廉·科贝特，一个不知疲倦为英格兰农村穷人奔走的竞选者。

达尔文接受工作邀约，成为一艘勘探船的博物学家

（1831 年 8 月 24 日）

约翰·史蒂文斯·亨斯洛写信给二十二岁的查尔斯·达尔文，告知他，前往南美的海军部勘探船王家海军小猎犬号上有一个职位空缺。但这次旅行需要得到达尔文父亲的许可，他希望儿子成为一名英国国教牧师。

在小猎犬号航行到加拉帕戈斯群岛和其他地方期间，达尔文的观察为他开创性的进化论学说奠定了基础，这一学说是现代科学的根本。这个原本计划两年完成的旅行延长到五年，催生了达尔文的自然选择理论。但是，这个邀约差一点没被接受。

查尔斯·达尔文追随父亲的脚步，在爱丁堡钻研医学，但是比起医学问题，这位年轻人花了更多的时间研究地质学和海洋生物。他的父亲深为不满，就把儿子送到剑桥去学习成为英国国教的神职人员。在那里，查尔斯更加专注于手头的学科，但仍为自然历史着迷，他在地质学先驱亚当·塞奇威克和剑桥大学植物学教授约翰·斯蒂文斯·亨斯洛的指导下学习这门学科。

1831 年夏季，他从大学毕业之后，收到亨斯洛的一封信，亨斯洛在信中肯定了达尔文研究动、植物学的非凡天分及热情。他听闻有个可能适合达尔文的职位，推荐达尔文去做这份工作。"皮科克［剑桥的一名导师］要我……为他推荐一名博物学家做菲茨罗伊船长的同伴，他受政府雇用，去美洲南部考察，我已经说过，我认为在我熟悉的堪当此任的人选中，你是最有资格的

一幅罕见的水彩达尔文肖像，画于 19 世纪 30 年代，是在他随王家海军小猎犬号航行五年归来之后。

一个。"

虽然这是一个观察陌生动植物生态环境的黄金时机，亨斯洛补充说，"但菲茨罗伊船长更想要的是一个伙伴（我理解），而不仅仅是一个采集者，无论是多么优秀的博物学家，若没有推荐说此人也是一位绅士，他是不会接受的"。达尔文可以在船上自由无拘地追求自己的兴趣。"如果你随身带上大量书籍，你可以做你乐意做的任何事情。"

达尔文渴望前往，但父亲不赞同，所以达尔文写信给皮科克婉拒了这个邀约。

然而，当他和父亲讨论这个在海上航行两年的疯狂想法时，父亲告诉他："如果你能找到任何一个有常识的人建议你去，我会同意的。"第二天查尔斯和他的舅舅乔赛亚·韦奇伍德（著名的陶器制造商）出外打猎，他父亲一直认为韦奇伍德是世上最明智的人。查尔斯谈到小猎犬号的远航，韦奇伍德认为这是一个了不起的主意。在韦奇伍德的支持下，老达尔文"立刻同意了"，查尔斯晚年回忆说，"以最和善的态度"。

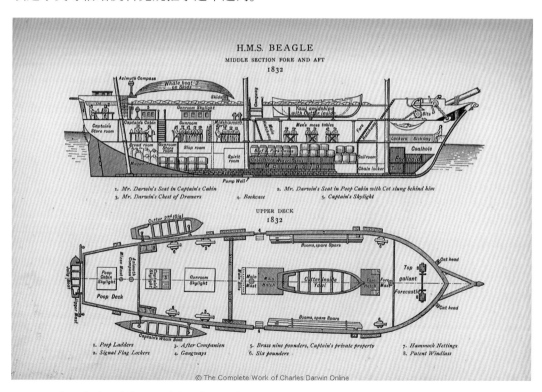

1820 年下水的王家海军小猎犬号舰，是为王家海军建造的一百艘切诺基级双桅帆船中的一艘。

第一张邮票改变了信件的投递方式

（1840 年 5 月 1 日）

在两千五百年的书信历史上，邮票的存在不到两百年。罗兰·希尔发明的邮票彻底改变了通讯，不仅惠及英国，而且惠及世界各地。

大英邮政总署（GPO）成立于 1660 年查理二世统治时期，然而英国王家邮政的历史可以追溯到 1516 年，那时亨利八世设立了邮政长的职位（后来被称为邮政大臣）。

王家邮政，顾名思义，是只供君主政体使用的，在英格兰和苏格兰的王位合一之后，国王詹姆斯六世在两个国家之间建立了王家邮政服务，以保持他与苏格兰政府的联系。

查理一世率先允许公众使用王家邮政网络，他儿子查理二世的大英邮政总署则建立了全国性的邮局网络。1784 年，邮政马车开始投入使用，以投递长途邮件，而第一节

在"黑便士"上使用维多利亚女王肖像始于 1834 年，当时她还是维多利亚公主，在 1901 年去世之前，她的肖像一直被印在邮票上。每个底角上的字母表示它们在印有二百四十枚邮票的整版印刷纸上的位置。

邮政列车在 1830 年开始运行。

当写信越来越流行时，寄信在很大程度上仍然是免费的。大英邮政总署根据信件大小和信件投递的距离，向收件人收取费用，因此，邮件必须逐一单独计价，邮政的费率一般很高。结果，吝啬的通信者想出了使用密码的绝招，在邮件的外面就能够看到和读到。用这种方法，收件人可以不必接收邮件就收到消息，因此也无须支付邮资。

1839 年，一项短暂的补救措施出台了，这就是"统一的四便士邮政"。它是一种

预付的固定费率，不论投递距离的远近，每半盎司信件收取四便士。没有预付费用的信件将被双倍收费。立马而来的效应是：王家邮政投递的邮件数量急剧增加，1839年11月至1840年2月间暴增了一倍。

预付过邮资的信件被标上一个数目字"4"作记号，或手写，或者用橡胶图章加盖，但不论是何种情况，记号都可能被滥用和伪造。1840年1月，邮资降低到只有一便士，为了打击伪造和逃避邮费的现象，该年5月推出了一种用黑色印制的标签，俗称"黑便士"，这就是世界上第一枚用于公共邮政服务的可粘贴邮票。

伴随"黑便士"而来的是"蓝便士"（面值为两便士）。因为它们是为国内使用设计的，所以在上面无须印上"大不列颠"的字样，英国如今仍然是世界上唯一发行邮票不标国名的国家。不过，所有的英国邮票都带有当时执政君主的肖像。

邮票在信件投寄后用红墨水盖销，但实践证明，要在黑色背景的邮票上看出盖销记号很困难，而且红墨水很容易被那些希望作假并重复使用"黑便士"的人清除掉。所以在1841年2月，"黑便士"被"红便士"取代，用更明显和不褪色的黑颜料来盖销。尽管"黑便士"的寿命很短，仍印刷了共计约六千九百万枚，一整版有二百四十枚邮票，必须用剪刀剪开。邮票之间的齿孔是从1850年开始采用的。

三个带有红色注销标记的"黑便士"信件样本，事实表明这些标记太容易被清除了。

弗里德里希·恩格斯（"弗雷德"）开始与卡尔·马克思（"摩尔"）终生通信

（1844 年 10 月）

当恩格斯在巴黎与马克思晤面时，这位激进的社会主义者对工人阶级的看法给他留下了深刻印象。但马克思已经被驱逐出了德国，恩格斯渴望继续他们的合作，尽管这需要采用秘密通信的方式……

弗里德里希·恩格斯和卡尔·马克思撰写了《共产党宣言》，发表于 1848 年。虽然它背后的哲学如今被称为马克思主义，但它的构建至少部分基于恩格斯对英国工人阶级的体验，这是他在英格兰西北部索尔福德他父亲的纺织厂工作时获得的。

恩格斯在英国逗留两年后，于 1844 年 8 月回到德国位于伍珀河谷的家中，他途经巴黎，与卡尔·马克思相见，后者那时已被冠以左翼之名。随着他的报纸《莱茵兰新闻》被禁，马克思在德国变得不受欢迎，于是在 1843 年移居巴黎，编辑一份新的国际性社会主义报纸《德法年鉴》，但只出了一期就停刊了。

恩格斯和马克思一见如故，他们在摄政王咖啡馆会面，那是一个深受棋手和其他战略家喜爱的聚会地点。他们的社会主义愿景是一致的，恩格斯以他的英国经历，激动地谈到工人阶级对引发他们两人都想要的政治和经济变革所具有的力量。在恩格斯踏上返回家乡巴门的旅途之前，他们制订了计划，要通过一系列双方的提议文章、小册子、书籍来传播他们的思想。

恩格斯从家里写了一封长信给马克思，决心巩固他们的友谊。"我无法重拾与您相处的十天中愉快和友好的心情。"他详细报告了共产主义在德国的崛起：在科隆，"我们的人非常活跃"；在杜塞尔多夫，"我们也有一些能干的伙伴"。他赞美埃尔伯费尔德的居民，"在他们身上，人道的思维方式已经真正成为第二天性"。还有"在巴门，警长就是一位共产主义者"。

仅存的德文左翼报纸《先锋》不得不在巴黎出版，并以普通的包装偷运到德国的书店里。"我们作者，"恩格斯写道，"如果不想被抓住，就必须保持低调。"在这封信中，恩格斯自始至终使用"我们"这个词，以强调他和马克思的友谊。

即使是私人通信也必须加以伪装。"如果这封信送到时没有拆开过，"恩格斯提议，"就把你的回信封好口寄到 F. W. 斯特拉克尔公司，地址尽可能用商业信件的形式书写（以免显得像私人信件）……我非常好奇，这封外表文雅的信件，是否骗得过邮局的密探。"

在马克思一生中，两人通力合作，出版共产主义文论，而因为背后有父亲的财力支持，恩格斯得以在马克思撰写巨作《资本论》期间对他进行经济支持。共产主义的一个反差之处，是它的最伟大缔造者之一，竟是一个享有优裕生活的、德国富有实业家的儿子。

卡尔·马克思。

弗里德里希·恩格斯。

弗里德里希·恩格斯致卡尔·马克思的信

亲爱的马克思:

没有更早地获悉我的消息,您一定会感到惊讶,这也难怪,然而,甚至直到现在,我仍然无法告诉您关于我回来的任何事情。过去三周,我一直困在巴门这个鬼地方,我尽可能和几个朋友以及他们的很多亲戚一起消遣,多亏,有六个和蔼可亲的女人。要在这里工作是不可能的,尤其是自我的妹妹[玛丽]和伦敦的共产主义者埃米尔·布兰克(他是尤尔贝克的一个熟人)订婚之后,当然,现在这所屋子混乱得可怕。此外,我很清楚地看到,在我回巴黎的路上,会继续存在相当大的障碍,很可能我不得不花六个月或整整一年在德国闲荡;当然,我应该尽一切努力避免这种情况,但您不知道我得应付多少琐碎的事,和盲目的恐惧。

我在科隆逗留了三天,对我们在那里开展的巨大宣传感到惊讶。我们的人非常活跃,但最大的感觉是缺乏充分的支持。几篇论文没能发表,其中的原理是符合逻辑和历史的,是从过去的思维方式和过去的经历发展而来并作为它们的必要延续的,所有的事情依然相当模糊,大多数人将在黑暗中摸索。后来我到了杜塞尔多夫,在那里我们也有一些能干的伙伴。顺便说一下,我最喜欢的是埃尔伯费尔德的人们,在他们身上,人道的思维方式已经真正成为第二天性;这些人真的已经开始彻底改变他们的家庭生活,每当他们的长辈试图把贵族置于仆人或工人之上时,他们便会加以告诫——在父权制的埃尔伯费尔德,这意义深远。除了这个特殊的团体之外,埃尔伯费尔德还有另外的团体,也非常之好,虽然有点儿混乱。在巴门,警长就是共产主义者。前天,我以前的同学,一位语法学校的教师来拜访我,虽然他没有和共产主义者有什么接触,但也热衷于此。如果我们能直接影响人民,我们很快就会处于优势,但这样的事情实际是不可能的,特别是因为我们作者如果不想被抓住,就必须保持低调。此外,这里很安全,只要我们保持低调,差不多就没有人骚扰我们,赫斯的担心,对我来说似乎只是捕风捉影。到目前为止,我在这里丝毫没有被骚扰过,虽然负责检查的官员曾经坚持向我们的一个人询问我的情况,但直到今天,我还没有听到任何其他风声。

波德莱尔给情人写了一封自杀遗书，但他活了下来

（1845 年 6 月 30 日）

2018 年，法国诗人夏尔·波德莱尔的一封信在拍卖会上以差不多二十五万欧元的价格卖出。因为这封信不同寻常的开头，它的开盘价高出其他拍卖品的三倍。"等你收到这封信的时候，"信是这样开始的，"我肯定不在人世了。"

夏尔·皮埃尔·波德莱尔是一个很典型的在痛苦中挣扎的诗人，他饱受磨难，虽然这种折磨常常是他加于自己的。他是一个挥霍无度的人，而且酗酒和吸食过量鸦片。

1845 年，他写了这封信，宣布自己的死期已到。这是写给他情人让娜·杜瓦尔的，她是一位拥有法国和海地混合血统的演员，诗人的母亲卡罗琳·波德莱尔形容她为"黑色的维纳斯"。两个女人无法和睦相处，卡罗琳认为让娜耗尽了夏尔的所有钱财，使他沦于悲惨境地。不论真相如何，这对恋人维持了二十年若即若离的情侣关系，直到 19 世纪 60 年代让娜去世。

波德莱尔自己的死亡本可能来得更早。他在服装、妓女、酒、毒品上毫无节制，挥霍无度，这些都是一个年轻人对自己不满的典型表现。他不能忍受母亲反对他的

情人和他的其他生活方式。

债务的日益增长和对自己身为作家的写作能力的怀疑，加剧了他的抑郁。他在 1845 年写给让娜的信中，解释了自杀的原因。"我自杀，因为我无法再活下去，因为入睡前的疲惫和醒来时的困倦让我无法忍受。我自杀，因为我相信自己会成为不朽，这是我所求的。"

对文学界来说，幸运的是波德莱尔不擅长自杀，就像他不擅长理财一样。他刺伤了自己的胸部，但没有命中任何一个要害器官，于是在自杀中存活下来。讽刺的是，这一举动确保了他相信自己所拥有的不朽。他用劫后的余生继续创作诗歌，反映了工业时代的新审美价值，影响了整整一代诗人。

他发表的第一部作品是对 1845 年巴黎沙龙的评论，他持续构建自己作为一个卓有远见的文学和美术批评家的声誉。1847

年，他出版了《芳法罗》，这是一部根据他与让娜的恋情编写而成的小说，十年以后他出版了诗集《恶之花》，巩固了他的名声。

这部诗集的一些内容因为有伤风化而被禁止。"我才不在乎所有这些蠢货呢，"他写信给母亲，"我知道这本书，无论它的优点抑或缺点，都将留在有教养的公众的记忆中，与雨果、戈蒂耶，甚至拜伦的优秀诗歌比肩。"

在后来的生活中，他满怀敬意地告诉母亲："相信我绝对属于你，相信我只属于你。"在波德莱尔最终去世之后，她表示自己希望他可以像他继父一样从事外交职业："当然，他将不会在文学史上留名，但我们会更快乐。"

一次严重中风之后，他在瘫痪中度过了人生中的最后两年。1867年，他死于巴黎的一家疗养院，对于一个语言巨匠，他既不能说话，也听不懂别人说话，这样的死是何等的残忍！

波德莱尔深受埃德加·爱伦·坡的作品影响。在翻译爱伦·坡的很多小说之外，他自己也逐渐成了法国的爱伦·坡。

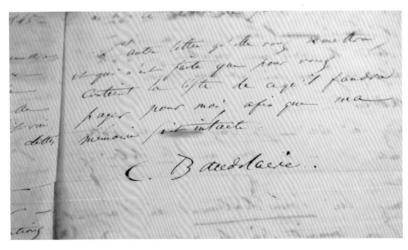

1845年，波德莱尔的诗歌事业如同他的自杀信标价一样成功。但一切都随着《恶之花》的出版而改变。

罗伯特·安德森少校报告，他已弃守萨姆特堡

（1861 年 4 月 18 日）

查尔斯顿港一个联邦陆军堡垒的指挥官向华盛顿的陆军部长送出一封急电，告知他自己的驻军投降了。这意味着南方联盟向联邦政府发动了首次攻击。美国内战开始。

在南卡罗来纳州脱离美国以及林肯就任总统之后，1861 年 4 月 10 日，临时南方联盟部队的陆军准将皮埃尔·G. T. 博勒加德要求被围困在查尔斯顿港萨姆特堡的联邦驻军投降。

装备精良的叛军人数多达一万，而要塞的守军只有六十八名，且武器低劣，食物和物资匮乏。但堡垒的指挥官，美国陆军少校罗伯特·安德森拒绝认输。

4 月 12 日星期五，清晨四点三十分，南方联盟的亨利·S. 法利中尉下令，让詹姆斯岛炮台上的两门十英寸口径的攻城迫击炮向联邦堡垒发射了第一颗炮弹，然后开始了漫长的炮击。大约在早上七点钟，萨姆特堡的副指挥官阿布纳上尉发动了第一波反击，但也意识到他这一方的枪支根本无法击中目标。南方联盟的炮击持续了三十四个小时。

安德森明白抵抗是徒劳的，而且没有希望立即得到增援，所以在 4 月 13 日下午 2 时 30 分举起白旗投降。第二天，他被允许撤离，并逃往北方。

4 月 18 日上午 10 时 30 分，一旦条件允许，安德森立刻在停靠桑迪岬的波罗的海号蒸汽船上向华盛顿美国陆军部长西蒙·卡梅伦发送电报，汇报事情经过。

"防守了萨姆特堡三十四个小时，"他报告，"直到整个地区沦为火海，大门被炮火摧毁。掩体墙严重受损，弹药库被

萨姆特堡在南方联盟进攻后遭到损坏。

火焰包围，库门因为受热而紧闭。"

这个文件的重要性一目了然。当时南方联盟的国务卿罗伯特·图姆斯说："对这座要塞的开火，将开启一场世界上浩大程度前所未见的内战。"林肯总统一收到电报，就动员了七万五千名志愿兵，并召集国会开会。这次攻击成为联邦政府的战斗口号。

虽然此次攻击只造成联邦的两名士兵丧生、两名士兵受伤，而另一方没有伤亡，但这一事件标志着异常血腥的内战开始。

四年以后，这座堡垒被莫里斯和沙利文群岛附近的岸炮轰成一片瓦砾，博勒加德命令南军撤退。1865年2月22日他们放弃了这座堡垒。4月14日，罗伯特·安德森少校和阿布纳上尉回到这里，升起了他们在1861年降下的同一面旗帜。

萨姆特堡的电报原件保存在华盛顿特区的国家档案馆里。

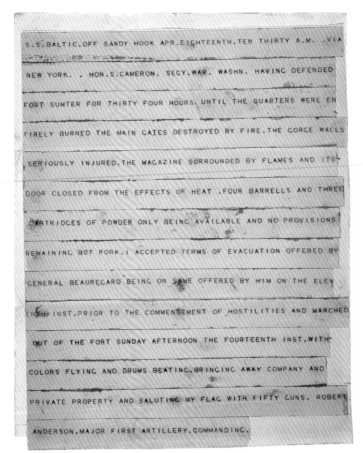

S.S.BALTIC.OFF SANDY HOOK APR.EIGHTEENTH.TEN THIRTY A.M. .VIA NEW YORK. . HON.S.CAMERON. SECY.WAR. WASHN. HAVING DEFENDED FORT SUMTER FOR THIRTY FOUR HOURS. UNTIL THE QUARTERS WERE ENTIRELY BURNED THE MAIN GATES DESTROYED BY FIRE.THE GORGE WALLS SERIOUSLY INJURED.THE MAGAZINE SURROUNDED BY FLAMES AND ITS DOOR CLOSED FROM THE EFFECTS OF HEAT .FOUR BARRELLS AND THREE CARTRIDGES OF POWDER ONLY BEING AVAILABLE AND NO PROVISIONS REMAINING BUT PORK.I ACCEPTED TERMS OF EVACUATION OFFERED BY GENERAL BEAUREGARD BEING ON SAME OFFERED BY HIM ON THE ELEVENTH INST.PRIOR TO THE COMMENCEMENT OF HOSTILITIES AND MARCHED OUT OF THE FORT SUNDAY AFTERNOON THE FOURTEENTH INST.WITH COLORS FLYING AND DRUMS BEATING.BRINGING AWAY COMPANY AND PRIVATE PROPERTY AND SALUTING MY FLAG WITH FIFTY GUNS. ROBERT ANDERSON.MAJOR FIRST ARTILLERY.COMMANDING.

安德森少校发出的重要电讯。美国内战开始了。

沙利文·巴卢在激战前夜写信给妻子萨拉

（1861 年 7 月 14 日）

沙利文·巴卢是一个普通人。他是一名美国东海岸的律师，已婚，有两个儿子。他活跃在当地政坛，担任罗德岛众议院议长。在 1861 年，他响应了林肯为联邦军队招募志愿兵的号召。

1861 年 4 月 12 日，美国内战的第一枪打响，那时，南方联盟的军队夺取了查尔斯顿港的萨姆特堡。林肯总统回应：呼吁武装起来粉碎反叛者。身为共和党人的巴卢，成为第一批志愿兵。

作为罗德岛社会中受人尊敬的一员，巴卢具有军官的素质，被授予罗德岛第二步兵团少校军衔。1861 年 7 月，该团先是行军前往华盛顿特区，然后在弗吉尼亚州的东北部与其他部队会合。他现在加入了这支庞大军队，这支军队约有三万五千人，由新任的将军欧文·麦克道尔指挥。直到几天之前，

沙利文·巴卢是公民士兵为其所信任的政府履行职责的完美例子。他写给萨拉的信被用在肯·伯恩斯的内战纪录片中。

麦克道尔的军衔还与巴卢一样，不过内战爆发前他就是现役军人了。

行军去弗吉尼亚之前，巴卢像他的许多手下一样，感觉他们即将会有行动，于是写了一封信给妻子萨拉，"恐怕我不能再给你写信了"，他忧心忡忡，尽管他是为了信念而参加战斗——"我知道，美国文明现在多么强烈地依赖政府的胜利"——他敏锐地意识到自己在留下什么。"当我的目标的旗帜在微风中平静而骄傲地飘扬，我对你们——我亲爱的妻子和孩子们的无限的爱，要与我对国家的爱做激烈而徒劳的斗争，这是

软弱或不光彩吗？"

下面是一段感人肺腑的爱情宣誓。面对死亡的可能，巴卢开始写道："萨拉，我对你的爱是坚贞不渝的……如果我没有（回来），我亲爱的萨拉，永远不要忘记我多么爱你，当我在战场咽下最后一口气的时候，我会轻轻呼唤你的名字。"

巴卢在父亲早逝后就成了孤儿，想到自己将让孩子遭受同样的命运，并让妻子成为寡妇，他真的受不了。"当你带着两个小宝贝和暴风雨搏斗时，我必会在神灵的国度守护你，在你周围盘旋。"在一段纯诗歌中，他无法抑制他的爱。"但是，呵，萨拉！如果人能死而复生，并能不显形迹地在他们所爱之人的身边飞翔盘桓，我会永远在你身旁；无论是在最光明的白昼还是最黑暗的夜晚，无论是在你最快乐的光景还是最阴郁的时刻——永远，永远；如果有温柔的微风拂过你的脸颊，那就是我的呼吸；如果有凉风扇着你悸动的太阳穴，那就是我路过的灵魂。"

一周之后，当作为该团少校率军在马纳萨斯附近交战时，他身先士卒，骑马冲在步兵前面。南方联盟的间谍知道了麦克道尔的战略，因此麦克道尔的军队在这场内战的第一次激战中被击败。内战早期，联邦方面也许过于自信，低估了叛军的决心。结果，在这场战役中，南方联盟的托马斯·杰克逊将军获得了"石墙"的别号。

众所周知，第一次布尔河战役是南军的一次重大胜利。巴卢在冲锋开始时被炮弹击中，失去了他的坐骑和右腿。一周之后，他在一家战地医院因伤去世。

巴卢给萨拉的信是在他的遗物中发现的。巴卢给妻子的最后一封信被发表，并成为出自前线将士笔下的最著名的诀别信。萨拉·巴卢一直没有再婚，过了五十六个春秋之后与世长辞。

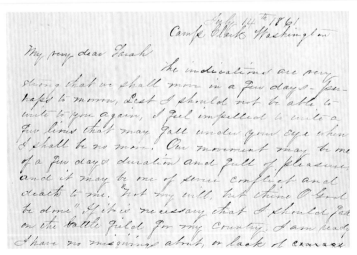

巴卢死前一周写给妻子最后一封信的摘录。

沙利文·巴卢致妻子萨拉的信

我最最亲爱的萨拉：

迹象非常明显，我们将会在几天之内行动，也许就是明天吧。恐怕我不能再给你写信了，我感到有一种难以抑制的冲动，想给你写几行字，当我不在人世的时候，它们可以呈现在你眼底。

我们的行动可能会持续几天，并且充满乐趣——它也许是一场严酷的战斗，对我而言就是死亡。这并非我愿，而是上帝要我这样做。如果我必须为了我的国家捐躯沙场，我义无反顾。对于我投身的事业，我没有任何疑虑或动摇，我的勇气也毫无减弱或退缩。我知道，美国文明现在多么强烈地依赖政府的胜利，对那些走在我们前面，经历过独立战争的鲜血和苦难洗礼的人们，我们欠下了多么大的债务。我愿意——绝对愿意——舍弃我此生的所有快乐，帮助维系这个政府，并偿付债务。

但是，我的爱妻，当我知道为了我自己的快乐，几乎把你的所有快乐也搁浅了，代之以今生今世的忧虑和悲伤，当我自己长年品尝了孤儿的苦果之后，我必须把它传给我亲爱的小宝贝们，作为他们仅有的养分，当我的目标的旗帜在微风中平静而骄傲地飘扬，我对你们——我亲爱的妻子和孩子们的无限的爱，要与我对国家的爱做激烈而徒劳的斗争，这是软弱或不光彩吗？

萨拉，我对你的爱永无止境，似乎有一条强有力的锁链把你我锁在了一起，只有全能的主才能摧毁它；然而，我对国家的爱像一阵吹刮我的强风，把我和所有这些锁链不可抗拒地吹向战场。

和你共度幸福时光的记忆萦系在我心头，我对上帝和你无比感恩，因为我曾如此长久地享有它们。对我而言，放弃记忆并把未来几年的希望化为灰烬是很难的，如果上帝愿意，我们也许还会在一起生活，相亲相爱，看着我们的儿子在身边长大，成为有用之才……

亚伯拉罕·林肯向麦克莱伦将军发出最后通牒

（1862 年）

联邦将军乔治·麦克莱伦经常刚愎自用，不服从命令，相信自己的判断力胜过别人的。南北战争期间，林肯总统发给他的一份电报显示，两人之间发生冲突的紧张关系得到了微妙的平衡。

乔治·麦克莱伦将军是一个桀骜不驯的职业军人，有一个事例足以说明他轻视上司的习性。当接到去勘察一条穿越喀斯喀特山脉的铁路路线的命令时，他拒绝在冬季进行调研，并且掉以轻心地选择了四条路线中最糟的一条。他还拒绝交出他的考察日志，据说这是因为其中充斥着对委托他做这次考察的华盛顿地区长官的轻蔑言论。

内战爆发，他再次参军，尽管他对奴隶制的观点可能把他引向分离主义者一边，但他还是加入了联邦方面的俄亥俄州国民军。早期的几次胜利让他冲昏了头脑，尤其是在被征召向总统提供建议并领导一支名叫波托马克军团的新军之后。"我几乎在想，"他在给妻子的一封信中写道，"如果现在我取得一些小小成功，我就可以成为权威或任何其他可能让我高兴的人物。"

他并非如他自己想象得那样高明。他总是高估敌人的力量，因此在进攻中缩手缩脚；他毫不尊重也不服从总司令林肯的总体方针和战略。他曾经把林肯描述为"只不过是一个好心眼的粗人"。

对南方联盟军队控制的弗吉尼亚的里士满发动战役的时机已经成熟。1862 年 5 月 25 日，林肯发电报给麦克莱伦说："敌人正在以充足的兵力向北推进，企图赶在〔联邦〕班克斯将军前面。我认为这是一次全面而有协调的行动，如果他的行动目的只是为了孤注一掷地保卫里士满，情况断不会这样。"

换言之，保卫里士满并不是敌人的首要任务，现在正是攻占这个城镇的好时机。但如果敌人向北移动，华盛顿特区就会受到威胁。关键的一刻到了。"我想，"林肯下结论，"快到你必须决定的时候了，要么攻打里士满，要么放弃这项任务去保卫华盛顿。"

麦克莱伦不以为然。他只是缓慢地朝里士满推进，在击退南方联盟一次意外的攻击时，他错失了反攻和夺取这个城镇的机会。到6月底，南方联盟的罗伯特·E.李将军已经赢得时间，极大地强化了里士满的防御。麦克莱伦后撤，并把挫折归咎于林肯。"如果我现在拯救了这支军队，"他发电报给战时办公室，"我要坦率地告诉你，我无须感谢你或华盛顿的任何其他

人。你不过是尽力让这支军队牺牲罢了。"

尽管他这样抗辩，尽管战时内阁大部分成员都为他说情，最终，麦克莱伦还是被调去保卫华盛顿。但9月17日，当联邦军在安蒂特姆战役取得了血腥而决定性的胜利，他再一次追击敌军失利，这给了林肯一个解职麦克莱伦的机会，这正是林肯寻求的。对麦克莱伦而言，他继续生活在自己的妄想中，他对妻子说，"那些我信赖他们判断的人告诉我，我打了一场漂亮的仗，简直就是艺术杰作"。1864年他参加了总统竞选，与林肯对擂，但以失败告终。

然而，麦克莱伦确实为美国的军队做出了持久的贡献。他的马术设计——麦克莱伦马鞍，被一直沿用下来，直到20世纪军队停止用马。

10月25日，麦克莱伦愤愤不平地用三页纸回复林肯的尖刻质问。这是第一页。林肯写给麦克莱伦的信说："我刚收到你关于马匹舌头发炎和疲劳的急件，请别介意我问一下，自从安蒂特姆战役以来，你们军团的马都干了些什么？"

林登·约翰逊曾说过一句名言，他宁愿让麻烦的联邦调查局局长埃德加·胡佛待在帐篷里，也不愿让他出去。1862年9月，亚伯拉罕·林肯总统在安蒂特姆和他不听话的将军麦克莱伦谈话之后，后者即被解职。

亚伯拉罕·林肯向霍勒斯·格里利阐明内战的首要任务

（1862 年 8 月 22 日）

南北战争期间，废奴主义者、好斗的《纽约论坛报》创始人和编辑霍勒斯·格里利撰写并发表了一封严厉批评亚伯拉罕·林肯的公开信，总统觉得有必要予以回应。

也许是 1862 年南北战争的形势变化，使格里利有勇气把这封信发表在该年 8 月 19 日的《纽约论坛报》上。联邦军队经过初始阶段的失败后，正在赢得战斗，以至它的支持者们能够开始思考胜利之后国家的未来。格里利长久以来一直是一个废奴倡导者。对于他来说，这就是南北战争的目标，他并不认为林肯足够关注这一目标。

在"两千万祈祷者"的标题下面，格里利写道："亲爱的阁下：恕我冒昧地告诉您，在为您赢得选举而欢呼的人中，有很大一部分对涉及叛乱者的奴隶政策深感痛心。"这封信的开头用语是"亲爱的阁下"，而不是"亲

霍勒斯·格里利在 1841 年创办《纽约论坛报》。他是一个激进的社会活动家和废奴主义者。

爱的总统先生"，乃是一种故意的怠慢。

随着这封信的展开，它的语气变得更为生硬并咄咄逼人。1862 年通过的一项新法令，使得没收反叛者掌握的土地和解放他们的奴隶成为合法。格里利呼吁："我们要求你**执行法律**。我们认为你在执行新《没收法案》的解放条款时没有恪尽职守。设立这些条款，就是旨在以自由精神对抗奴隶制度。"

林肯的回应发表在 8 月 22 日的《纽约论坛报》上，第二天还被其他报纸转载。他没有直接与格里利这位共和党和联邦事业的重要支持者争论。"如果在［您的信里］感觉到一种不耐烦和专横的语气，"林肯委婉地责备格

里利，"考虑到是一个老朋友，我一笑了之，我始终认为您的用意是好的。"但总统尽力直接而清晰地阐明他最重要的目标。

奴隶制也许可以成为南方各州脱离联邦的理由，但是触犯美国总统的是他们脱离联邦，而不是他们的奴隶制。"在这场斗争中，我的最最首要的目标就是拯救美利坚合众国，而不是拯救或摧毁奴隶制。如果我能够在不解放任何奴隶的情况下拯救联邦，我会这么做；如果我能够通过解放所有的奴隶而拯救它，我会这样做；如果能够通过仅仅解放一些奴隶而保留另一些奴隶来拯救它，我也会那样做。"

林肯的信以这样的语调继续写下去，非常坚决地表达了他作为总统所负有的使命。只是在最后一段，他陈述了他的个人立场。"在此我本着我的职务观点阐明了我的目标；我也无意改变我经常表达的个人意愿，那就是所有的地方、所有的人都可以获得自由。"

在林肯致霍勒斯·格里利的信中，他没有承认自己已经起草了《解放黑人奴隶宣言》，宣布叛乱州的所有奴隶都是自由人。一直等到 1862 年 9 月联邦军队在安蒂特姆战役中取得胜利后，他才宣布，如此就不至于被人指责这一举动是他在绝望中的孤注一掷。尽管它作为战争手段仅仅适用于敌州，而不适用于那些留在联邦内的州，但它有效地解放了三百五十万奴隶；并且直接导致战后通过了第十三修正案。

WASHINGTON.

"LIBERTY AND UNION, NOW AND FOREVER, ONE AND INSEPARABLE."

SATURDAY, AUGUST 23, 1862.

A LETTER FROM THE PRESIDENT.

EXECUTIVE MANSION,
Washington, August 22, 1862.

Hon. HORACE GREELEY:

DEAR SIR: I have just read yours of the 19th, addressed to myself through the New York Tribune. If there be in it any statements, or assumptions of fact, which I may know to be erroneous, I do not now and here controvert them. If there be in it any inferences which I may believe to be falsely drawn, I do not now and here argue against them. If there be perceptible in it an impatient and dictatorial tone, I waive it in deference to an old friend whose heart I have always supposed to be right.

As to the policy I "seem to be pursuing," as you say, I have not meant to leave any one in doubt.

I would save the Union. I would save it the shortest way under the Constitution. The sooner the national authority can be restored the nearer the Union will be "the Union as it was." If there be those who would not save the Union unless they could at the same time save slavery, I do not agree with them. If there be those who would not save the Union unless they could at the same time destroy slavery, I do not agree with them. My paramount object in this struggle is to save the Union, and is not either to save or to destroy slavery. If I could save the Union without freeing any slave I would do it, and if I could save it by freeing all the slaves I would do it; and if I could save it by freeing some and leaving others alone, I would also do that. What I do about slavery and the colored race, I do because I believe it helps to save the Union; and what I forbear, I forbear because I do not believe it would help to save the Union. I shall do less whenever I shall believe what I am doing hurts the cause, and I shall do more whenever I shall believe doing more will help the cause. I shall try to correct errors when shown to be errors; and I shall adopt new views so fast as they shall appear to be true views.

I have here stated my purpose according to my view of official duty; and I intend no modification of my oft-expressed personal wish that all men every where could be free. Yours,

A. LINCOLN.

林肯给格里利的回信被刊登在报纸上。

威廉·班廷想让世界知道他怎样减肥

（1863 年）

王家葬礼的承办人威廉·班廷具有查尔斯·狄更斯笔下的匹克威克先生那样肥胖的外貌。在维多利亚时代早期，肥胖是富有的象征。但是班廷给自己系鞋带很是艰难，他觉得他应该对此采取一些措施。

威廉·班廷的家族企业经办了从 1820 年乔治三世到 1910 年爱德华七世的王家葬礼。1861 年，维多利亚女王的丈夫艾伯特亲王死后，他们组织了葬礼的各种事宜，也许威廉在灵柩前慢步走动时圆滚滚的体态，有助于传达某种恭敬的威严。

虽然如此，他还是想减肥。他求助于当时几位有名的医生，但无功而返。1862 年 8 月，他造访了威廉·哈维，一位在伦敦苏豪广场设有咨询室的医生。哈维关注节食倒并不是为了减肥，而是为其他方面的体质状况带来的益处。不管怎样，他的建议为班廷带来了成效。感激之下，班廷于 1863 年年末写了一封热情洋溢的感谢信，并在朋友圈或对此有兴趣的人群中流传。

这就是他的《关于肥胖的信》，一本篇幅颇长的小册子，深受公众欢迎，一年内修订和重印三次，至今仍在刊行。他写这本小册子的时候是六十九岁，八十一岁去世，他本人就是他所推崇的养生法的活广告。今天人们依然记得他，因为他不仅率先推动了节食热潮，还是第一个推荐低碳水化合物饮食法的人。

如今推崇低碳水化合物饮食法的人要比班廷严格得多：在进行信里描述的节食计划时，他允许自己午餐时喝"两到三杯高品质的红葡萄酒、雪利酒或马得拉白葡萄酒"，晚餐时"喝一到两杯红葡萄酒或雪利酒"，"至于临睡前喝的酒，如果需要，一杯之量的烈性酒——杜松子酒、威士忌或白兰地，不加糖——或者一到两杯红葡萄酒或雪利酒"。

他还承认，他不能完全不吃烤面包。但 21 世纪阿特金斯饮食法的追随者们会对他拒绝了香槟酒、波特酒、啤酒、马铃薯、防风草、甜菜根和胡萝卜，当然，还有糖表示认同。"我以前的饮食表，"他写道，"早餐是面包和牛奶，或一品脱加了很多牛奶、糖的茶和涂了奶油的烤面包；午餐则是肉类、啤酒、大量面包（我总是很爱吃面包）和油酥点心，晚餐和早餐差不多，通常是水果馅饼或面包和牛奶。我很少感到舒适，也很少睡得踏实。"

信中用部分篇幅描述了他早年不成功的减肥尝试。例如，他在收到做剧烈运动的建议之后开始划船，却发现自己的食欲大增，反倒增加了体重。哈维的养生法使他在第一年就减重四十六磅，腰围缩小了十三英寸，它对健康的裨益包括改善视力和获得"自己完成每一件必要事情"的能力。他之前甚至都不能够系自己的鞋带。

饮食科学在班廷之后得到了发展，但威廉·班廷的信今天读来依然十分亲切，它既承认了失败也见证了成功，再现了一位成功人士的私人生活和奋斗。班廷饮食法在全球非常流行，在包括瑞士以内的一些国家，他的名字仍被用来表示节食减肥——班塔（Banta）。

LETTER

ON CORPULENCE,

Addressed to the Public

By WILLIAM BANTING.

THIRD EDITION.

LONDON:
PUBLISHED BY HARRISON, 59, PALL MALL,
Bookseller to the Queen and H.R.H. the Prince of Wales.
1864.

50

It is truly gratifying to me to be able now to add that many other of the most exalted members of the Faculty have honoured my movement in the question with their approbation. I consider it a public duty further to state, that Mr. Harvey, whom I have named in the 43rd page as my kind medical adviser in the cure of Corpulence, is not Dr. John Harvey, who has published a Pamphlet on Corpulence assimilating with some of the features and the general aspect of mine, and which has been considered (as I learn from correspondents who have obtained it) the work of my medical friend. It is not.

I am glad, therefore, to repeat that my medical adviser was, and is still, Mr WILLIAM HARVEY, F.R.C.S., No. 2, Soho Square, London, W.

WILLIAM BANTING.

April, 1864.

PRINTED BY HARRISON AND SONS, ST. MARTIN'S LANE, LONDON.

到 1862 年，六十五岁的班廷体重已达二百零二磅（九十二公斤），对于一个身高五英尺五英寸（一百六十五厘米）、不爱运动的人来说过重了。通过坚持"班廷饮食法"，他成功地将体重减到了一百五十六磅（七十公斤）。

舍曼将军提醒亚特兰大市民，战争就是地狱

（1864 年 9 月 12 日）

舍曼将军在攻占亚特兰大之后，与该城的军人和民选领袖通信。他极其诚实地写到了战争造成的惨象，并表示为了自己的事业，决心义无反顾地将战争进行下去。

1864 年夏季，佐治亚州的亚特兰大战役是美国南北战争中最为激烈的战役之一。亚特兰大是南方军事力量的枢纽。它的人口从战前的不到一万剧增到了二万，一切都依靠工人制造——从军装的纽扣到南方联盟战舰的坚固外壳。

尽管位于南方联盟的腹地，亚特兰大市还是成了推进中的联邦军队的明确目标，而率领联邦军队的威廉·T. 舍曼将军把目标瞄准了铁路线。当联邦军队控制了进入该市的所有四条铁路供应线时，胡德将军意识到他已陷入无望的绝境，于是在 9 月 1 日晚上利用夜幕的掩护，率领南方联盟军悄悄撤离这座城市。第二天早晨，该市市长詹姆斯·卡尔霍恩正式向舍曼大军的一支先头部队投降。

胡德在撤出亚特兰大之前，烧毁了一些重要的工厂，炸掉了八十一辆满载南方联盟军火的铁路货车。舍曼决定完成他的工作，在攻打他的下一个目标萨凡纳之前，让亚特兰大成为废墟，不再是南方联盟的制造中心：他打算炸毁它。在行动之前，他呼吁停战两天，让所有的平民从城里撤离，根据自己的意愿前往北方或南方。

舍曼对胡德和卡尔霍恩的抗议信的回应，是对战争现实明智而悲哀的反思。"战争是残酷的，"他写道，"你们无法使它文雅精致。"他直率地拒绝了市长对他残忍对待亚特兰大无数家庭的指控。"现在战争打到你们家门口，你们就有不一样的感受了。你们抨击它的恐怖，但在派出成车成车的士兵……要摧毁成千上万好人的家园时却没有这样的感觉，而这些人只是希望在他们传统政府的主导下，和平地生活……"

他没有承认自己有毁掉亚特兰大工业资产的意图，而是坚称："我的军事计划必须要求居民离开……你们可以像控诉雷

雨一样控诉战争带来的这些可怕苦难。"

舍曼反对反叛者的立场是坚定不移的。"亚特兰大人民能够有望再度在家中过上和平、安定生活的唯一途径是……承认战争是在错误中开始，并因尊严而继续的。"他宣布保卫联邦是他的首要任务。"再次认可国家政府的权威……这支军队将立即成为你们的保护者和支持者。"

"我希冀和平，并相信现在只有通过联合和战争才能实现和平。但是，亲爱的先生们，"他总结道，"当和平真的到来，你们可以要求我做任何事情。然后我将和你们分享最后一块饼干，并与你们一起守护你们的家园和家人，使其不受来自任何地方的危险。"

然后，亚特兰大被大火烧毁。

舍曼优雅的书写笔迹掩盖了其严厉的信息。

威廉·T. 舍曼少将致亚特兰大市长詹姆斯·M. 卡尔霍恩和亚特兰大市议会代表们的信

先生们：我在 11 日收到了你们的来信，请愿要我收回让所有居民撤离亚特兰大的命令。我仔细地读了，并完全相信你们所陈述的这道命令将引起的痛苦。然而，我将不会撤销我的命令，简单地说，因为我的命令不是为了满足人道而下达的，它是为下一步的斗争做准备，斗争关乎亚特兰大之外数以百万计善良人们的深切利益。

我们必须实现和平，不仅在亚特兰大，而且在全美国。为了确保这个目标，我们必须停止战争，现在这场战争已使我们曾经充满快乐和深受爱戴的国家满目疮痍。要终结战争，我们就必须击败反叛者的军队，它们被部署用以反对所有人都必须尊重并服从的法律和宪法。要打败这些军队，我们必须准备有效的方法，在其隐秘处予以打击，如此才有可能实现我们的目标。现在，我知道我们的敌人怀恨在心，我们可能得在这个地区进行多年的军事行动，因此，我认为及时做好准备是明智且慎重的。把亚特兰大用于战争目的，不符合它作为平民家园的性质。

这里将不会有制造业、商业或农业来维持家庭生计，物资的缺乏迟早会迫使居民迁离。那么，何不现在，在所有的转移安排都完成之时就走？难道要等到交战双方的炮火重演上个月的场景？当然，目前我并不担心任何这样的事情，但是你们别以为这支军队会在这里一直待到战争结束。我不能清晰明了地和你们讨论这个问题，因为我不可能告诉你们我打算怎样做，但是我断言，我的军事计划必须要求居民离开，而我只能继续提供帮助，让他们无论朝哪个方向疏散都尽可能轻松、舒适。

你们不可能比我用更严厉的措辞来描述战争。战争是残酷的，你们无法使它文雅精致，那些把我们的国家拖入战争的人，应该受到人民能够发泄的所有唾骂和诅咒。我知道我没有参与制造这场战争，但我也知道，为了维护和平，今天我将比你们任何人付出更多的牺牲。但你们不可能同时拥有和平与我们国家的分裂。如果美利坚合众国屈服于分裂，那么分裂将不会停止，而是继续下去，直到我们遭受墨西哥的命运，也就是永远的战争……

美利坚合众国在行动，它必须维护它在任何曾经掌权的地方的权威。如果它的施压稍有松动，它就会消亡，我知道这就是国家的感觉。这种感觉呈现出各种各样的形态，但总是会回到对联邦的认可。一旦承认联邦，再次认可国家政府的权威，而不是将你们的房屋、街道、道路投入到可怕的战争用途，这支军队将立即成为你们的保护者和支持者，保护你们免受危险，不管它可能来自什么地区……

文森特·凡高写给弟弟提奥的动人信函

（1880 年 6 月 23 日）

文森特·凡高有一个苦恼的、躁动不安的灵魂，四处寻找生命的意义，寻找他在人生中应该扮演的角色。在他给弟弟提奥写了一封意识流般的长信之后，提奥建议他把精力投入到艺术中去……

文森特作为画商在海牙和伦敦快乐地工作了几年之后，以各种各样的角色度过了他的一生，包括在英国南部做教师，在比利时煤矿社区做传教士。他几乎养成了苦行的习性，睡在稻草上，吃得很少，忘情地沉浸在宗教和世俗的自省中。

他的家人非常忧心他的精神状态，1880 年年初，他父亲认为应该把他送进疯人院。文森特在父母家里做了短暂的休整后，返回了比利时，在矿工中间生活，从那里，他终于写信给提奥，表面上是感谢提奥寄来一些他急需的钱，实际是想和陷入绝望的父亲和解。

但是一旦文森特的笔

提奥·凡高。

流动起来，他就开始解释他怎样放弃传统生活，并对他认为的艺术本质做深刻的哲学分析。"但现在我必须用某些抽象的东西来烦你"，他开始写。信件展现的是一个超负荷的头脑，被复杂的想法所淹没，试图有所释放。

他反省自己已迷失方向"长达五年之久"，并承认，"未来的确一片漆黑……但是在我置身的道路上，我必须继续。如果我无所作为，如果我不学习，如果我不继续努力，那么我是迷路了"。他如饥似渴地阅读，开始在各种艺术之间建立联系，并开始看到某个普遍观念的闪光，即上帝乃是所有艺术试图表达的主题。

"莎士比亚的作品中有伦勃朗的影子，"他说，"在维克多·雨果中有德拉克洛瓦的，在班扬中有米勒的，在福音书中有伦勃朗的。所有他们心中和作品中的真正的善都来自上帝。谁要是爱伦勃朗，他就知道有上帝存在。"

对于自己表面上的木讷和与世界的疏离，他辩解说："内心发生的，会显露在外吗？有的人内心有一团大火，可是永远不会有谁来取暖，过路人除了注意到烟囱顶上一缕轻烟之外什么也看不见，然后，又继续赶他们的路。"他知道家人觉得他游手好闲，但他本能地觉得，"尽管如此，对有些事情，我是擅长的！我有存在的理由！如果你能不仅仅将我视作一个游手好闲的败类，我会非常高兴"。

从很多方面来看，这是一封悲哀的信，来自一个与抑郁的恶魔和未实现的创造力斗争的人。它是一声求助的呼喊。而提奥读了这封信之后，卓有远见地建议他哥哥去追求一条画家的道路。

文森特开始画矿区村庄里的人物和景物素描，那年秋天，他到布鲁塞尔学习绘画。虽然慢性抑郁症困扰着他的后半生，但从那时起，他得到了释放，使他毕生的事业有了目标和激情。正如在同一封信中他怀着希望对提奥说，"一个被扔在波涛汹涌的海上颠簸了很久的人，终于到达了目的地。一个看似一无是处的人，终于找到了自身的角色，积极而有行动力地去展示完全不同的自我"。

文森特·凡高致提奥·凡高的信

我不太情愿给你写信，那是因为出于诸多原因，我已很久没有写信了。在某种程度上，你对我来说已经成了一个陌生人，而我在你眼中也同样如此，也许比你想象得更糟；也许我们最好不要这样继续下去……

你也许知道，我回到了博里纳日，父亲要我留在埃滕附近，我说不，我相信这样做是我最好的选择。虽然并非我愿，但我已或多或少成为家里难以忍受和让人疑虑的角色，一个无论如何也不被信任的人，那么，我怎么可能对别人有任何用处呢？……

就我而论，我是一个充满激情的人，有能力当然也容易做一些相当愚蠢的事，对此我有时深感懊丧。我确实经常发现，自己说话和行动操之过急了点，而这时本应更加耐心地等待。我想别人有时也可能做同样的傻事。既然如此，该怎么办呢？难道人必须把自己看作一个危险的人，根本没有能力做任何事吗？我不这么认为，但问题是，要努力用各种方法把这些激情转化为有益的动力……

现在我必须用某些抽象的东西来烦你，不过，我希望你耐心地听。比如，如果你愿听，就举一个有关激情的例子吧，我对书籍或多或少有一种难以抑制的激情，我需要不断地自我教育、学习，恰如我需要吃面包那样。这是你自己完全能够理解的。当我处于不同的环境，当我在绘画和艺术工作的环境中，你很清楚，那时我对周围这些事物充满了强烈的情感，甚至是巨大的激情。如今，我再一次远离祖国，我对此毫不后悔，对这个绘画的国度，我会经常怀着深切的思乡之情……

也许，长达五年之久了，我不知道确切的时间，我多少有点无所事事地东游西荡。现在你说："从某时开始，你就一直在走下坡路，你日渐衰弱，你什么也不作为。那是完全真实的吗？"也许你会说："但你为什么不像人们希望的那样，沿着大学的道路继续走下去呢？"对此我只能说，它的花费太大，而且，我置身在那条路上，未来并不比现在更好。

是的，有时我自食其力，有时某个朋友接济我，我已经竭尽所能过我自己的日子，随着事情的发展变得更好或更坏。我的确失去了几个人的信任，我的财务状况的确堪忧，未来的确一片漆黑，我的确可以做得更好，就挣钱谋生而言，我的确浪费了时间，我的研究本身的确处于一个相当悲哀和令人沮丧的状态，我缺少的远远多于我拥有的。但这叫作走下坡路吗？这叫作什么也不作为吗？……

芝加哥一家卫理公会培训学校推出了一个赚钱的项目

（1888 年）

在 20 世纪，连锁信往好处说是一种时尚，往坏处说就是一个金字塔骗局。但是，第一封能赚钱的连锁信，却始于芝加哥一家深受尊敬的卫理公会女传教士培训学校。

一些连锁信带有厄运的威胁，或者，要是打断连锁，后果将会更糟。收到信的人必须在一周内复制六封信，并将它们寄出，否则将会有不祥的命运等着你。在互联网兴起和写信衰落之前，很多国家把它们视为骚扰邮件而予以禁止。

1888 年，第一封连锁信是一家无可指责的机构——芝加哥培训学校的正当尝试，这是一所培养卫理公会女传教士的女子学院。学院当时债台高筑，它的宗教服务筹集到的款项，不足以使其摆脱财务困境。

学院的创办者露西·迈耶和乔赛亚·迈耶希望能把筹款的奉献盘传送到学院之外更远的地方。他们讨论了在社区设立捐款箱并向潜在的捐赠者邮寄广告的想法，但所有这些都将在建造、收集、文具和邮费等方面耗费宝贵的资金。然后他们突然有了连锁信的主意：当你可以寄一封信了事的时候，为什么要寄数百封呢？

迈耶夫妇寄出了要求捐赠十美分的信件，并要求收信人给三位有同情心的朋友各寄一封同样的信。那时，通过美国邮政寄钱是合法的。这是一个绝妙的主意，不仅减少了学校在信笺、邮票和时间上的消耗，而且还省去麻烦，不用拟定可能的捐赠者名单：收信人会自己完成所有的事情。

迈耶将原信复制了一千五百份寄出，然后等待回音。效果立竿见影，学校筹集到约六千美元，许多人寄来的捐款超过十美分，还鼓励其他人对学院的事业作更多的了解。传教士们称他们的连锁信是"巡回捐款箱"。它不仅是连锁信的一个早期形式，还是征求公众捐款或集资的新方法。

1898 年，美西战争期间，一名十七岁的红十字会志愿者设计了一封连锁信，征求捐款购买冰块，以寄给驻扎在古巴的军队。数千封信件到达纽约巴比伦的当地邮局，以致她母亲被迫发表公开信，阻止人们寄来更多信件。

芝加哥培训学校挺了过来，并蓬勃发展，不仅经受住了它的财务危机，也经受住了因为敢于教育年轻女性为上帝服务而受到的抨击。露西·迈耶更进一步，致力推广女性执事的观念，这是一个消亡已久的基督教早期传统，19世纪首先在德国恢复，然后在英国恢复，多亏了露西，最后也在美国得到恢复。

露西于1922年去世，学院在1935年并入另一所学院，后者位于芝加哥北面十二英里（十九公里）的埃文斯顿。今天，它作为加勒特－福音神学院继续她的事业。这也许是唯一一个在连锁信中使所有参与者的追求都得到实现的故事。

露西·迈耶和丈夫乔赛亚（右）于1885年开办了芝加哥国内和国外传教培训学校，并在1885年至1917年间担任校长。

PROSPERITY CLUB—"IN GOD WE TRUST"

1. Ed. Judd   203 N. Flores San Antonio Tex
2. Harry Craft   114 School St San Antonio Tex
3. Mrs. I. M. Craft 114 School St San Antonio Tex
4. James Craig   3811 S. Presa San Antonio Tex
5. P. M. Percy   3811 S. Presa San Antonio Tex
6. B. R. Brent   891 Liberty Beaumont Tex

FAITH! HOPE! CHARITY!

This chain was started in the hope of bringing prosperity to you. Within three (3) days make five (5) copies of this letter leaving off the top name and address and adding your own name and address to the bottom of the list, and give or mail a copy to five (5) of your friends to whom you wish prosperity to come.

In omitting the top name send that person ten (10c) cents wrapped in a paper as a charity donation. In turn as your name leaves the top of the list (if the chain has not been broken) you should receive 15,625 letters with donations amounting to $1,536.50.

NOW IS THIS WORTH A DIME TO YOU?

HAVE THE FAITH YOUR FRIENDS HAD AND THIS CHAIN WILL NOT BE BROKEN

TALLEY PRINTING CO.

随着早期以慈善为目的的连锁信获得成功，作为金字塔骗局的连锁信很快就出现了。

威廉姆斯致比利时国王利奥波德二世的
一封愤怒的公开信

（1890 年 7 月 18 日）

乔治·华盛顿·威廉姆斯是一位非裔美国人，他在内战中为联邦而战，在俄亥俄州为赢得议会第一个非裔美国人的席位而战；而作为一名律师，他在法庭上为委托人的权益而战。然而，他的最大一场战斗是和比利时国王的较量。

威廉姆斯就算其他什么也不做，光是凭写下第一部最具权威的非裔美国人历史——1882 年出版的《美国黑人历史（1619—1880 年）》，也足以名垂青史。1889 年，威廉姆斯去了欧洲，为他的出版商联合文学出版社撰写文章。旅途中他遇见比利时国王利奥波德二世，留下了深刻印象。

国王兴致勃勃谈到他的个人领地之一——刚果，以及发展它的计划。据利奥波德描述，他的意图是一项针对当地人民的慈善事业，以"每一个真诚和实际的努力来增加他们的知识和保障他们的福祉"。第二年威廉姆斯访问了刚果，亲眼目睹了这项"慈善事业"。

他被自己的发现吓坏了。利奥波德正在为自己开拓一个私人王国，压榨它的资源，奴役它的人民。他那有名无实的政府，只不过是一个对橡胶种植场和它的不幸劳工施虐的管理委员会，这些劳动者受到欧洲的私人军队和非洲雇佣兵残忍无比的管制。

威廉姆斯写了一封公开信给国王，直言不讳地详述了在他名义卜进行的不人道行为。"我是多么彻底地感到幻灭、失望和沮丧，现在让我深感棘手的责任，就是用简单而礼貌的语言告知陛下。"利奥波德曾经聘请著名探险家亨利·莫顿·斯坦利沿着刚果海岸开发这个国家。威廉姆斯告诉国王，"一旦提到斯坦利的名字，这些淳朴的人就会不寒而栗，他们想起了他违背的诺言，他暴躁的脾气，他凶狠的打击"。

斯坦利为了得到当地头领的配合，有

一套精心演练过的程序。他会用一些雕虫小技迷惑他们，比如用太阳光和透镜来点雪茄，或者用电池来使握手带电。"用这些方法……以及几箱杜松子酒，使全体村民签字把村庄让给陛下。"

信里列出了十二项具体的指控，包括"出于不道德的目的"进口妇女；对当地土著极其残忍，在他们的脖子上安上牛链，用粗糙的河马皮鞭子抽得他们血肉模糊；从事"批发和零售"的奴隶交易；完全缺乏医疗设施——"只有三个小棚用于安置生病的非洲人"，他写道，那里"连一匹马都容不下"。

威廉姆斯传播了这封信，并向英国外交大臣提交了更详细的指控。虽然利奥波德二世试图抑制事态的发展，但在比利时仍引起了一场全国性的强烈抗议，结果迫使国王将刚果的控制权和管理权移交给比利时政府。这是一位对奴隶制和它的残忍有亲身见闻的非裔美国人的最高成就。

利奥波德从来没有去过刚果。而1891年，乔治·华盛顿·威廉姆斯在从非洲返回美国的途中死于肺结核和胸膜炎。由于命运的捉弄，他没有被安葬在美国，而是长眠在英国海边的度假胜地黑潭，1975年，那里竖起了一块新的墓碑以示纪念。

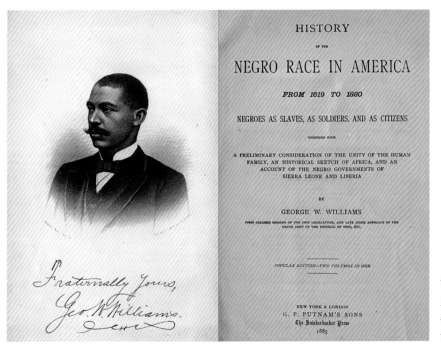

HISTORY
OF THE
NEGRO RACE IN AMERICA
FROM 1619 TO 1880
NEGROES AS SLAVES, AS SOLDIERS, AND AS CITIZENS
TOGETHER WITH
A PRELIMINARY CONSIDERATION OF THE UNITY OF THE HUMAN
FAMILY, AN HISTORICAL SKETCH OF AFRICA, AND AN
ACCOUNT OF THE NEGRO GOVERNMENTS OF
SIERRA LEONE AND LIBERIA
BY
GEORGE W. WILLIAMS
FIRST COLORED MEMBER OF THE OHIO LEGISLATURE, AND LATE JUDGE ADVOCATE OF THE
GRAND ARMY OF THE REPUBLIC OF OHIO, ETC.
POPULAR EDITION—TWO VOLUMES IN ONE
NEW YORK & LONDON
G. P. PUTNAM'S SONS
The Knickerbocker Press
1885

Fraternally Yours,
Geo. W. Williams

乔治·华盛顿·威廉姆斯是美国的内战英雄、牧师和有成就的作家。

致国王奥利波德二世的公开信

……我非常高兴能利用去年给予我的机会，访问您在非洲的国家；我是多么彻底地感到幻灭、失望和沮丧，现在让我深感棘手的责任，就是用简单而礼貌的语言告知陛下。我要对陛下的刚果私人政府提出指控，它的每一项，都是经过详细调查的；一份有法律效力的清单和一系列诚实的证词、文件、书信、官方记录和资料都已准备妥当，将存放在英国女王陛下的外交大臣那里，直到国际委员会成立，该委员会有权派送人员和文件，管理宣誓，并证明这些指控的真伪。

有这样的事例，亨利·M.斯坦利先生派了一个白人，带着四五个桑给巴尔士兵，去和当地的酋长签订条约。主要的说辞是，白人内心厌倦了酋长与酋长之间、村庄与村庄之间的战争和战争谣传；而白人和他的黑人兄弟和平相处，为了共同的防卫和公共的福利，希望"联合所有的非洲部落"。所有的花招诡计都经过仔细的排练，现在他准备实践了。从伦敦买来一批电池，绑在外套里的手臂上，和一条经过白人兄弟手掌的缎带接通，当他和黑人兄弟热情握手之际，黑人兄弟非常惊讶地发现白人兄弟是如此强壮，以至于黑人兄弟在友好地把手伸向他时，几乎被击倒在地。当本地人问自己与白人兄弟之间的力量差距时，他被告知白人能够把树拔起，并被展示以最为惊人的力量特技。接下来是透镜表演……

亚历山大·格雷厄姆·贝尔致信海伦·凯勒的教师安妮·沙利文

（1892 年 1 月 21 日）

海伦·凯勒出生时是健康的，但在十九个月大的时候感染了一种疾病（现在被认为是猩红热），导致她失明又失聪。后来她作为一名作家和政治活动家度过了漫长而丰富多彩的一生，这应该归功于两个经常就她的教育问题通信交流的人。

海伦·凯勒对世界上的物象和声音的唯一体验是在一岁半之前的婴儿期，此后她的这些感觉就被剥夺了。到 1887 年海伦七岁的时候，她和人们的唯一沟通方法就是使用六十个手势，这是她在亚拉巴马州和一个家庭厨师的女儿一起训练出来的。然后一个医生建议她的父母联系亚历山大·格雷厄姆·贝尔。当今，贝尔最为人熟知的成就是发明了电话，但他曾投入相当大的精力研究聋人的演讲和教学——他的妻子和母亲都是重度的失聪者。

贝尔转而让凯勒夫妇求助波士顿的珀金斯盲人学校，该学校派了一名它以前的学生、二十岁的安妮·沙利文来担任海伦的教员。1892 年，安妮写了一篇她成功教育海伦的早期报道，这使海伦的情况再次引起了贝尔的关注。他写信给安妮，祝贺她与海伦取得的非凡成功。

"您的论文使聋人教师深感兴趣"，他写信给本身就有部分视力障碍的安妮。事情已经很清楚，安妮的工作将海伦从感官的牢笼中释放出来，使她能够异常成熟和有深度地表达自己。"她是个非常不同寻常的孩子，"贝尔认为，"我们习惯于把一切都归功于她那不可思议的头脑，却忘记了语言是来自外部而不是内部。"

让贝尔特别感兴趣的是，海伦和安妮才相处了三年，她的语言就变得丰富多彩，已经远远超出单纯实用性的陈述或询问——比如表示疲劳、饥饿或快乐，而成为符合语言习惯的表达。这样的语言不仅用于陈述事实，还用于修辞和文学。她是怎样做到的？"如果您能告诉我们这是怎样做到的，"贝尔促请沙利文，"全世界的聋人教师都将欠您一份感激。"

安妮·沙利文已经提示了这是怎么做到的。安妮描述自己在海伦"能够阅读它们的很久之前"就给了她印有凸起字母的书籍，以及她如何"每天都好几个小时用手指在字上仔细地摸来摸去，寻找她知道的词汇，以作消遣"。就这点而论，它突破了把与聋人的交流局限在最基本表达上的惯常做法。"我总是像与一个能看或能听的孩子一样与海伦交谈，"安妮解释，"并强调其他人也应该这样做。"

海伦·凯勒在一年之内就写作诗歌了，

贝尔认为，"论思想的成熟和表达的优美，它们超过了大多数［我们的伟大诗人］"。多亏贝尔对沙利文的鼓励，凯勒成为一个全国性甚至国际性人物。马克·吐温在她十三岁时认识了她，被她超凡的才智所震惊，而这一才智正是在安妮·沙利文的指导下才得以绚烂绽放。

（另附成年的海伦·凯勒与老年的亚历山大·格雷厄姆·贝尔之间的往来书信，见附录。）

海伦·凯勒与她的教师暨终生陪伴者安妮·沙利文。该照片摄于 1888 年 7 月，那时海伦刚刚八岁。

亚历山大·格雷厄姆·贝尔。

MISS A. M. SULLIVAN, TEACHER OF HELEN KELLER,

Perkins Institution for the Blind, South Boston, Mass.

DEAR MISS SULLIVAN:—Allow me to thank you for the privilege of reading your account of how you taught Helen Keller, which you have prepared for the second edition of the Souvenir issued by the Volta Bureau. Your paper is full of interest to teachers of the deaf, and it contains many valuable and important suggestions.

I am particularly struck by your statement that you gave Helen books printed in raised letters *"long before she could read them,"* and that *"she would amuse herself for hours each day in carefully passing her fingers over the words, searching for such words as she knew,"* etc.

I consider that statement as of very great significance and importance when I try to account for her wonderful familiarity with idiomatic English. She is such an exceptional child that we are apt to attribute every thing to her marvellous mind, and forget that language comes from without, and not from within. She could not intuitively arrive at a knowledge of idiomatic English expressions. It is absolutely certain that such expressions must have been *taught to her* before she could use them; and if you can show us how it was done, teachers of the deaf all over the world will owe you a debt of gratitude.

The great problem in the education of the deaf is the teaching of idiomatic language.

I am sure that instructors of the deaf will support me in urging you to tell us all you can as to the part played by books in the instruction of Helen Keller. We should like to form an idea of the quantity and quality of the reading-matter presented for her examination "long before she could read the books."

How much time did she devote to the examination of language which she could not understand, in her search for the words that she knew? I would suggest that you give us a list of the books she has read, arranging them, as well as you can, in the order of presentation. Teachers of the deaf find great difficulty in selecting suitable books for their pupils; and I am sure they would thank you especially for the names of those books that have given Helen pleasure, and have proved most profitable in her instruction.

You say, *"I have always talked to Helen as I would to a seeing and hearing child, and have insisted that others should do the same,"* etc. I presume you mean by this that you talked *with your fingers* instead of your mouth; that you spelled into her hand what you would have spoken to a seeing and hearing child. You say that you have "always ' done this. Are we to understand that you pursued this method from the very beginning of her education, and that you spelled complete sentences and idiomatic expressions into her hand *before she was capable of understanding the language employed?* If this is so, I consider the point to be of so much importance that I would urge you to elaborate the statement, and make your meaning perfectly clear and unmistakable.

Yours very sincerely,

Alexander Graham Bell

亚历山大·格雷厄姆·贝尔着迷于安妮·沙利文与海伦的沟通方式。在他的帮助和H. H. 罗杰斯等实业家的支持下，凯勒成为第一个获得文学学士学位的盲聋人。

比阿特丽克斯·波特给一封信画插图，
逗乐了五岁的诺埃尔·摩尔

（1893 年 9 月 4 日）

比阿特丽克斯·波特和弟弟伯特伦的童年是孤独的，他们在伦敦西南部的家中接受教育，换了一个又一个女家庭教师。多亏了她们中的最后一位安妮·摩尔，比阿特丽克斯成为一名成功的童书作家。而这又全都始于她写给安妮的儿子诺埃尔的一封信。

比阿特丽克斯很少与其他孩子接触，她儿童时代的大部分家庭假日，都在英格兰湖区或苏格兰珀斯郡的美丽农村度过。她成为大自然和乡野的敏锐观察者，像父母一样，她具有绘画的天分。随着时间的推移，安妮·摩尔不再只是女家庭教师，而成了比阿特丽克斯的闺中好友，年轻的比阿特丽克斯经常写信给安妮年幼的孩子们。

1893 年夏季，安妮的大儿子诺埃尔病倒了，为了让他高兴，比阿特丽克斯时常写信给他。当时比阿特丽克斯在苏格兰泰河岸边的邓凯尔德村度假，

波特用她的稿费买下了英格兰湖区的山坡农场。她还作为赫德威克羊的饲养员获得了奖项。

那里没有什么新鲜事，她甚至也想不出什么新的方式来表达"早日康复"。正如她在那年 9 月 4 日的信中说的，"我不知道给你写些什么，所以我将告诉你有关四只小兔子的故事，它们的名字分别是弗洛普西、莫普西、料顿泰尔和彼得"。

比阿特丽克斯的粉丝都知道，这就是《彼得兔的故事》的起源。彼得是一只真实的兔子，是比阿特丽克斯的宠物，她经常画它的素描或彩绘。彼得是继本杰明之后她饲养的第二只兔子，本杰明后来也因《小兔本杰明的故事》而名声大振。比阿特丽克斯习惯在她的信中用

墨水画上一些小配图，来说明她写的内容，她9月写给诺埃尔的那封信，不仅包含了兔子彼得的故事，还是她独特插画的最早版本。

无疑，诺埃尔收到信十分快乐，安妮被自己以前的学生深深打动，她提议，这个故事可以构成一本上好的儿童书。好在比阿特丽克斯和伯特伦对出版业并不陌生，此前他们曾为印制圣诞贺卡做过设计。她试图引起出版商的兴趣，但没能如愿，1901年，她用黑白版自费印刷了二百五十本儿童书。在其中一本上，她记录了下面的悲伤消息：

"以深情纪念可怜的老彼得兔，它死于1901年1月26日，享年九岁……无论它的智力多么有限，无论它的皮毛、耳朵、脚趾有什么外在的缺陷，它的性格一直是温和的，它的脾气始终讨人喜爱。它是一个充满爱意的伙伴，一个温顺的朋友。"

此后不久，该书又发行了两百本，它们的成功销售引起了弗雷德里克·沃恩的注意，他之前拒绝过这本书。沃恩是一位出版同类儿童插图读物的出版商，它们的作者是像爱德华·利尔、凯特·格里纳韦和沃尔特·克兰这样的艺术家。《彼得兔的故事》被沃恩用新的彩色版出版，在第一年就销售了两万本，在接下来的二十七年里，波特又写出了二十二个故事。其中有些角色，如松鼠纳特金、青蛙杰里米·费希尔，早在她给诺埃尔·摩尔的信中就初露头角。

比阿特丽克斯在湖区隐居，通过购买当地几个农场保护了那里的乡村环境，所有的资金均来自她的畅销故事。如今，在湖区和邓凯尔德都有陈列她作品的博物馆，后者有一个小型花园，里面安置了她在信中第一次想象出来的动物的雕塑。

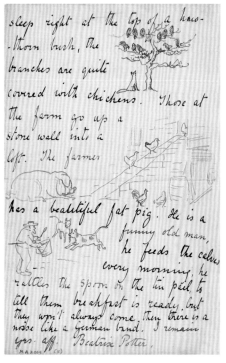

波特寄给安妮·摩尔的孩子们的倍受珍爱的信之一。

皮埃尔·居里写信给玛丽，恳求她回来从事研究

（1894 年 8 月 10 日）

玛丽·斯克沃多夫斯卡在巴黎做了一段时间皮埃尔·居里的研究员后，返回了波兰，决心继续她在那里的事业。可皮埃尔·居里已经爱上了这个女人，并开始追求她，这个被人们称为"皮埃尔最伟大的发现"的女人，是唯一一位两次赢得诺贝尔科学奖的女性。

玛丽·斯克沃多夫斯卡出生在波兰华沙，那时的波兰是俄罗斯帝国的一部分，她在地下的"移动大学"秘密学习科学，

玛丽拒绝了皮埃尔·居里的第一次求婚，因为她想回波兰从事科学事业。

怀有民族主义的波兰人在这里抵抗波兰文化和教育的俄罗斯化。1891 年，她移居到巴黎，更自由地继续她的学业，她在皮埃尔·居里的实验室谋到一份研究员的工作。

皮埃尔·居里正在对压电效应进行开创性的研究，它是当今大多数数字电路背后的支撑技术。1894 年，另一位波兰物理学家约瑟夫·维鲁斯·科瓦尔斯基把他介绍给了玛丽。玛丽是一个理想的研究员，她不仅没有妨碍皮埃尔的工作，还理解并推动了他的工作。皮埃尔最初钦佩她的科学头脑，然后发现自己很信赖她的洞察力。她成为他的灵感来源，最后成为他的爱人。

皮埃尔向她求婚，她拒绝了。1894 年夏季，她离开巴黎两个月，去了弗里堡，那时科瓦尔斯基在弗里堡任教，她从那里写了一封短简给皮埃尔，说她很享受新鲜的空气。皮埃尔的心怦怦直跳。"没有什

么比得到你的消息更让我高兴，"他在 8 月 10 日写信给她，"希望你贮存一堆好空气，并在 10 月回到我们这里。"

这是一封温暖而充满柔情的信。皮埃尔曾被拒绝过一次，他很焦虑，不想追得太紧，担心那样会彻底失去玛丽。"我们彼此承诺过——不是吗？——至少要做最好的朋友，"他怀着希望，"这也会是一

玛丽的工作颠覆了物理学和化学领域的固有观念，作为一位女性主义先驱，她也颠覆了女性在科学界的角色的固有观念。

件美好的事情，同样，我几乎不敢相信，我们会彼此相依度过一生，沉醉于我们的梦想之中：你的爱国梦，我们改善社会的梦，还有我们的科学梦。"

他最想追求的是后者，他解释这是因为他们无力实现其他梦想。"相反，从科学的角度，我们有望做一些事情。"他不知道他们在一起会做多少事。"看看结果如何。"听起来他很随意，几乎不假思索，但随后继续说："不过如果你一年内离开法国……这种友谊岂不是太柏拉图式了。留在我身边不是更好吗？"接下来他又退缩了。"我知道这个问题惹你生气，也知道你不想再谈论它。"

一年之后，玛丽并没有离开法国，而且他们再次谈论了这个问题。1895 年 7 月 25 日，她最终同意和皮埃尔结婚。在他们一起度过的余生中，他们是一对忠诚的夫妇。当玛丽成名的时候，作为彼此迟来的结婚礼物，皮埃尔·居里和玛丽·居里共同获得了 1903 年诺贝尔物理奖。玛丽在 1911 年第二次获得了诺贝尔奖，这次在化学领域，她成为获得两次诺贝尔奖的唯一一位女性，也是唯一获得两个不同学科奖项的人。

皮埃尔·居里致玛丽·斯克沃多夫斯卡的信

没有什么比得到你的消息更让我高兴。想到接下来两个月听不到你的消息，让我极为不快：也就是说，我非常在乎你的短简。

希望你贮存一堆好空气，并在10月回到我们这里。至于我，我想我哪里也不会去；我会留在乡下，整天在敞开的窗前或花园里消磨时间。

我们彼此承诺过——不是吗？——至少要做最好的朋友。只要你不改变主意就好！因为没有一种承诺能约束人，这样的东西是无法随意强求的。这也会是一件美好的事情，同样，我几乎不敢相信，我们会彼此相依度过一生，沉醉于我们的梦想之中：你的爱国梦，我们改善社会的梦，还有我们的科学梦。

我相信，在所有这些梦想中，最后一个是唯一真实可行的。我的意思是，我们无力改变社会秩序，即使我们有能力，我们也不知道该做什么；而且要付诸行动，无论往哪个方向，我们永远不能保证，在延缓一些不可避免的演变时，我们不会做出弊大于利的事情。相反，从科学的角度，我们有望做一些事情。这里的基础比较坚实，我们可能做出的任何发现，不论多么微小，都将作为获得的知识留存下来。看看结果如何：你已经同意了，我们将成为最好的朋友，不过如果你一年内离开法国，两个人彼此不再相见，这种友谊岂不是太柏拉图式了。留在我身边不是更好吗？我知道这个问题惹你生气，也知道你不想再谈论它——而且，我也觉得无论怎么看，我都绝对配不上你。

我请求你让我有可能在弗里堡和你不期而遇。但如果我没弄错，你在那里只待一天，当然，那一天，你得和我们的朋友科瓦尔斯基一家共处。

相信我，你忠诚的

皮埃尔·居里

奥斯卡·王尔德在雷丁监狱写信给
阿尔弗雷德·道格拉斯勋爵

（1897 年 1 月至 3 月）

奥斯卡·王尔德不适应狱中的生活。他在因与阿尔弗雷德·道格拉斯勋爵的同性恋关系，于 1896 年以"有伤风化罪"被判两年劳役后，遭受了肉体上和精神上的双重磨难。雷丁监狱的一名新典狱长鼓励他用写信治疗伤痛。

王尔德在狱中的大部分时间，都无法用谈话和书籍的形式来激发才智。但在 1897 年年初，典狱长的更换改善了他的境况。新任官员梅杰·詹姆斯·纳尔逊做的第一件事，就是从自己的藏书室借了一本书给王尔德，这一富有同情心的举动让王尔德潸然泪下。

纳尔逊给了王尔德另一个仁慈的特别许可。在监禁期间，这位著名的作家和机敏的才子第一次被允许写作。纳尔逊向王尔德提供笔和纸，他借它们发挥自己作为语言巨匠的璀璨才华。王尔德不被允许将写的东西保留过夜，也不被允许把它们寄给任何人。典狱长把他的写作视为单纯的治疗，或者用他的话说，"出于治疗的目的"。

王尔德开始写信给他曾经的恋人阿尔弗雷德勋爵，王尔德昵称他为波西。波西和王尔德的恋情使后者名誉尽失并失去自由，而他只是利用王尔德来激怒自己的父亲，也从未给狱中的王尔德写过信。"亲爱的波西，"王尔德开始写道，"经过漫长而徒劳的等待之后，我决定亲笔给你写信，这既是为了你，也是为了我，因为我不愿意去想，我在监狱里度过的漫长两年中，竟没有收到你的一行文字。"

这位写过《温夫人的扇子》和《不可儿戏》的轻浮的著名剧作家，再也没有开玩笑的心情。在经过两年的孤独反思、没有机会表达自己和自身想法之后，王尔德把信写成了二十页关于波西和他自己的精神层面思考。

王尔德不再因为对阿尔弗雷德的爱而失去理智（虽然他还爱他），他用信件的第一部分思考了享乐和以自我为中心的波西对他的作品和生活的影响。三年放荡不羁的生活耗尽了他的财力和智力，而他所追求的是一个"不完美的世界，其中充满了粗俗而没有结果的激情，充满了没有区别的欲念，充满了无限度的渴望和无形的贪婪"。在批评阿尔弗雷德自私虚荣的同时，王尔德也责备自己为满足欲望而忽视了自身的天赋。"大多数人为了爱和赞美而生活，"他评论，"但我们应该借助爱和赞美来生活。"

在信中，他从他与波西的世俗关系转向对基督教的思考，引用《以赛亚书》："他被藐视，被人厌弃，多受痛苦，常经忧患。"他现在相信，内心平静的关键在于痛苦，而不是快乐和成功。这一点被他自己在狱中有关狱友和耶稣基督的经历所证明。"在这个不幸的地方，和我在一起的不幸的人们，无一不象征着生命的秘密。因为生命的秘密就是苦难。"

这封信展现了王尔德人生中一种新的平衡感，他不再仅仅追求快乐。"一个人若能看到世界的可爱，也能分担它的忧伤，"王尔德这样思考，"并领悟到两者的神奇之处……那么他就像任何人能做的那样，接近了上帝的秘密。"

王尔德的治疗信，其部分内容于 1905 年作为《自深深处》发表，全篇收入 1962 年版的《奥斯卡·王尔德书信集》。

奥斯卡·王尔德致阿尔弗雷德·道格拉斯勋爵的信

……痛苦是一段非常漫长的时间。我们不能按季节来划分它。我们只能记录它的情绪和记录情绪的恢复。对于我们，时间本身并没有向前推进。它在旋转。它似乎在绕着一个痛苦的中心打转。生活如瘫痪般静止，它的一切境况都被一个不变的模式所控制，以至于我们吃、喝、躺卧、祈祷，或者至少是跪下祷告，都遵照一种僵化的铁则：这种静止的特性，使得每一个糟糕的日子在最微小的细节上都非常酷似，似乎在将自己传达给那些以不断变化为本质的外部力量。播种期或收获期，俯身在玉米上的收割者或穿过葡萄藤的葡萄采摘者，被凋谢的花朵弄白或撒满坠落果实的果园草地：这些人和事我们一无所知，也无法知道。

对于我们只有一个季节，那就是悲哀的季节。太阳和月亮似乎从我们身边被夺走了。外面，白昼可能是蓝色或金色的，但是透过底下坐着人的铁栅小窗厚而死沉的玻璃爬进来的光线，却是灰白而微弱的。一个人的囚室总是昏暗的，就像他的内心总是昏暗一样。在思想范畴，如同在时间范畴，运动不复存在。你本人早已忘记或能够轻易忘记的事情，现在正发生在我身上，明天还会再次发生在我身上。记住这点，你就会稍稍理解我为什么要写，以及为什么用这种方式来写……

一周之后，我被转移到这里，又过了三个月，我的母亲去世了。没有人知道我是多么深爱她，尊敬她。她的死对我是可怕的打击；但是我，曾经的语言之王，却无法用言语来表达我的悲痛和羞愧。她和父亲传给我一个他们使之高贵和受人尊重的名字，不仅在文学、艺术、考古学和科学领域，而且还在我自己国家的公共历史上，在它发展成国家的进程中。我永远玷污了这个名字，使它成为下等人嘴里一个低贱的口头禅。我把它拖进了泥潭，我把它给了可以使它变得具有兽性的畜生，我把它给了可以使它变成愚蠢同义词的傻瓜。

我当时的痛苦，以及现在仍在承受的痛苦，不是用笔和纸所能表达的。我的妻子，一直以仁慈和温柔待我，为了不让我从那些冷漠的嘴里听到这个消息，她带病一路从热那亚来到英格兰，亲自告诉我这个无法挽回的消息，这个不可补救的损失。所有爱我的人都向我表示了同情，甚至那些与我素昧平生的人，听到我生活中发生了新的不幸，也写信要求向我转达他们的慰问……

作家埃米尔·左拉指控法国军方的反犹阴谋

（1898 年 1 月 13 日）

这是一个撕裂法国社会的事件。1894 年，法国陆军上尉阿尔弗雷德·德雷福斯被判间谍罪，理由是某份据称是他写的文件上的字迹与他的字迹迥然不同，所以肯定是他写的。文豪左拉站出来为他辩护。

埃米尔·左拉是一名剧作家和小说家，还是自然主义写作流派的先驱，主张与浪漫主义不同的现实主义和社会批评。他的作品《萌芽》对一个采矿社区的资本主义残酷现实做了精确的描述，他也因此深受大众的喜爱，到 1898 年，他成了文坛名人。

当一份洗清阿尔弗雷德·德雷福斯间谍嫌疑，并牵涉到另一名军官费迪南·埃斯特哈齐少校的电报被发现时，军队采取行动掩盖真相，保护埃斯特哈齐。他们伪造了进一步构陷德雷福斯的文件，并把发现新证据的士兵派往突尼斯。然而，当这个

阿尔弗雷德·德雷福斯是一名犹太裔法国炮兵军官，被指控把军事机密送给德国驻巴黎大使馆。

发现被泄露时，相信德雷福斯清白的消息开始不胫而走。

左拉写了一封致法国总统的公开信，于 1898 年 1 月 13 日早晨在《震旦报》头版以通栏大标题"我控诉……！"发表，这封信直接点出十个人的名字，包括几个笔迹专家（"除非经过医学检查发现他们患有视力和判断力受损的疾病"），他们断定德雷福斯肯定是间谍，因为那字迹看上去全然不像是他的字迹。

作者在开头即对判决德雷福斯有罪并允许释放埃斯特哈齐的程序进行了长篇抨击，"这

是一次残暴的调查，罪犯从中得到荣耀，诚实的人受到玷污"。左拉肯定，在"将这个不幸者——一个'肮脏的犹太人'——做人祭的丑剧中"，反犹主义起了作用。他嘲讽德雷福斯的原告："他懂几种语言：是犯罪！他没有携带任何泄露的文件：是犯罪！他努力工作并力求信息畅通：是犯罪！他镇定自若：是犯罪！他变得慌乱：也是犯罪！"

左拉最猛烈的责难针对阿曼德·杜帕蒂·德克朗少校，一名非常热切寻求给德

在法国，左拉对体制性阴谋的指控成为头条新闻，而这一事件分裂了法国社会。左拉的信还引起了全世界的轰动。

雷福斯定罪的军官。"就是他，"左拉写道，"'炮制'了德雷福斯事件，他精心策划整个事件，并亲自完成了它。"

根据法国法律，指名杜帕蒂·德克朗使左拉面临诽谤罪的指控。左拉的信发表六周以后，他被判有罪，为了逃避监禁，他暂时逃往英国。而埃斯特哈齐，这个事件中的真正间谍，在促使左拉写这封信的作秀审判中被无罪释放，并安稳地领取养老金退休了，但到当年年末，他也逃到英国，使用化名在英国度过余生。

那个伪造文件构陷德雷福斯的军官被捕了，并在等待审判期间自杀身亡。杜帕蒂·德克朗因在德雷福斯事件中的角色而被边缘化，于1901年从军队辞职。第一次世界大战爆发之际，他重新入伍，并在1916年的第一次马恩河战役中因伤去世。

至于德雷福斯，则被当众剥夺军衔，佩剑在袍泽面前被折成两段，并被流放到法国著名的魔鬼岛。多亏了埃米尔·左拉的信，1899年，他得到赦免，而为了获得自由，尽管他是无辜的，他还是接受了赦免。1906年，他最终被宣布无罪。

埃米尔·左拉的公开信结尾

　　……但是，这封信写得太长，阁下，是时候结束它了。

　　我控诉陆军中校杜帕蒂·德克朗是这场不公审判的邪恶制造者——我愿意相信这不是故意的——以及在过去三年里，用各种荒唐的方法和邪恶的阴谋为这一可悲行径辩护。

　　我控诉梅西耶将军共谋，在这场名列本世纪最大的不公平的事件中，他至少因精神软弱而参与其中。

　　我控诉比约将军，他手中握有德雷福斯无辜的确凿证据，却横加掩盖，作为政治上的权宜之计，作为替妥协的陆军总参谋部挽回颜面的方法，从而使自己犯下危害人类和正义的罪行。

　　我控诉德布瓦代弗尔将军和贡斯将军犯下了同样的共谋罪行，前者无疑是出于宗教偏见，后者或许是出于一种所谓的团队精神，它把陆军部变成一艘不容置疑的神圣方舟。

　　我控诉德佩利厄将军和拉瓦里少校进行了一项邪恶的调查，我是指它被一种荒唐的偏见所主导，正如后者在一份报告中证明的，它是一座幼稚而厚颜无耻的不朽纪念碑。

　　我控诉三个字迹专家，他们是贝洛姆先生、瓦里纳德先生和库阿尔先生，他们提交的报告是虚假和欺诈人的，除非经过医学检查发现他们患有视力和判断力受损的疾病……

奥维尔·莱特和威尔伯·莱特发送消息给父亲米尔顿·莱特主教

（1903 年 12 月 17 日）

1903 年 12 月 17 日，两个兄弟有一个确实非常重大的消息要送给他们的父亲米尔顿·莱特——一位基督联合兄弟会的主教。他们迫不及待地想要告诉他，他们刚刚取得的成就让世界变得更小，而让人类的梦想变得更大。

如果说这个消息是急迫的，那么通往它的道路就绝非如此。自从 1896 年以来，兄弟俩一直在对飞机的设计进行试验。值得称道的是，父亲米尔顿给了他们一件童年礼物——一个用旋转的梧桐树种子制成的飞行玩具，点燃了两个男孩最初的热情火花。

威尔伯和奥维尔从风筝开始试验，然后进展到滑翔机。他们的创新不仅体现在飞机设计上，还体现在控制系统上，打破了一个公认的观念——理想的飞行即使在改变方向时也应该保持水平。他们提出了倾斜转弯和改变机翼形状以实现转向的理念，后者是现今飞机的固

定翼和襟翼的理论基础。

直到 1903 年年初，他们才把注意力转向动力飞行。他们使用的发动机是他们自行车店里的技工按照他们的规格制成的，螺旋桨是在缺乏现成设计理论的情况下自行仿制的。他们在风洞中对原始螺旋桨的复制品进行测试，结果表明，其有效率达

1904 年，威尔伯·莱特及奥维尔·莱特和他们第二架带动力的飞机在俄亥俄州代顿的霍夫曼牧场。

到百分之七十五——对于初次尝试，这是相当不错的成绩。

他们对名字的想象力远逊于对航空学，他们称自己的第一架动力飞行器为"飞行者"。第一次试飞是在 12 月 14 日，星期一，飞行持续了三秒，以突然熄火而告终，如果说它不算成功，那至少是一个鼓励。很巧的是，在一百二十一年前的同一天，

第一次使用动力且受控制的持续性飞行，在十二秒钟内飞行一百二十英尺。奥维尔·莱特俯卧在下翼上操纵飞行器。威尔伯·莱特在旁边奔跑以平衡飞行器，他刚刚松开飞行器右翼的前直立柱。

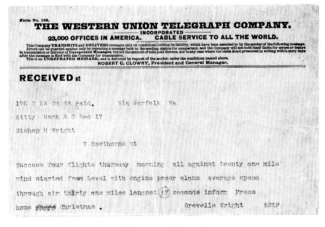

宣布航空历史的电报。

另一对兄弟——制造热气球的法国孟格菲兄弟——也进行了第一次试飞。

三天后，在北卡罗来纳州的基蒂霍克村附近，有五个人见证了他们四次成功的飞行：一名当地商人、三名当地的救生队员，还有一个名叫约翰尼·摩尔的少年，当时他正在这一带行走。第四次飞行之后，一阵风把"飞行者"掀翻，造成了不可修复的损坏。它从此再也没有飞起来，但它的使命已经完成。

1903 年 12 月 17 日，他们终于完成了世界上第一次动力飞行。发送电报时，标点符号需要额外付费，所以，他们是这样向他们的父亲宣布这个人类活动里程碑的：

"周四早晨成功作四次飞行均逆风 风速每小时二十一英里仅仅用引擎作动力水平起飞 逆风飞行的平均时速为三十一英里 最长飞行时间 57 秒 通知媒体 圣诞节回家。"

约翰·缪尔游说泰迪·罗斯福干预约塞米蒂

（1907 年 9 月 9 日）

1903 年，博物学家约翰·缪尔和总统泰迪·罗斯福在一次穿越约塞米蒂山谷的私人野营旅行中成为朋友。1907 年，当约塞米蒂国家公园的部分地区受到开发商的威胁时，缪尔给罗斯福写了一封热情洋溢的信，以在捍卫它的战斗中寻求他的支持。

他们的露营之旅旨在说服总统，让他相信缪尔喜爱的约塞米蒂山谷应该归入约塞米蒂国家公园，因此应该处于国家而不是州的保护之下。罗斯福确实被这个地方迷住了，特别是一天早晨他在帐篷里醒来，发现周围覆盖着一层皑皑白雪。1906 年，他签署了一项法案，把这个山谷纳入公园范畴。

也正是在这一年，旧金山附近发生了毁灭性的地震。地震过后，大火席卷整座城市，摧毁了许多从地震中幸存下来的东西。但根本没有足够的水来扑灭大火，为了解决这个问题，1907 年，有人提出计划，在约塞米蒂国家公园西北部的赫奇赫奇峡谷兴建大坝。

这使缪尔大为惊骇，这座公园建于 1890 年，主要是按照缪尔推荐的线路和条款实施的。对于这位从苏格兰移民、最后

在旧金山定居并研究该地区地质和植物数十年的博物学家来说，这是一个圣地。他建造了一间悬在约塞米蒂溪上的小木屋，在那里住了两年，这样他可以生活在潺潺流水声中。尽管他从没改变他的苏格兰口音，约塞米蒂已成为他的精神家园。

他给罗斯福的信是发自内心的呼喊。

1903 年，总统西奥多·罗斯福和约翰·缪尔在冰川点。1906 年，约塞米蒂国家公园禁猎，这是缪尔自 1890 年以来一直游说的事项。今天，旧金山市北面的缪尔森林国家纪念地，就是以这位出生在苏格兰的环境保护主义者的名字命名的。

"我渴望，"他开门见山地写道，"约塞米蒂国家公园可以免于各种商业行为和人工标志，当然，道路和旅馆等领受它的神奇和祝福所必需的设施除外……因为只有在约塞米蒂［山谷］，它的瀑布、树林和可爱的露营地才是超凡或一流的。"

对于在那里筑坝的做法，他认为是一种破坏自然的行为，其危害仅次于在约塞米蒂河上筑坝。缪尔坚持认为，"所有用水都可以从公园外面的水源获得"，而有关赫奇赫奇可以被牺牲的论点，表明了"一种骄傲的自信，它出于相当严重的不可否认的无知"。

约翰·缪尔的深情恳求被置若罔闻。

在某种程度上，这封信的出现并不令人意外。信长两页纸，娓娓道来，对峡谷进行了捍卫。但还附有缪尔自己对这个地方的描写——一份四页纸的关于其独特地质和植物价值的概述。这是缪尔对赫奇赫奇的赞美诗。

从某种意义上说，这封信如数家珍地一一列举了赫奇赫奇的岩石、山脉、水域、植物和气候。但它所用的语言是如此具有诗意和充满爱意，以至于无法不对接下来发生的事情表示痛惜。"空气、水、阳光，交织成精灵们可以披戴的东西……不仅在它清澈的河流、雄伟的岩石和瀑布中，而且也在花园、树林以及像公园地面一样开满花朵的草地中……在这座山的壮丽圣殿里，大自然聚集了她最珍贵的宝藏，吸引她的爱好者们来和她做亲密的交流。"

在环境保护者为保护该河谷进行了七年斗争之后，1914 年年初，在赫奇赫奇河谷的最窄处开始施工，建造奥沙尼西大坝（以它的首席工程师的名字命名）。约翰·缪尔于这年年末去世，他在取得如此多的胜利之后，输掉了最后一场保卫自然的战役。1923 年 5 月，大坝建成，山谷也被水淹没。

136

刘易斯·威克斯·海因向全国童工委员会报告

（1909 年 7 月）

第一次世界大战前，美国经济一片繁荣。当时就业率颇高，一心想要降低工资水平的工厂，不仅转向贫穷的移民劳工，还转向年幼的孩子招工。一个人用照片和不懈的游说，向美国公众暴露了这些行径。

全国童工委员会（NCLC）成立于 1904 年，旨在遏制过去二十年受雇从事繁重成人劳动的十三岁以下儿童人数的惊人飙升。到 1900 年，每六个儿童中就有一个在赚取微薄的工资补贴家用，结果失去了童年和应受的教育。

刘易斯·海因那时在纽约教授社会学。他相信摄影不仅能够记录事件和环境，还能用一种仅靠语言无法做到的方式，让别人关注它们。他起先以抵达埃利斯岛的移民为对象尝试了纪实摄影，并在 1908 年受雇于全国童工委员会，以揭露迫使父母依赖未成年人赚钱的贫困陷阱。

他在 1909 年 7 月写给全国童工委员会的一封信中附上了一些照片。他一直在观察马里兰州食品罐头行业的童工，他的信中有对幼小童工工作时的悲惨记录。"那些和家人一起工作的小手小得令人难以置

信，如果孩子太小不能坐起来，就只能抱着搁在工人的膝盖上，或者藏在手边的盒子里。"住在公司拥挤棚屋里的父母，是不被允许把孩子留在家里的。"在每一个地方，都能看见小孩子提着装满豆子、浆果或番茄的盒子或容器，不消说，这工作实在太繁重了。"

孩子长得很快——"他们懂得的太多

海因摄下这张照片："佐治亚州奥古斯塔市环球棉纺厂里的纺纱童工。工头承认她被定期雇用。"

了"——在烈日下工作，"与满嘴脏话的黑人和白人一起"。当装罐的季节过去，许多家庭向南迁移到南卡罗来纳州和北卡罗来纳州，在那里包装牡蛎。每一个地方，虐待都普遍存在——工人的伙食费和房租从他们的工资中扣除，而余下的工资必须在公司定价过高的商店里消费。工厂的磅秤被偷偷改动，以致他们的工作成果遭到短秤，记录的低于实际所做，报酬也低于应得的。

海因取得的这些证词让人对这种境况深感绝望。一个妇女有四个分别为一岁、三岁、六岁和九岁的孩子，甚至连三岁的孩子也被安排去工作，全家人在凌晨三点就被工头叫醒，从那时一直工作到下午四点。"你可以说奴隶制时代结束了，"另一个人告诉他，"但现在情况更糟。"

工厂主自然急于隐瞒工人的工作条件，无论后者是大人还是小孩。海因经常面临威胁和恐吓，有时他会耍弄一些花招进入工厂，比如冒充《圣经》推销员或工厂机器的摄影师。总之，他的照片捕捉到了故事，1912 年，全国童工委员会获得了第一次重大成功，因为这一年塔夫脱总统签署一项法令，创建了美国儿童事务局。

儿童事务局的职能是"调查婴儿的死亡率与出生率、孤儿院、少年法庭、遗弃、危险职业、儿童事故与疾病、就业与影响若干州和地区的儿童立法等问题"。它至今依然存在，以应对虐待儿童的现代形式，可悲的是，这种行为在社会上仍普遍存在。刘易斯·海因等人的事业依然未竟。

anneries, to have the children get their jobs first and then have them apply for permits. (The weakness of this system is obvious) A working woman told Miss Rife that one cannery requires no permits and that there are lots of children there.

There are several dangers connected with this work when x children do it. On every hand, one can see little tots toting boxes or pans full of beans, berries or tomatoes, and it is self-evident that the work is too hard. Then there are machines which no young persons should be working around. Unguarded belts, wheels, cogs and the like are a xxx menace to careless children. See photos 858 to 860.

In the fields convenient to Baltimore in Anne Arundel County, and on Rock Creek and Stony Creek, children are employed as a matter of course. I investigated a number of farms on Rock Creek (and am convinced that we have been too lenient with the "agricultural pursuits.") (In the first place,) the long hours mf these children work xxx in the hot sun and in company, too often, with foul-mouthed negroes and whites more than compensates many times over for the boasted advantages of fresh air and country life. The living conditions in the shacks they occupy are not only harmful in physical ways, but the total lack of privacy where several families live in one room is extremely bad. One mother told me "it is bad for the children. They get to know too much." There is little rest for the children in these crowded shacks. (See photos 846 to 852) I admit that it is a big problem for these parents to handle, but with the right kind of help, it can be done. There were, on these farms on Rock

刘易斯·威克斯·海因向委员会提交的报告之一部分。

斯科特上尉说："我们已到达南极，我们将像绅士一样赴死"

（1912 年 3 月 16 日）

深入南极的斯科特在回程中穿越广阔的罗斯冰架，在预见死亡将要到来时，他写了几封信，希望它们能和他的尸体一起被发现。其中一封写给埃德加·斯派尔爵士——他惨遭厄运的南极探险队的财务主管。

埃德加·斯派尔爵士是一个有着德国犹太血统的美国人，后来成为英国的臣民。除了追求金融利益，他还是一名慷慨的艺术赞助人，是作曲家埃尔加和德彪西的朋友，另外，他也是伦敦著名的逍遥音乐会的主办人，并因此被封为爵士。

探险家罗伯特·福尔肯·斯科特的南极探险队在恶劣的天气里进行了八百英里（一千二百八十七公里）的返程跋涉，这时甚至连成功实现了目标也不能给予他们激励：这些探险家在 1 月 17 日抵达南极时，发现挪威探险家罗尔德·阿蒙森已经捷足先登。

他们徒步跋涉，在距营地还有一百五十英里（二百四十公里）的地方，由于能见度很低，错过了一个至关重要的集结地，那里有一队牵引犬和补给品。当他们现有的资源不断减少时，他们知道不可能再等到补给。

"我给许多朋友写信，希望明年找到我们之后的某个时候，信能到达他们手中，"上尉罗伯特·斯科特写给埃德加爵士的信中这样说，后者负责协调斯科特最后一次极地探险的资金。斯科特知道他现在毫无存活的希望。"恐怕我们得走了，"他告诉埃德加爵士，"探险队深陷困境——但

南极考察队所摄的最后一组照片之一。罗伯特·福尔肯·斯科特站在前排居中。

我们已到达南极，我们将像绅士一样赴死。"

在此前一次探险之后，斯科特就已经是一位民族英雄了，代表了英国军官和绅士的最佳品质。他用细长的手在日记本的纸页上给斯派尔写信，他这样表述："如果这本日记被发现，它将显示，我们是怎样坚守在垂死的同伴身边并且拼搏到最后一刻——我认为，这将表明，勇敢的精神和忍耐的力量并没有从民族中消失。"这正是英国人坚毅沉着的典型写照。后来，生病的奥茨上尉意识到他正在减少同事们的生存机会，于是走进雪地，并说，"我

斯科特面临死亡时，意识到自己不可能获救，于是写了最后八封信。在给海军上将弗朗西斯·布里奇曼爵士的信中，他写道："原谅我简而记之，零下四十度，已近一个月了。"这是他的最后一篇日记。

只是出去走走，可能要一些时间"。

斯科特用他特有的简洁叙事记录道："我们几乎就要成功了，可惜我们错过了它［集结地］。"而他以非常英国人的方式为探险队的结局揽下所有责任。"没有其他人应该受到责备，我希望不会有人试图声明我们缺少后援。"

在这封信和其他的信中，他对探险队员家属的命运，表达了深切的关心。"我要为我妻子和孩子着想——我妻子是个非常独立的人，但国家不应该让我的儿子缺少教育和未来。"在接下来的几天里，探险队的幸存者们又艰难地行走了二十英里（三十二千米），然后被一场暴风雪困在了帐篷里。在那里，斯科特给妻子写了最后一封信，要求她，"如果能够，让孩子对博物学抱有兴趣，这比游戏玩耍要好"。斯科特的儿子彼得，父亲死时他才两岁，后来成为世界著名的博物学家和全球野生动物基金会的创始人。

1912 年 3 月 29 日，罗伯特·斯科特死了，他是探险队中最后一个赴死的。第一次世界大战开始时，埃德加·斯派尔成为反德情绪的目标，退出了英国的公众生活。1915 年他回到美国。斯科特写给他的信在 2012 年 3 月 30 日以 163250 英镑的价格被拍卖，正是该事件百年纪念日的第二天。

泰坦尼克号上最后一封未寄出的信

（1912 年 4 月 13 日）

　　泰坦尼克号王家邮轮，隶属白星航运公司，全世界对它的纪念品的迷恋程度似乎毫无衰退的迹象。在那些丧生冰冷大海的人中，有一个名叫亚历山大·奥斯卡·霍尔弗森的人；他的尸体被找到后，一封信在他的小笔记本里被发现，2017 年，该信以十二万英镑的价格被拍卖。

　　霍尔弗森是明尼苏达州一个第一代挪威移民的儿子，也是克卢特－皮博迪公司一名成功的旅行推销员。该公司制作衬衫，包括著名的箭牌衬衫；斯坦福·L.克卢特发明了预收缩的工艺流程，对裁剪前的纺织品进行预缩，这一工艺至今仍在沿用。

　　奥斯卡娶了宾夕法尼亚州姑娘玛丽·爱丽丝·汤纳，她比他小七岁。他们还没有孩子，奥斯卡的成功为他 1911 年和 1912 年的一个长假提供了经济支撑。他们首先旅行到布宜诺斯艾利斯，然后抵达伦敦。1912 年 4 月 10 日，他们登上了泰坦尼克号，开始了返回纽约的航程。第二天他写了一封信，这是迄今发现的最后一封泰坦尼克号乘客的信。"我亲爱的母亲，"信这样开篇，"在伦敦期间，我们碰上了好天气。现在英国绿意盎然，非常宜人。"

　　这艘船让他大为兴奋。"该船是个庞然大物，装饰得像一座富丽堂皇的酒店，"他说，"食物和音乐美不可言。"与富人、名人擦肩让他激动不已，其中包括当时世界上最富有的约翰·雅各布·阿斯特。"他看上去和其他人没什么两样，"奥斯卡惊叹，"尽管他腰缠万贯。他们和我们其他人一起坐在外面的甲板上。"

　　这封信保存得很好。墨水褪色了，但字迹犹在；白星航运公司的凸印信头赫然可见，是明亮的蓝色："'泰坦尼克号'王家邮轮用笺"。一个图像——一面呈飘扬状的红色信号旗，中间有一颗白星——依然清晰地见诸每页信纸的左上角。

　　这封信的目的是报告爱丽丝和奥斯卡预想的行程。"如果一切顺利，我们将在周三抵达纽约。"他告诉她。但是在 1912

年 4 月 15 日，即周一凌晨，泰坦尼克号撞上冰山沉没，造成一千五百二十二人丧生，其中包括奥斯卡和阿斯特，多亏"妇女和儿童优先"的原则，爱丽丝活了下来。

这封信也幸存下来，夹在奥斯卡的小笔记本里，没有投邮，虽然字迹受到海水晕染，但还清晰可读。信在家族中代代相传，直到 2017 年他们把它卖掉，连同另一封奥斯卡母亲写给奥斯卡兄弟沃尔特的辛酸短信。"我知道你已经在报纸上看到我亲爱的儿子奥斯卡出了什么事，"她写道，"这对我们大家都是一个可怕的打击。想到他走了，而我们再也不能在这个人世见到他了。"

"不过，"她安慰自己，"所幸的是，我知道他是在某个不再有离别的地方。这就是我的愿望和祈祷。"

霍尔弗森写的这封信严重褪色，但经受住了海水浸泡。

泰坦尼克号邮轮上的一等舱。霍尔弗森夫妇为能跻身百万富翁约翰·阿斯特等级的社交圈而激动不已，后者和奥斯卡一样，葬身北大西洋。

齐默尔曼提议墨西哥收复得克萨斯州、亚利桑那州和新墨西哥州

（1917 年 1 月 19 日）

英国情报部门截获并破译了一份来自德国外交大臣阿图尔·齐默尔曼的秘密电报，这不仅挫败了德国扩大冲突范围的阴谋，而且还把美国拉进战争，帮助缩短了第一次世界大战的进程。

一战爆发时，美国坚持中立，虽然这个国家可能偏向同情协约国，但很多美国人并没有英国或法国血统；而那些有德国血统的美国人强烈反对支持英国的战争事业。伍德罗·威尔逊总统希望寻求谈判来结束战争。

英国新成立了战争宣传局，其主要目的就是通过强调英美两国共有的价值观和文化，说服美国加入协约国。然而，真正使美国人改变想法和意愿的是德国的暴行，比如 1915 年它炸沉了英国的卢西塔尼亚号，这是全球最大的远洋客轮，当时航行在靠近爱尔兰海岸的海域，该事件夺去近一千二百条平民的生命，其中有很多美国人。

阿图尔·齐默尔曼是德国外交大臣。他在试图让墨西哥卷入一战之前，曾承诺向爱尔兰西部空投二万五千名士兵和七万五千支步枪，试图以此鼓动该国的叛乱。

卢西塔尼亚号被德国的水雷炸沉，当时有消息称这艘英国客轮载有一批弹药。威尔逊和德国国内对这一灾难的强烈抗议，迫使德国把潜艇战限制在北海。在那里，在德国和英国之间的海域，任何船只的目的和效忠都是一目了然的。

然而，在 1917 年，德国再次决定对任何地方的任何船只进行无限制的潜

艇攻击，只要是它认为该船参与了敌方的行动——包括那些悬挂了美国国旗的。它知道这样做可能会触怒美国，使之参战。1月19日，德国外交大臣阿图尔·齐默尔曼给德国驻墨西哥大使发了一份电报，命令他"在下列基础上对墨西哥提出结盟建议：协同作战，共同缔造和平"。大使可以同时附上一份提议："慷慨的财政支持，以及我方谅解墨西哥夺回新墨西哥州、得克萨斯州和亚利桑那州等失土的意愿。"

一战期间，德国一直试图在墨西哥和

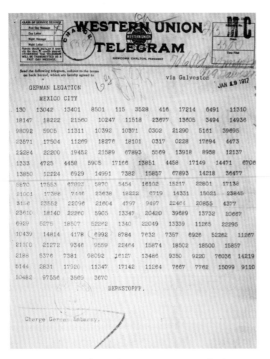

齐默尔曼发给德国驻墨西哥大使海因里希·冯·埃卡特的电报。它被英国情报机构截获并破译。

美国之间挑起战争，希望牵制美国军队，使之分心以致无力参与欧洲的战事。现在齐默尔曼甚至更进一步，建议墨西哥总统"应主动邀请日本立即加入，同时在我们和日本之间进行斡旋"。日本当时的立场是在战争中支持协约国。

这是一次精心预谋的尝试，旨在使战争升级，以便取得快速的、决定性的胜利。"请呼吁总统注意，"齐默尔曼下结论，"我们现在坚定不移地实施使用潜艇的措施，有望迫使英国在几个月后求和。"

破译的信息被送交美国驻英国大使，然后转给了威尔逊总统，总统在2月28日将它公布给了媒体。几天以后，当齐默尔曼被一名美国新闻记者诘问时，他承认这份电报是真的。美国船只开始沦为德国潜艇的猎物，4月6日，美国国会对德国宣战。

齐默尔曼的电报以一种他始料不及的方式升级了战争，并缩短了战争。美国远没有因墨西哥而分散精力，它撤回了一直在追捕墨西哥革命者潘乔·维拉的部队。日本则宣称无意改变立场。

斯坦福德姆勋爵为英国王室想出一个新名字

（1917年6月）

国王和皇帝往往以他们的名字而闻名，而总统和独裁者则往往以自己的姓氏来彰显自身。20世纪初，实际上几乎没有人知道英国王室有姓氏。那些知道的人，包括国王本人，都非常希望它不是"萨克森－科堡－哥达"。

在第一次世界大战期间，因为拥有一个德国姓氏，英国王室不断陷入尴尬。1714年，安妮女王死后，她信奉新教的远房表亲、德意志汉诺威选帝侯乔治被授予英国王位。五代之后，乔治的第四代孙侄女维多利亚女王和另一个德国人——罗森瑙城堡的艾伯特亲王——结婚。她按照当时的习惯，沿用了丈夫的姓氏，成了艾伯特·萨克森－科堡－哥达夫人。她在1901年去世，由儿子爱德华七世继位，后者成为这个新的萨克森－科堡－哥达王朝的第一位国王。

1917年的一幅政治漫画，显示国王把所有和德国有关的东西扫到一边。除了更改王室姓氏外，许多德国头衔，如巴腾堡亲王和泰克公爵，都被冠以英国名字。巴腾堡的路易亲王改成了米尔福德港侯爵。

萨克森－科堡－哥达家族和所有的欧洲王室都有血缘关系，在20世纪初，它发现自己处境艰难。1914年，当战争在整个欧洲大陆爆发时，英国的国王是爱德华七世的儿子乔治五世。他的嫡表兄威廉二世是英国的敌人德国的皇帝。另一个嫡表弟沙皇尼古拉二世，在社会主义和共产主义的浪潮横扫欧洲大陆时，被迫在俄国退位。总而言之，对于萨克森－科堡－哥达家族，这是一个糟糕的时代。

1917年，当伦敦遭到由德国哥达车厂制造的炸弹攻击时，乔治五世决定，是时候和萨克森－科堡－哥达这一姓氏切割了。他指示他的私人秘书阿瑟·比格（即斯坦福德姆勋爵）寻找一个合适的可供替代的姓氏，最好是来自家系历史中的某个时期。问题是，国王的很多前任都因为丑闻和血腥的争斗而声名狼藉。斯图亚特王朝的君主们过度信奉天主教，有时还被砍头——这可不是什么好的先例；都铎王朝的君主要么频频结婚（亨利八世），要么过于冷酷无情（血腥玛丽女王）；菲茨罗伊家族非法私生；而金雀花家族的内部又纷争不断。

比格在温莎堡查阅档案时找到了解决的途径。这座城堡最初在 11 世纪由英国第一位法国国王——征服者威廉（还好不是德国人）建造，常被维多利亚女王用作王家的娱乐中心。比格写了一封信给当时的首相赫伯特·阿斯奎斯，后者在这件事上有发言权。"我希望，"比格说，"我们可能最终找到一个对您有吸引力的名字，那就是维多利亚女王将被视为建立了温莎王室。"

虽然作为一个来自王族著名血统的真实姓氏，它尚有待商榷，但作为一个确凿无疑的英国式名字，它完全符合要求。1917 年 7 月 17 日，乔治五世宣布，"自本王家声明发布之日起，本王朝和家族将被命名并称为温莎王朝和温莎家族"。这给英国君主体制的声望带来立竿见影的正面影响。正如当时一位时事评论者写的那样，"以一切可能的方式，将德国的影响和势力从朝廷里去除，他们的这一努力将会产生结果，受到忠诚于他们的国民的喜爱和拥戴"。

今天，还有什么比温莎家族更具英国特色呢。

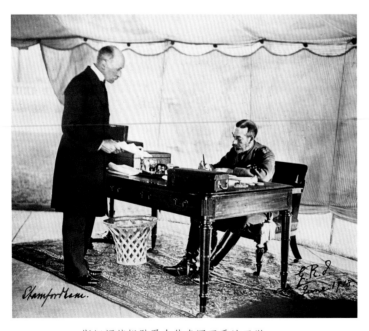

斯坦福德姆勋爵在侍奉国王乔治五世。

西格弗里德·沙逊给《泰晤士报》写了一封公开信

（1917 年 7 月 6 日）

在第一次世界大战前的爱国主义热潮推动下，西格弗里德·沙逊在宣战前应征加入英国军队。他受到战友们的赞扬，并因勇敢受到嘉奖。但是，他对这种毫无意义的杀戮感到厌恶，并在给指挥官的一封信中表明了自己的立场。

沙逊受到嘉奖，被授予军功十字勋章，是"因为在一次突袭敌人战壕时非凡英勇的表现。他在枪弹和炮火下坚持了一个半小时，寻找和运送我军伤员。由于他的勇气和果敢，所有的阵亡者和伤员都被带回"。另一次，他受到英国军队的最高表彰，被授予维多利亚十字勋章。

还有一次，他只身用几枚手榴弹攻占了德军的一个战壕，当六十个惊恐万状的德国步兵逃走后，他在战壕里坐下，阅读随身携带的一本诗集。沙逊自己就是诗人，尽管他早先是出于爱国主义而参军，但已不再把这场战争看作一场道德圣战，而是看作帝国虚荣心下的沙文主义运动。他成为一位记录这场战争的伟大诗人和编年史者。

在遭受枪伤回英国疗养期间，他痛下决心，必须大声疾呼。他写了一封信给他的指挥官，标题是"一名士兵的宣言"，他声明，"我不能再为我认为是邪恶和非义的目的，去参与延长这些苦难"。

"我相信，"他写道，"我参与的这场战争，原先是保卫和解放的战争，现在却成了一场入侵和征服的战争。"他强调，这不是他的直属军事长官的错——"我并

沙逊的信使英国军方深感尴尬，他们试图将他从公众视线中移除。

147

不是在抗议作战方式"；当然也不是他的战友的错——"我是一名士兵，我坚信我的行事代表军人"。但他现在怀疑，"我相信这场战争被那些有权力终止它的人有意拖延下去"。

伴随着对德战争的爆发而产生的爱国热情，使人很难置身事外而成为有良知的拒服兵役者。那些不愿意战斗的人被贴上懦夫的标签，受到孤立和排斥；逃兵可能会被军事法庭审判和枪决。但由于战争对这个国家的年轻人所造成的伤害，公众舆论发生了转变。虽然像沙逊那样直言不讳仍然是一种挑衅行为，但人们对这样的立场还是有所同情。

沙逊没有被枪决。毕竟，他是军功英雄和全国知名诗人。相反，陆军部委婉地宣布他是患了炮弹休克症。他被送到远离公众视线的地方，住进爱丁堡的一所康复医院，在那里他遇见另一位优秀的战争诗人威尔弗雷德·欧文，两人成为朋友，彼此赞赏对方的作品。

尽管两人都反对战争，但他们都及时回到了法国的战争前线。沙逊再次负伤，并再次幸免于难，最后以八十岁的高龄于1967年逝世。而欧文则在战斗中阵亡，时间刚好在签订停战协议、结束战斗之前一个星期。沙逊把欧文的诗歌推荐给战后的一代，它们与艾弗·格尼、罗伯特·格雷夫斯和鲁珀特·布鲁克等战争诗人的作品一起，表现了迷失的英国青年一代。

因为勇敢，西格弗里德获得了国家授予的最高奖，没有人能谴责他怯懦。

西格弗里德·沙逊致《泰晤士报》的公开信

本人发表该声明，作为对军方的一个不计后果的挑战，因为我相信这场战争被那些有权力终止它的人有意拖延下去。我是一名士兵，坚信我的行事代表军人。我相信，我参与的这场战争，原先是保卫和解放的战争，现在却成了一场入侵和征服的战争。我认为，我和我的战友们参加这场战争的目的，应该非常明确地阐明，以致不可能改变它们，而且我认为，这些曾经激励我们的目标，现在可以通过谈判来达成。

我目睹并忍受了部队的苦难，我不能再为我认为是邪恶和非义的目的，去参与延长这些苦难。我并不是在抗议作战方式，而是在抗议造成战士们牺牲的政治错误和欺骗。

我代表那些现在正在遭受苦难的人，提出这个抗议，抗议对他们实施的欺骗，我还认为，这也许有助于消除国内大多数人对持续性痛苦的冷漠和自满，他们既没有分担这种痛苦，也没有足够的想象力来认识这种痛苦。

阿道夫·希特勒最早的反犹文章是写给阿道夫·格姆利希的一封信

（1919 年 9 月 16 日）

德意志帝国在第一次世界大战结束时分崩离析，胜利的协约国对战败国征收惩罚性的战争赔偿。这些举措加剧了德国民众的贫困、愤怒和怨恨。而怨恨在不少回国士兵的身上，演变成沸腾的仇恨。

第一次世界大战后，德国跪下了，对于像阿道夫·希特勒这样的回国步兵，再没有什么可以期待的。经济遭到严重破坏，德国军队被解散。在新德意志共和国不确定的政治气候中，一些前军人组成了一个准军事团体，追求极端的观念。

希特勒被慕尼黑一家情报机构的头子卡尔·迈尔聘用，暗中监视等待复员、被怀疑是共产主义者的士兵。迈尔追求自己的右翼目标，把国家主义视为共产主义的解药，后者在俄国革命前后得到了整个欧洲的支持。迈尔派希特勒去接受他所谓的"国家思想"课程的训导，鼓励希特勒去参加新成立的德国工人党（DAP）的会议。

希特勒很赞赏德国工人党的观点，它不仅支持国家主义和反共产主义，还反资本主义和反犹。他在会上发言，表现出对德国劳动党理论的悟性（也可以说是暴露了他的弱点），引起了该党创建者迪特里希·埃卡特对他的注意。

1919 年 9 月 12 日，他成为德国工人党的党员。迈尔被希特勒的语言能力所说服，委托他写一封信，回复另一名士兵阿道夫·格姆利希对德国工人党的一个政策问题的咨询。"关于犹太人问题，"格姆利希问，"他们会怎么做？"

犹太人没有自己的祖国，不管他们定居在什么地方，都永远是外来者，就像今天的移民和难民一样，很容易成为那些为本国麻烦寻找替罪羊的人的目标。在很多国家的经济中心，犹太人常常作为优秀的商人和金融家出现。自 18 世纪以来，"犹太人问题"就成了那些对犹太人的存在和成功抱有仇恨心态者的一种委婉用语。

希特勒情绪高昂地着手起草给格姆利希的回信。他告诉格姆利希，犹太人保持了他们自己的独特性，基于他们的种族、宗教、财富和"几千年来血缘最近的近亲婚姻……是生活在我们中间的一个非日耳曼的外来种族"，他推论说，"既不愿也不会牺牲自己的种族特性，或否定自己的情感、思想和奋斗"。他们想要的只是积攒国家的财富。"他们围绕着金牛犊的舞蹈正在变成一场无情的争斗，以获得地球上所有我们最为珍视的财产。"

对于像希特勒和格姆利希这些在战败中失去一切的德国人来说，太容易相信这点了。不过，希特勒坚持，对"犹太人问题"有一个合理的解决方案："系统的法律斗争和消除犹太人的特权。然而，最终的目标必须是坚定不移地将犹太人全部驱逐出去。"

仅仅几个月之后，希特勒就成了德国工人党的宣传部部长，该党同时改名为"国家社会主义德国工人党"（NSDAP），它更常用的名称是"纳粹党"。他在二十年之后发动的战争中，以令人作呕的效率展现了他对"犹太人问题"的最终解决方案。

```
Und diese Wiedergeburt wird nicht in die Wege geleitet durch
eine Staatsführung unverantwortlicher Majoritäten unter dem
Einfluss bestimmter Parteidogmen, einer unverantwortlichen Presse
durch Phrasen und Schlagwörtern internationaler Prägung, sondern
nur durch rücksichtslosen Einsatz nationalgesinnter Führerper-
sönlichkeiten mit innerlichem Verantwortungsgefühl.
        Diese Tatsache jedoch raubt der Republick die innere
Unterstützung der vor allem so nötigen geistigen Kräfte der
Nation. Und so sind die heutigen Führer des Staates gezwungen
sich Unterstützung zu suchen bei jenen die ausschliesslich
Nutzen aus der Neubildung der deutschen Verhältnisse zogen und
ziehen, und die aus diesem Grunde ja auch die treibenden Kräfte
der Revolution waren; den Juden. Ohne Rücksicht auf die auch
von den heutigen Führernsicher erkannte Gefahr des Judentums
(Beweis dafür sind verschiedene Aussprüche derzeitig leitender
Persönlichkeiten) sind sie gezwungen die ihnen zum eigenen
Vorteil von den Juden bereitwillig gewährte Unterstützung anzu-
nehmen, und damit auch die geforderte Gegenleistung zu bringen.
Und dieser Gegendienst besteht nicht nur in jeder möglichen
Förderung des Judentums überhaupt, sondern vor allem in der
Verhinderung des Kampfes des betrogenen Volkes gegen seine
Betrüger, in der Unterbindung der antisemitischen Bewegung.

        Mit vorzüglicher Hochachtung
```

奥名昭著的"致格姆利希信"的最后一页，用一台军用打字机打出并由希特勒签字。它由西蒙－维森塔尔中心购入。

阿道夫·希特勒致阿道夫·格姆利希的信

亲爱的格姆利希：

当下，犹太人对我们人民构成的危险，从广大民众对他们所表现的无可争辩的厌恶中便可得知。这种厌恶的原因，并不是清楚认识到犹太人作为一个整体，有意识和无意识地对我们民族产生系统性有害影响。相反，主要是来自个人的接触和来自犹太人留下的个人印象——几乎总是令人不快的。由于这个原因，反犹主义很容易被定性为一种纯粹的情感现象。然而这是不正确的。作为政治运动的反犹主义，也许不可以也不能够用情感冲动来定义，而要用对事实的认知来定义。这些事实就是：首先，犹太人绝对是一个种族，而不是一个宗教团体。甚至犹太人也从不把他们自己定义为犹太裔德国人、犹太裔波兰人或犹太裔美国人，而总是把自己看作德国犹太人、波兰犹太人或美国犹太人。而且，犹太人所使用的语言，除了他们居住地的外国语言，不会有更多。一个德国人被迫在法国说法语，在意大利说意大利语，在中国说汉语，但他不会因此而成为法国人、意大利人或中国佬。生活在我们中间且被迫使用德语的犹太人同样如此，不会因此而成为德国人。摩西的信仰对这个种族的存续是至关重要的，但它也没有解决一个人到底是犹太教徒还是非犹太教徒的问题。几乎没有一个种族的成员只隶属于某个特定的宗教。

通过几千年来血缘最近的近亲婚姻，犹太人总体上延续了他们的种族，这个种族远比其生活地的许多民族独特。这就引出一个事实，即他们是生活在我们中间的一个非日耳曼的外来种族，既不愿也不会牺牲自己的种族特性，或否定自己的情感、思想和奋斗。然而，他们拥有我们拥有的所有政治权利。如果说犹太人的精神体现在纯粹的物质领域，那么在他们的思想和奋斗中就更加明显。他们围绕着金牛犊的舞蹈正在变成一场无情的争斗，以获得地球上所有我们最为珍视的财产……

大师级间谍盖伊·伯吉斯获得一封进入英国广播公司工作的推荐信

（1935 年 12 月 5 日）

所有的间谍都需要一个好的掩护身份，而最好的掩护，莫过于在中立的广播堡垒——英国广播公司有一份工作。剑桥大学的一名导师为伯吉斯写了一封热情洋溢的推荐信，向他未来的雇主保证他已舍弃了共产主义。

盖伊·伯吉斯在剑桥读书期间信奉共产主义。20 世纪 30 年代初期的经济大崩溃削弱了人们对资本主义的信心，而希特勒治下德国极右翼势力的崛起也引起了公众的担忧。伯吉斯是秘密知识分子组织"剑桥使徒"的成员，他的间谍同事安东尼·布伦特也是其中一员。他在该组织内部成立了一个共产主义小组——"剑桥大学社会主义社会"，并在那里结识了剑桥间谍网的另一名未来成员唐纳德·麦克莱恩。

1934 年，在一次去莫斯科的学生旅行之后，伯吉斯和麦克莱恩由另一名剑桥毕业生金·菲尔比推荐，被苏联招募为间谍。

招募他们为间谍，这背后的根本原因在于，牛津、剑桥大学最优秀的学生精英很有可能在未来成为英国政治和社会机构的领导。在他们职业生涯的初始阶段，吸

引他们参与间谍活动会更容易，也更遮人耳目。

为了给他的活动制造烟幕，伯吉斯宣布放弃他的共产党员身份，并加入了亲纳粹的英德联谊会。在短暂担任一个右翼保守派议员的私人助理之后，他的名字被推举到英国广播公司，应聘一个谈话节目助理制作人的职位。

一封来自剑桥大学任用委员会的信函对他做了介绍，信中说，"伯吉斯似乎是三个候选人中最有可能的一个。在一个相当大的圈子里，他像是有一种真正的交友天赋，包括和这里一位前矿工的亲密友情"（这是在暗指伯吉特的情人杰克·休伊特）。"伯吉斯是一个非常自信的人，往往让人感到既钦佩又喜欢。"

在这个极佳的性格评估之后，英国广

播公司要求伯吉斯提供一封推荐信，于是一位受人尊敬的剑桥大学历史教授G.M.特里维廉写了这封信，他是一位声誉卓著的学者，也是一位"剑桥使徒"。"我认为我年轻的朋友盖伊·伯吉斯，三一学院的前学生，能胜任英国广播公司的职位，"特里维廉写道，"他是个一流的人才，如果可以的话，我建议你们试用他。他经历过我们如此多聪明年轻人经历过的共产主义麻疹，现在远离了它。"人们不禁怀疑特里维廉是真的这么想，还是在为"使徒"伙伴打掩护。

"在他身上，没有什么可以挑剔的，"特里维廉补充，"我想他会证明他将使你们的团队如虎添翼。"这封推荐信给人印象深刻，1936年7月，伯吉斯开始在英国广播公司工作。

作为英国广播公司谈话节目的助理制作人，他的工作使他有机会接近高层的政界人士。他联系了那时不受内阁青睐的温斯顿·丘吉尔，要求后者就地中海国家谈谈看法。他还培养了与大卫·富特曼的友谊，因为他的苏联后台知道大卫是军情六处的官员，这种关系最终使英国情报机构给了伯吉斯一些零散工作。

通过渗透到英国反间谍行动组织军情五处和军情六处，并与外交部高层的政策制定者接触，他能够精准地报告英国政府的政策和秘密行动。他纵欲和酗酒，这种放荡生活也许有碍他的间谍工作，虽然也可能起到了掩护作用。直到1951年，在他和麦克莱恩因为害怕露馅而逃亡莫斯科之后，他对英国情报机构令人震惊的破坏才得以曝光。

出生在富裕中产阶层家庭的盖伊·弗朗西斯·德蒙西·伯吉斯，曾在伊顿公学和剑桥的三一学院接受教育。在为英国广播公司工作和短期担任军情六处情报官之后，他于1944年进入外交部，担任外交大臣副手的机要秘书。

BBC Internal Circulating Memo

Subject: Mr. Guy Burgess

From :

C.(P)

To :

C.(A)

In a letter which I had from George Trevelyan this morning he writes as follows:

"I believe a young friend of mine, Guy Burgess. late a scholar of Trinity, is applying for a post in the B.B.C. He was in the running for a Fellowship in History, but decided (correctly I think) that his bent was for the great world – politics, journalism, etc. etc. – and not academic. He is a first rate man, and I advise you if you can to try him. He has passed through the communist measles that so many of our clever young men go through, and is well out of it. There is nothing second rate about him and I think he would prove a great addition to your staff."

CGG/GHS

Colmare

December 5th, 1935.

5.0 Thurs. 12ᵗʰ Dec.

在伯吉斯提供给英国广播公司的推荐信中，牛津、剑桥大学的"校友关系网"一目了然。

埃莉诺·罗斯福表示反对美国革命女儿会

（1939 年 2 月 26 日）

　　"美国革命女儿会"是一个 1890 年成立的组织，因为当时的"革命之子"拒绝接收女性成员。然而在 1939 年，当革命的女儿们自己也歧视他人时，第一夫人埃莉诺·罗斯福认为必须写一封措辞强硬的信。

　　正如美国很多历史性团体一样，美国革命女儿会（DAR）的成立是为了纪念乔治·华盛顿任职总统一百周年。顾名思义，美国革命女儿会专属于那些在 1776 年革命中致力创建美国的先贤们的女性后裔。

　　美国革命女儿会的成员迅速增加，到 1929 年，它的规模扩大到不敷使用最初的聚会地点——华盛顿特区大陆纪念堂。于是人们在它旁边建造了美国革命女儿会宪法大厅，这个场馆拥有三千七百零二个座位，至今仍是华盛顿最大的会堂。美国革命女儿会在那里举行自己的会

埃莉诺·罗斯福 1933 年的照片。她是 1933 年至 1945 年的美国第一夫人，1945 年罗斯福总统死后，她于 1945 年至 1952 年期间担任美国驻联合国代表。哈里·S.杜鲁门称她为"世界第一夫人"。

议，还将其借给其他组织使用和演出。在 21 世纪，国际货币基金组织是它的一个常年客户，该场地也被用于录制包括惠特尼·休斯顿和克里斯·罗克等艺人在内的演出视频。

　　1939 年，美国革命女儿会拒绝了将宪法大厅租借给享誉世界的非裔美国低音歌手玛丽安·安德森的申请，因为她的听众会兼有黑人与白人的歌迷。美国革命女儿会的成员反对种族的融合，并且自 1932 年以来，一直禁止黑人演员在宪法大厅演出。

　　第一夫人埃莉诺·罗斯福本人也是美国革命女

儿会的成员，她写信给美国革命女儿会的主席亨利·罗伯茨将军夫人，表达她对这一决定的厌恶。罗斯福夫人在信的开头淡化她在组织中的作用，很快就直奔主题。"我完全不赞同拒绝将宪法大厅提供给一位伟大艺术家使用的做法。您开创了一个我认为很不幸的先例，我不得不向您提出退会。您本有机会在一条开明的路上领导该会，但在我看来，您的组织失败了。"

虽然罗伯茨夫人回信称她希望自己能在场，以"消除一些误解，并亲自向您表明协会的态度"，但美国革命女儿会的立场并没有因为罗斯福夫人的退出而改变。直到1952年，该会才放弃仅限白人的规则，此外，直到1977年它才准许非裔美国人入会。

虽然如此，但罗斯福夫人的立场是在马丁·路德·金之前的一代美国人进行反对种族歧视斗争的重要标志。她和她丈夫为玛丽安·安德森找到一个新的、更好的表演场地——林肯纪念堂的台阶，1939年

复活节那天，安德森在那里为超过七万五千名观众演唱，其中有儿子也有女儿，有黑人也有白人，也许还有未来革命的父母们。

February 26, 1939.

Henry M.
My dear Mrs. Robert: Jr.

I am afraid that I have never been a very useful member of the Daughters of the American Revolution, so I know it will make very little difference to you whether I resign, or whether I continue to be a member of your organization.

However, I am in complete disagreement with the attitude taken in refusing Constitution Hall to a great artist. You have set an example which seems to me unfortunate, and I feel obliged to send in to you my resignation. You had an opportunity to lead in an enlightened way and it seems to me that your organization has failed.

I realize that many people will not agree with me, but feeling as I do this seems to me the only proper procedure to follow.

一份致美国革命女儿会的信稿。

1939年4月9日，华盛顿的著名人物在华盛顿特区的林肯纪念堂聆听玛丽安·安德森面对七万五千名观众的演唱。玛丽安·安德森回忆这场历史性的音乐会说："当时我知道的就是这一大群人的压倒性冲击……我有一种感觉，这些人掀起的是一股巨大的友好浪潮。"

阿尔伯特·爱因斯坦和利奥·西拉德向富兰克林·D. 罗斯福总统发出警示

（1939 年 8 月 2 日）

利奥·西拉德在科学界是一位被遗忘的英雄，他早期在回旋加速器方面的开创性工作促成欧内斯特·劳伦斯赢得诺贝尔物理奖。当听到德国科学家在原子核裂变上的成功尝试时，他很清楚核裂变被用于核武器可能产生的破坏力。

利奥·西拉德的科学突破的清单可以填满这一整页。他发明了直线粒子加速器、恒化器和酶抑制剂，并参与了对人类细胞的首次克隆。他发明了碳 -50 放射性治疗，用来治疗自己的膀胱癌，他还和一位同事一起发现了西拉德 – 查尔默斯效应，用以分离医用同位素。总之，利奥·西拉德才华横溢。

他是个出生在匈牙利的犹太人，长期在欧洲各地从事科学研究，1937 年第二次世界大战阴云密布之际，他逃亡到了美国。1939 年年初，当两名德国科学家第一次完成原子核裂变时，他本能地意识到这项新技术的好处和风险。它的发电潜力是显而易见的，但一旦落入阿道夫·希特勒的手中，它就可能成为一种最可怕的毁灭力量。

西拉德和他的同事立刻想到应该让德国得不到研制原子弹所必需的铀。他们计划写一封信给比利时国王，因为比属刚果是最好的铀矿石出产地。西拉德以特有的无私方式提出建议：这封签署日期为 1939 年 8 月 2 日的信应该由他的老朋友爱因斯坦签名，因为他实际上与比利时国王有过些许交集。爱因斯坦与西拉德深交多年，20 世纪 20 年代，他们共同发明了冰箱。

爱因斯坦告诉西拉德，他甚至没有想到核能会转化成这样可怕的后果，他和其他许多科学家正在美国从事相同领域的研究。看来，现在他们获取铀的努力比任何时候更为紧迫，因为，令人震惊的是，德国已在它目前控制的捷克斯洛伐克阻断了铀矿石的销售。于是西拉德这封信的副本，再由爱因斯坦签上名，在 10 月 11 日由西拉德的另一位朋友亚历山大·萨克斯递交给罗斯福总统，萨克斯在总统面前很有话语权。

　　该信对原子弹的潜能进行了可怕的描述。"一颗这种类型的炸弹，用船运载并在一个港口爆炸，可以造成巨大的破坏，能把整个港口和它周边一些地区全都夷平。"西拉德也对此做了平衡，保证美国的研究正在顺利进行。"鉴于这种情况，您可能会认为，有必要在美国政府与从事链式反应的物理学家小组之间，保持长久的接触。"

　　萨克斯把这封信读给罗斯福听了之后，总统说："亚历克斯，你所要的是确保纳粹不会炸掉我们。""一点儿不错。"萨克斯回答。罗斯福写了一封回信给爱因斯坦，信中说，"我发现这份资料如此重要，所以我已召集一个委员会……彻底调研你们对铀元素建议的可行性"。这个委员会就是铀咨询委员会，在1942年6月成为"曼哈顿计划"之前，它的名称和职能被变更过多次。德国并没有能力发展用于战争的核裂变技术；作为一个和平主义者，爱因斯坦后来后悔自己在美国的成功中扮演的角色。"如果我知道德国人无法成功研发原子弹，"他在1947年告诉《新闻周刊》，"我就什么也不会做。"

　　经济学家亚历山大·萨克斯告诉这位匈牙利物理学家，如果他们写信给富兰克林·D.罗斯福，他保证将使总统关注此事。

　　爱因斯坦和西拉德。阿尔伯特·爱因斯坦与比利时伊丽莎白王后有私交，西拉德希望他写信给王室，阻止比属刚果的铀矿出口铀。

温斯顿·丘吉尔给他的私人秘书写了直言不讳的回信

（1940 年 6 月 28 日）

在 1940 年 5 月 27 日至 6 月 4 日之间，接近三十四万同盟国的军队从法国北部敦刻尔克附近的海滩被营救，他们是被凶猛推进的德国军队追逼到这里的。尽管所有人的表现都英勇无畏，但这对英国在欧洲取胜的希望依然是一个沉重的打击。

温斯顿·丘吉尔对绥靖主义者和失败主义者不屑一顾。当他的前任内维尔·张伯伦的外交举措未能确保"我们时代的和平"时，他临危受命。

那些日子，围绕着战败的英国远征军在敦刻尔克的撤退，刚刚上任几周的丘吉尔为了重振国民的士气，发表了他最激动人心的三次演讲："鲜血、汗水、眼泪和辛劳"、"我们将在海滩战斗"和"这是他们最美好的时刻"。它们共同定义了勇敢、孤独、不屈不挠的英国特质，这些特质在 21 世纪继续定义着英国与敌人和盟友的关系。

艾略特·克劳谢－威廉姆斯，他在 1940 年美国还未有望加入同盟国的情况下写信告诉丘吉尔，英国没有"取得最后胜利的现实可能"。

他并没有说服所有的人。6 月 28 日，他收到一封他的议会私人秘书艾略特·克劳谢－威廉姆斯的来信。两人是老相识：丘吉尔早在 1906 年担任殖民地部负责人时，就首次雇用了克劳谢－威廉姆斯。随后，克劳谢－威廉姆斯短暂进入政界，成为丘吉尔新近投奔的自由党的一名议员。在自己一段婚外情被曝光之后，他不得不辞职走人。

第一次世界大战期间，克劳谢－威廉姆斯在埃及服役，表现卓越，在战间期，他还写剧本和小说。但恰是他给丘吉尔的这封信，使他至今仍被人们牢牢记住。"如果能够打赢这场战争，我全力以赴"，他这样开始，"如果"这个用词，充满了怀疑的含义。他继续写道，"关于时局，一种有根据的看法表明，我们的确没有取得最终胜利的现实可能"。

在丘吉尔最近的演讲中，他提到了大英帝国及其品质激动人心的再现，对此，克劳谢－威廉姆斯争辩说，"当我们有可能获得最好的和平条款时，威望的问题不应妨碍我们使用我们的阻碍价值。否则，在失去很多生命和金钱之后，我们只会发现自己陷入法国的境地，或者更糟。我希望我听起来不是失败主义者，我不是。我只是个现实主义者"。他可能觉得，由于他们之间的长期合作关系和他目前的职位，他的意见对首相来说可能会有些分量。

丘吉尔以应有的重视读了这封信，并立即回信，但肯定不是以他的私人秘书所希望的措辞。"亲爱的艾略特，"他写道，"我为你写了这样一封信而感到羞耻。我把它还给你——烧掉并忘了它。你诚挚的朋友温斯顿·S.丘吉尔。"

正如人们所说，余下的都已成为历史。英国在欧洲孤军奋战，坚决反对法西斯主义，并在北非和巴尔干半岛地区的其他前线和轴心国作战。日本轰炸了珍珠港以后，美国参战；1944年6月6日诺曼底登陆的成功标志着希特勒发动的战争走向终结。

艾略特·克劳谢－威廉姆斯既没有烧掉自己的信，也没有烧掉丘吉尔的回信，2010年，这两封信以51264美元被拍出。战争期间，他在特雷佛里斯特担任首席民防官，这是威尔士的一个村庄，因为1940年6月7日歌手汤姆·琼斯在这里诞生而闻名于世。

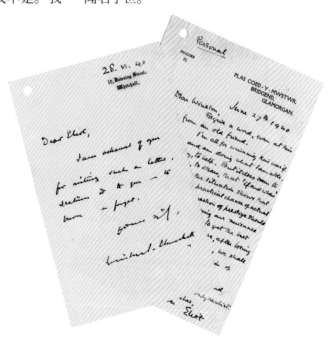

温斯顿·丘吉尔在收到克劳谢－威廉姆斯要求他考虑与希特勒谈判以解决争端的信函后，随即写下简短而不客气的回答。

161

罗斯福送给丘吉尔一首曾经打动过
亚伯拉罕·林肯的诗

（1941 年 1 月 20 日）

英国在第二次世界大战早期经受风暴的时候，美国受到 20 世纪 30 年代通过的一系列中立法令的限制，公开宣称保持中立。罗斯福总统看出英国需要帮助，于是写了一封短信给丘吉尔，给予道义上的支持。

1940 年的英国上空，"不列颠的空战"在激烈进行。梅塞施密特战斗机、喷火战斗机和飓风战斗机一对一交战，同时，多尼尔轰炸机和亨克尔轰炸机在希特勒的"闪电战"中系统性地轰炸了英国的人口中心和工业中心。英国的城镇，尤其是工业核心地区，遭受严重破坏：克莱德班克及当地的造船业，考文垂连同当地的飞机制造业，均遭受致命重创。

在上一次世界大战中付出惨痛代价、天性持孤立主义的美国，这次置身于冲突之外。其间，丹麦、挪威、荷兰、比利时和法国像多米诺骨牌一样被德国的军事力量击倒。在德国和美国之间的海域，只有英国和中立的爱尔兰还没有被征服。罗斯福开始为美国军队增员，为冲突的扩大和蔓延做好准备。

1941 年 1 月 20 日，他给英国首相丘吉尔写了一封有点简短但十分友好的信——任何人在困难时都希望从朋友那里收到这样的来信。这不是一封总统致首相的信函。"亲爱的丘吉尔"，开头即不拘礼节，并且不是打字，而是由罗斯福亲笔书写。"温德尔·威尔基将送交您这封信——他确实有帮助我们在此搁置政治。"

温德尔·威尔基是 1940 年总统选举中罗斯福的败将，在那次选举中后者赢得了前所未有的第三个任期。温德尔·威尔基和罗斯福都同意援助英国，都同意美国有必要在和平时期实施征兵。因此，在他们的政治竞选活动中，欧洲战争并没有成为议题。

此后，威尔基担任罗斯福的非官方海外特使。那封由威尔基担任信使的信很简短。"我想，这首诗适用于我们，也同样适用于你们"，这是罗斯福仅有的话语，接着，他摘抄了美国诗人亨利·沃兹沃思·朗费罗的诗歌《造船》中的如下几行：

> 继续航行，国家之舟呵！
> 航行吧，坚强而伟大的联邦。
> 人类满怀着恐惧，
> 也满怀着对未来的希望，
> 不折不挠地握住自身的命运。

这首诗歌写于1849年，用一艘叫作"联邦号"的船来比喻美国的缔造，"只用健全和坚强的东西"来建造。亚伯拉罕·林肯在南北战争的前夜引用了相同的诗行，并被感动得几分钟说不出话来。等到平复过来，他说，"它是一件神奇的礼物，能够使人激动成那样"。

正如罗斯福所评论的，它可能恰好适用于美国与英国的关系。他把它封在一个注明"给一位海军先生"的信封里，他知道，作为前海军大臣的丘吉尔，会比大多数人更欣赏这首诗的航海比喻。丘吉尔告诉罗斯福，这封信鼓舞人心。他把它放在办公桌上的一个镜框里保存了很多年。除了它令人振奋的意象之外，这封信是由一位连任四届的总统在白宫开始他的第三个任期时写的——正是他就职典礼的那天。

罗斯福简短而鼓舞人心的信函。

罗斯福和丘吉尔终于在1941年会面。

弗吉尼亚·伍尔夫给丈夫伦纳德的诀别信

（1941 年 3 月）

弗吉尼亚·伍尔夫是现代主义作家的领军人物，位于波希米亚社区布鲁姆斯伯里派的核心。因为早年一系列亲人的离世，她的一生都在和抑郁症做斗争。那些写于情绪最消沉时的信件是她书面遗产中一个悲伤的部分。

弗吉尼亚十三岁时，她的母亲去世；十五岁时，心爱的继姐死了；二十二岁时，父亲过世；二十三岁时，哥哥索比又死了。正如她描述的那样，"死亡的十年"使她的童年饱受摧残，也让她的成年生活蒙上阴影。她经常觉得那些坟墓里的死者在召唤她，每一位亲人的殒命都会导致她精神崩溃。她曾多次被送进精神病院，有时还试图自杀。

在这种状态下，她能创作出如此多的文学作品简直令人吃惊。伍尔夫把自己的境况既看作一种诅咒，也看作一种赐福。通过体验它，尝试去理解它，伍尔夫写出了她最好的作品。"我免于沉沦的唯一方法，"她曾经这样表达，"就是工作。一旦停止工作，我就感觉我在下沉，下沉。像往常那样，我觉得如果我进一步下沉，就会触及真理。"对于她的精神疾病，水是她特别爱用的富有表现力的比喻。

唯一的"治愈"就是使精神、情感和身体处于休止状态，但这些对弗吉尼亚来说都是不可忍受的牺牲。写作一本新书，往往会引起另一场抑郁的发作。1941 年 3 月，她刚完成她的小说《幕间》，而她最新出版的画家暨布鲁姆斯伯里派成员罗杰·弗莱的传记受到批评家的冷遇，此外，作为和平主义者，她对第二次世界大战持续性的冲突，对她丈夫伦纳德决定加入英国的平民防卫组织——地方志愿军——感到异常痛苦。德军的闪电战还摧毁了他们伦敦的家。在自杀的前几天，她坐下来给丈夫写了一封信。

"我最亲爱的，"她这样开始，"我觉得我肯定又要发疯了。我觉得我们无法再经受那些类似的可怕时刻。"她反复发作的抑郁症使她周围的所有人都苦不堪言。

"我开始幻听，我的思想无法集中。所以我做出的似乎是最好的选择。"

很难想象一位丈夫读到妻子写的这样一封信会有什么感觉。"你已给了我最大可能的幸福，"她写道，"你已在各方面尽了最大的努力。我认为没有哪两个人能像我们曾经那样幸福。"她没有明说，但意图很清楚："我不能再继续破坏你的生活了。"

1941年3月28日早晨，她离开了他们在萨塞克斯的家，在外衣口袋里装满石头，走进附近的乌斯河，溺水而亡。三周过去，但她的尸体还没有被发现。

弗吉尼亚·伍尔夫的自杀信被披露在报纸上，遭到了严重的、也许是有意的误解。在英国忍受严酷的贫困并对德孤军作战之际，她那句"我再也无法抗争了"的断言被视为一种软弱，明显缺乏英国人的沉着坚定。你能在一个和平主义者身上期待什么呢？然而，在20世纪70年代，她被新一代重新评价，不仅被誉为优秀的作家，而且被誉为20世纪女性主义的灯塔。在她结束她的悲痛将近八十年之后，她的声誉居高不下。

弗吉尼亚·伍尔夫在"僧侣屋"外，"僧侣屋"是她在东萨塞克斯郡罗德梅尔村的一座建于16世纪的乡村小别墅。

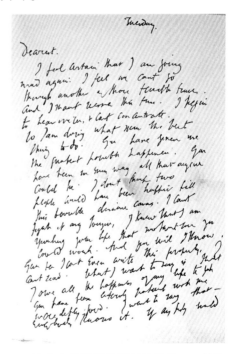

这位小说家写了两封诀别信，一封给她姐姐瓦妮莎·贝尔，另一封给她丈夫伦纳德·伍尔夫。

温斯顿·丘吉尔收到电码译员的紧急请求

（1941 年 10 月 21 日）

如果没有布莱切利公园的电码解译活动，第二次世界大战的结局可能会大不一样。今天，阿兰·图灵和他的同事们破解恩尼格玛密码的成果得到了认可，但在当时，这个项目的资源极度匮乏。

布莱切利公园的最大成就是破译了德国海军使用的恩尼格玛密码。艾森豪威尔将军把这一成功描述为盟军能够取得胜利的"决定性"因素。图灵和他的电码破译员同事戈登·韦尔什曼、休·亚历山大和斯图亚特·米尔纳－巴里当然明白他们所从事的工作之重要和紧迫，但那时他们关于增派人员支援的请求却被管理部门忽视。

工作人员严重不足。身强力壮的男人离开自己的岗位参军，妇女离开自己的工作去填补男人们的空缺。该团队在努力破解恩尼格玛密码的过程中产生的大量数据，必须被记录下来并加以处理，但是由于没有额外的执行人员，他们必须自己做所有的事情，因此留给他们进行分析的时间很少。他们处于筋疲力尽和无奈之中，于是决定绕开顶头上司，直接诉诸最高层。他们给国家领导人温斯顿·丘吉尔写了一封信。

在这封以"绝对机密——首相亲启"为标题的信中，他们写道："我们认为您应该知道这项工作被拖延了，在一些情况下根本完成不了，主要是因为我们没有足够的人手来处理。"丘吉尔几周前刚视察过布莱切利公园，故而他们认为他明白这项工作的重要。他们告诉他，团队的同事弗里伯恩先生因为人手的短缺已不堪重负，"不得不停止上夜班。这样的结果是，每天至少拖延了十二小时找到海军的钥匙［恩尼格玛密码的定期变更的钥匙］。"

他们告诉丘吉尔，二十个无须具备技能的办事员就能解决这一问题。而再加二十个人就可以弥补另一项缺口："由于缺乏训练有素的打字员，我们现有的解码人员也疲劳不堪"，来自中东的加密信息还没有被破译。他们承认，"对各种劳动力的需求是巨大的，它的配置是一个次序优先问题"。他们认为，因为他们的需要相对比较低，所以他们增加人员的要求被忽视了。"我们的需求虽然微小，但应该立即得到满足，这绝对生死攸关。"

给一位日理万机、为继续保卫英国殚精竭虑的领袖写这样一封信，可以说是一个大胆的举动。还有更大胆的，这个团队决定必须亲自递交这封信，以确保引起丘吉尔的重视。米尔纳－巴里被赋予这项前往伦敦的任务，他乘坐出租车来到唐宁街十号，敲开了首相的门。

米尔纳－巴里虽然没有亲自见到丘吉尔，但却得以给丘吉尔的私人秘书留下了印象：这封信的内容异常紧迫。立刻，在他和团队其他成员都不知情之下，丘吉尔做出了反应，他命令："今日就处理。作为顶级优先事项，确保他们得到需要的一切，完成后向我报告。"

四十五年之后米尔纳－巴里回忆说："几乎从那一天开始，崎岖的道路奇迹般地变得平顺了。炸弹机（用以帮助破解恩尼格玛密码的计算机）的速度得到提升，人员短缺的瓶颈问题得到缓解，我们能够马不停蹄地致力于手头的工作。"

战时的布莱切利公园。破译电码的工作在很多临时搭建在公园内的小屋里进行。

艾伦·图灵成为最著名的电码译员，但是把这封至关重要的信交给丘吉尔的是斯图亚特·米尔纳－巴里。

德国恩尼格玛密码机。

报告珍珠港遭到袭击的电报

（1941 年 12 月 7 日）

　　偷袭珍珠港发生在 1941 年 12 月 7 日的星期日清晨。太平洋战争以一种最古老的军事策略——突然袭击开始，又以使用一种可怕的新技术而告终，这种技术具有终结地球上人类生命的潜能。

　　尽管偷袭珍珠港事件出乎意料（美国官员事先发出警告的所谓阴谋论被普遍忽视了），但自从 1931 年日本入侵中国东北，日本和美国之间的紧张关系已经进一步升级。美国想要遏止日本在太平洋地区的扩张野心，双方的谈判长期以来一直剑拔弩张。自 1941 年春天以来，日本联合舰队司令、海军上将山本五十六就一直在监督对美国军队和其他目标发动先发制人袭击的准备工作。

　　偷袭珍珠港的行动在将近早上八时开始，是日本在南太平洋地区同时发动的一系列袭击的一部分。日本飞行员用暗语"虎，虎"开始了偷袭。两小时的偷袭攻击了珍珠港的陆军、海军和海军机场，然后是海军资产。

　　两千四百多名水兵丧生，二十艘美国军舰连同三百余架飞机要么被摧毁，要么遭到损坏。这是一场毁灭性的攻击，但并没有实现摧毁太平洋舰队

美国萧号驱逐舰遭日本攻击后着火爆炸。

的主要目的。在偷袭珍珠港时，没有一艘美国航空母舰停在那里，轰炸还漏掉了港口的许多基础设施。

这个灾难性的消息被用最平淡无奇的话语传送给美国海军的其余船只。它由海军少校洛根·拉姆齐撰稿，注明"紧急"，发送给所有在夏威夷地区的美国海军船舰，这份极其简短的电报，宣告了改变第二次世界大战进程的一系列事件的开始。

宣布日本袭击的电文仅有八个英文单词："空袭珍珠港这不是演习。"

第二天，美国对日本宣战，不久之后，日本的轴心国盟友德国对美国宣战。富兰克林·D.罗斯福总统发表了著名的广播讲话，称1941年12月7日是一个"永远耻辱"的日子。这无疑说服了之前不愿意与日本开战的美国人，并预示许多日裔美国人开始被集中收容。

珍珠港被毁的财产相当多，人员也伤亡惨重，但是那些袭击下的幸存者迅速使美国军队恢复了元气。1942年，美国在中途岛战役中打败了帝国海军，这是个意义重大的证明，许多历史学家把这一事件看作太平洋战场决定性的转折点。三年后，美国的B29轰炸机在广岛和长崎投下"小男孩"和"胖子"原子弹，太平洋战争实际上结束了。

当海军少校洛根·拉姆齐发送他的简短电报时，他压根不会知道接下来发生的事。然而，这场始于珍珠港的战争，伴随着日本天皇裕仁所说的"新使用残虐爆弹"，终止于广岛。

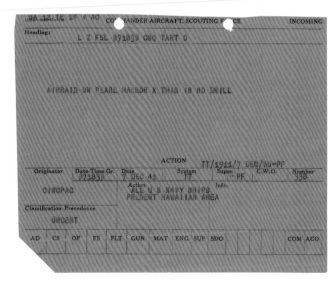

海军少校洛根·C.拉姆齐目击一架日本飞机在福特岛投下一枚炸弹后，紧急下令将此电报发送给该地区的所有船只。

潜艇送出奈将军致亚历山大将军的诱敌信

（1943 年）

"肉馅计划"是二战期间英国骗术的最精彩部分，用一具流浪汉的尸体蒙骗希特勒，从而改变了战争的进程。涉及的其他几个令人意想不到的参与者，包括一位西班牙渔夫、一位愤怒的银行经理，还有詹姆斯·邦德故事的创作者伊恩·弗莱明。

这个计划的目的是让德国人相信，盟军准备在撒丁岛和希腊登陆，以开辟第二战场。为了实现这一目的，他们计划把一封含有高度敏感军事信息的信放在一具尸体里，并把尸体投入西班牙海域。这封信要送交海军陆战队上将哈罗德·亚历山大爵士，他是驻阿尔及利亚和突尼斯的英美第十八集团军司令。

战术欺骗策略最初是 1939 年在"鳟鱼备忘录"里被提出的，由担任海军情报总监的海军少将约翰·戈弗雷和他那后来成为"邦德"小说家的私人助理伊恩·弗莱明少校撰写。这份备忘录将战时的间谍活动比作钓鳟鱼，提出了几种利用虚假信息诱骗敌人的方法。其中之一就是用尸体设置陷阱。

受了"鳟鱼备忘录"启发，英国情报官查尔斯·乔姆利和尤恩·蒙塔古开始筹划，打算欺骗在中立西班牙工作的德国间谍同行，他们知道德国间谍在那里的行踪。他们选中了格林杜尔·迈克尔，这是一名无家可归的威尔士男子，数月前因服老鼠药身亡。迈克尔的尸体从停尸间被偷出，并以王家海军陆战队少校威廉·马丁的身份出现。迈克尔，即虚构的马丁，随身携带着一些文件，间谍的行话称之为"钱包垃圾"，它们完整勾勒出了他的虚假背景故事。这些道具包括几封情书、一张女友照片、一张订婚戒指收据，还有一位愤怒银行经

六翼天使号王家潜艇的船员合影，摄于 1943 年 12 月。右二是指挥官诺曼·朱厄尔中尉。

理的透支催款书。

他们试着起草了很多份信稿，但似乎没有一份是天衣无缝的。为了使它尽可能显得真实可信，这封吐露虚假入侵计划的信由海军陆战队中将阿奇博尔德·奈爵士执笔，他是一位对军事计划了如指掌的军官。核心的文件还通过一封介绍信来佐证，信中故意含有一个关于沙丁鱼和撒丁岛的不甚高明的双关语；希望用这个糟糕的、很夸张的英式幽默例子来进一步证实这个故事。这些文件还触及一些敏感的话题，如美国军队授予在北非为他们服务的英国军人紫心勋章。

迈克尔的尸体经过整理，穿上王家海军的军装——这套军装已由乔姆利穿了三周，所以看上去磨损得自然。糟糕的是，除了配给肉类，军队还短缺内衣，所以只能给尸体穿上一条二手的羊毛裤子。幸好，这种不一致性后来并没有引起怀疑和警觉。

考虑到格林杜尔·迈克尔的死亡和尸体的放置已有一段时日，因此在用潜艇将尸体南下运往西班牙海岸时，尽可能使它保持新鲜至关重要。他们用一根皮链把公文包系在"马丁少校"的手腕上，让人推测他是飞机失事后落水淹死的。尸体漂浮在韦尔瓦海岸，被一个西班牙渔民捞起。这具正在迅速腐烂的尸体很快就被埋葬，而那些文件被转交给阿道夫·克劳斯，他

是一名在中立西班牙活动的德国特工。

英国的特工们似乎拼命想要找回文件，这使德方大受鼓舞，于是通过德国的指挥链，把文件移交给了希特勒。其中包含的高度敏感信息促使希特勒部署他的军队，准备应对同盟国对德国控制下的撒丁岛和希腊发动攻击。布莱切利公园的情报证实了这次计划的成功，当同盟国进攻他们真正的目标西西里岛时，他们几乎没有遭遇任何抵抗。

虚构少校的虚构女友"帕姆"，她的照片被放在他的钱包里。

路易·蒙巴顿的这封介绍信是"钱包垃圾"的一部分。

奥本海默获准研究原子弹

（1943 年 2 月 25 日）

在一封措辞奇特的联名信中，詹姆斯·B.科南特和莱斯利·R.格罗夫斯将军授权罗伯特·奥本海默发展原子弹。不过，最令人奇怪的是，"原子弹"这个词并没有在信中出现。

格罗夫斯将军负责美国致力发明核武器的"曼哈顿计划"。他对于自己追求的东西是出了名的坚定执着，他想要原子弹。

J. 罗伯特·奥本海默和莱斯利·格罗夫斯将军。后来，在关于"曼哈顿计划"的书里，格罗夫斯写道："奥本海默有两个主要的劣势——他几乎没有任何行政经验，他不是一个诺贝尔奖得主。"尽管他们的行事风格不同，但这对搭档开展了有效的合作。

正是出于他的决心，他决定让罗伯特·奥本海默来负责这项工作，他有意忽视奥本海默与共产主义的联系和低等级的安全许可，在 1943 年 2 月 25 日的一封信中，任命奥本海默为"曼哈顿计划"设在新墨西哥州的洛斯阿拉莫斯机构的负责人。

詹姆斯·科南特是罗斯福总统的科学顾问。他有制造新型恐怖科学武器的经历，一战期间，他为美国军队研制了有毒气体。由于认识到原子武器在理论上的可能性，他热衷于让美国来领导开发它们，但他也意识到军备竞赛的危险。科南特曾在哈佛大学教过奥本海默化学。

J. 罗伯特·奥本海默是一位才华横溢但缺乏耐心的物理学家，学生时代明显同情左倾分子。虽然他本人不可能是共产党成员，但他的很多朋友和同伴都是，美国联邦调查局在他参与"曼哈顿计划"的整个过程中为他建立了一个大档案。奥本海默在他的《曼哈顿安全调查问卷》上写道："西海岸几乎每一个共产主义阵线组织的成员。"但在任命他去洛斯阿拉莫斯仅仅几个月后，格罗夫斯就下令："立即对朱利叶斯·罗伯特·奥本海默颁发许可，无须考虑你们掌握了奥本海默先生什么信息。对这个项目，他绝对必不可少。"

科南特和罗格夫斯的联名信明确了奥本海默作为洛斯阿拉莫斯新的科学领导人的职责和义务。它强调了保密和安全，没有详述他当前的工作范围，仅仅说："开发并最终制造一种战争工具。"这项工作分两个部分：

A.科学、工程、军械方面的一些实验研究；以及

B.在后阶段，进行高难度军械程序和处理高危险材料的大规模试验。

信中指出，虽然第一部分是民用的任务，但第二部分肯定是非民用的，任何希望继续该项目的平民都将获得军方授权。还强调需要加强军方与民间参与者的合作："就科南特博士和格罗夫斯将军而言，这样的合作态势是存在的，自从格罗夫斯将军首次进入该项目以来，两方就已密切合作。"

花了两年多一点的时间，1945年7月16日，在新墨西哥州一个被称为"死者之旅"的沙漠地区，洛斯阿拉莫斯机构实施了世界上第一次核爆炸。三周后，波音B29型艾诺拉·盖号超级堡垒爆炸机在广岛投下了被命名为"小男孩"的炸弹，这座日本城市百分之三十的生命和近百分之七十的建筑被摧毁。正如奥本海默在试验后说的那样，"现在我成了死神，世界的毁灭者"。

制造一个"战争工具"的委任信。格罗夫斯看出，奥本海默是一个野心家，他对理论物理学的贡献没有得到认可，他因而感到沮丧。而这将是他的机会。

J. 埃德加·胡佛收到"匿名信"

（1943 年 8 月 7 日）

第二次世界大战期间，美国联邦调查局局长 J. 埃德加·胡佛对德国和日本的特务以及一群疑似纳粹同情者进行严密的监视。当时他收到一封匿名信，信中详细描述了苏联的整个间谍网络。然而，是谁寄给他的？为的是什么⋯⋯？

20 世纪 40 年代，尽管苏联和美国在反对德国的战争中结成联盟，但两国之间并没有多少友谊和信任。两个国家在意识形态上对立，各自又都希望在打败希特勒后塑造一个新的世界秩序。它们各自都在暗中监视对方，毫无疑问，也都假设对方在监视自己。

1943 年，联邦调查局局长 J. 埃德加·胡佛负责监视美国国内潜在的敌人。当时美国在东线和西线、欧洲和太平洋作战，敏锐地意识到来自境内的德国和日本同情者的威胁。而美国联邦调查局办公室收到的一封邮戳为 8 月 7 日

1941 年秋，瓦西里·扎鲁宾成为驻美国的克格勃首席官员。1943 年他到加利福尼亚州旅行，目的是将合意的共产党成员安置进重要的军火生产行业。

的匿名信，声称要揭露俄罗斯在美国活动的间谍网络。

胡佛不敢相信自己的运气。这封信指认了十三名在美国和加拿大从事间谍活动的苏联资深特工。来信不仅揭露了他们，而且指控了间谍组织的头目瓦西里·扎鲁宾和伊丽莎白·扎鲁宾：信中称，他们是双重间谍，为美国的敌人日本和德国以及盟友俄罗斯工作。

这个信息可靠吗？在此之前，信中的一些名字就涉及一项共产主义渗透绝密军事项目的调查，该项目是如此机密，甚至连联邦调查局都不知道什么

被渗透了（那就是研发原子弹的"曼哈顿计划"）。看来，写匿名信的人是克格勃内部的知情者，联邦调查局开始监视被指控的间谍活动。

1944 年，这个谜团出现了意想不到的转折。在莫斯科，斯大林收到一封来信，写信人叫瓦西里·米罗诺夫，是给美国联邦调查局的信中所提到的那些人中的一个。米罗诺夫在美国的身份是苏联驻华盛顿特区大使馆的二级秘书，该信再次指控扎鲁宾夫妇是双重间谍，这次指控他为美国联邦调查局工作。莫斯科虽然难以置信，但意识到自己在美国的特工遭到了调查，于是召回米罗诺夫、扎鲁宾夫妇和几名其他特工，开始对米罗诺夫的指控展开自己的调查。

在这些调查过程中，扎鲁宾夫妇被证明完全无罪，而米罗诺夫被发现是个精神分裂症患者。他特别不喜欢他的上司瓦西里·扎鲁宾，厌恶他"粗鲁，缺乏基本礼貌，使用街头语言和脏话，工作粗枝大叶以及有着令人讨厌的遮遮掩掩"。这些他此前就向莫斯科投诉过。虽然从未得

到确切的证实，但看来是米罗诺夫给斯大林和胡佛写了匿名信，并把自己列入了他交给美国的俄罗斯间谍名单。

扎鲁宾暴露身份后，被任命为国家安全人民委员部副局长。米罗诺夫被判服劳役，当他试图向美国驻莫斯科大使馆偷偷递交更多信息时，作为叛国者被枪决了。

揭露战时苏联在美国从事间谍活动状态的"匿名信"。

所罗门群岛两名当地人为遭遇海难的肯尼迪
送出生死攸关的信息

（1943 年 8 月）

在约翰·菲茨杰拉德·肯尼迪短暂的总统任期中，他椭圆形办公室的书桌上放着一只椰子壳的碎片。肯尼迪用它来做镇纸，但对他说，在把它当作书桌用具之前，这颗椰子扮演了更重要的角色。它拯救过自己的生命。

1943 年，这位后来的美利坚合众国第三十五届总统，是一个二十六岁的美国海军中尉。他是 PT-109 鱼雷快艇的指挥官，该快艇属于一支海军部队，受命在南太平洋所罗门群岛沿岸突袭日本船只的护航队。这次袭击没有成功，8 月 2 日凌晨，PT-109 快艇遭到日本天雾号驱逐舰的撞击。撞击和随之而来的爆炸导致两人丧生，其他人受伤，全体船员都被抛进遍布燃料的海中。

由于快艇沉没了，肯尼迪带领幸存的十人游了三英里半（五千六百米），抵达了一个名叫

肯尼迪中尉在 PT-109 型巡逻艇上。

普拉姆的小岛。肯尼迪早先是哈佛大学游泳队的队员，他用牙齿咬住一名伤员的救生衣带子，硬是拉着这名伤员安全脱险。

虽然普拉姆岛上的椰子提供了一些维生的补给，但这是一块狭长的土地，只有三百三十英尺宽。如果肯尼迪和他的船员留在这个岛上，他们最终将会慢慢饿死。肯尼迪清醒地意识到，他们不大可能从这样一个又小又偏远的地方得到救援，于是他好几次游到远处的海面进行勘探，希望发现更适合的岛屿，甚至更幸运，看见美国海军的船只。

他的侦察带来的结果是，全体船员又艰难地游到了奥拉萨纳岛，一个较大但依然渺无人迹的岛屿。然而在那里，这队船员被两个所罗门群岛的岛民发现了，他们是乘着独木舟经过的埃罗尼·库马纳和比库·加萨。对 PT-109 快艇的船员来说，幸运的是当地人对盟军远比对日本人友好。

尽管双方说的语言彼此都听不懂，但肯尼迪还是设法与他们沟通，让库马纳和加萨向伦多瓦岛的美军基地传送消息。他用小刀在一个椰子壳上刻下信息，托付给这两个当地人。信息简明扼要，内容如下："瑙鲁岛指挥官。当地人知道位置。他能领航。十一人活着。需要小船。肯尼迪。"

库马纳和加萨带着信息，冒着极大的个人生命危险到伦多瓦岛，于是一条船被派去营救肯尼迪和他的船员。虽然肯尼迪之后再也没有见过这两位岛民，但三个人有书信往来，库马纳和加萨活到了高龄。肯尼迪由于在这一事件中的表现，被尊为英雄，并被授予海军和海军陆战队勋章以及紫心勋章。他把这个椰子壳碎片保留下来，作为关于该事件更个人化的纪念品。

肯尼迪的战争经历大大提高了他在 1960 年总统选举中的吸引力，然而他本人却一味淡化自己的战功。如果人们问他是怎么成为一名英雄的，他会说："纯属偶然。他们弄沉了我的船。"

这个椰子壳装在一个很重的镇纸上，在椭圆形办公室的总统办公桌上很是显眼。

莉莲·海尔曼向参议员麦卡锡送出一封信和口信

（1952 年 5 月 19 日）

　　莉莲·海尔曼是位备受推崇的剧作家，她从不掩饰自己的左翼观点。在参议员乔·麦卡锡对共产主义者进行政治迫害期间，她像很多在娱乐界工作的人一样，被传唤到众议院反美活动委员会（HUSC）做证。

　　随着第二次世界大战即将结束，美苏在新的世界秩序中争夺地位和影响力。帝国崩溃了，而新解放的国家成为两个超级大国政治体制的竞争目标。双方都在挑起对另一方的怀疑。

　　由于苏联全球影响力的不断增强，加

上 1945 年两名苏联间谍高调叛逃西方并揭露俄罗斯在美进行间谍活动程度之深，美国对共产主义的恐惧与日俱增。

　　自 1947 年杜鲁门总统提出对行政部门雇员进行"忠诚"测试之后，根据党派身份搜寻共产主义同情者成为一种国家性的偏执。创意产业，特别是电影、电视和文学界，一直是自由和激进思想者的家园，这些领域成为被针对的目标。一些个人被指控从事颠覆活动，并被迫在一种近于歇斯底里的气氛中谴责自己的"共谋者"同伴。

　　那些因别人的流言被定罪的人，不顾一切想要洗清自己的罪名，他们可能发现自己被列入了黑名单，无法工作，或者更糟，遭到监禁。他们包括

莉莲·海尔曼 1937 年与电影导演威廉·怀勒在《死角》片场讨论剧本的变动。

数百名娱乐界最著名的人物，歌手保罗·罗伯逊、演员爱德华·G.罗宾逊和作曲家伦纳德·伯恩斯坦仅仅是其中的三个例子。莉莲·海尔曼的倾向是众所周知的，当她被传唤去众议院反美活动调查委员会做证时，她知道将会发生什么。她拒绝合作，正如她在给委员会主席约翰·伍德的信中说明的那样。

"无论现在还是将来，我都不愿意给那些我过去交往过的人带来麻烦，他们绝对没有任何背叛或颠覆性的言论或行动，"她在给伍德的信中说，"但是，为求自保而去伤害交往多年的无辜者，对我而言，这是无人性的，是卑劣，是鲜廉寡耻。"

她认为政治猎巫是一种狂热之举，而不是经过深思熟虑的民主程序，她宣称："我不能也不会昧着良心去迎合今年的潮流。"海尔曼强调，她绝非反对美国，她"在老式的美国传统中长大……要尽量说真话，不做伪证，不伤害邻居，忠于自己的国家，等等"。

宪法第五修正案保护被告不自证其罪的权利。但是莉莲提出，"如果你的委员会同意不要求我说出其他人的名字，我就放弃反对自证其罪的权利，并且告知你们想知道的有关我的观点或行动的任何事情"。

众议院反美调查委员会拒绝妥协，因此海尔曼不得不引用第五修正案。她因为莫须有的共产主义"罪行"被列入黑名单，她的朋友和她的活动受到联邦调查局的监视。在引用了第五修正案后，她在无意中听到一位记者说："感谢上帝，终于有人有勇气这样做了。"这句话让她大受鼓舞。

海尔曼致众议院反美活动调查委员会信函的副本。麦卡锡想让她供出好莱坞圈内人的名字，而好胜的海尔曼不为所动。

威廉·博登认定 J. 罗伯特·奥本海默是苏联间谍

（1953 年 11 月 7 日）

就算 J. 罗伯特·奥本海默领导了研发原子弹的团队，但在战后对共产主义者进行猎巫的年代，过去与共产党的任何联系都可以被夸大，并被用来整肃个人。

朱利叶斯·罗伯特·奥本海默被称为"原子弹之父"。他是监督研发这种武器的第一人选，二战结束时它们被投放到了广岛和长崎。负责"曼哈顿计划"的格罗夫斯将军，故意对他与共产主义者广为人知的联系睁一只眼闭一只眼，以便给予他必须的安全许可。

在 1943 年，共产主义者的身份远没有终结战争重要。轰炸日本使参与"曼哈顿计划"的科学家成为国民英雄——奥本海默成了名人。但这是变化迅速的十年：1953 年，美苏之间从事间谍活动和反间谍活动的冷战势头正劲，而乔·麦卡锡偏执狂般的反共猎巫运动得到了 J. 埃德加·胡佛领导的联邦调查局的支持。

共产主义成了有待揭发的严重罪行。"这封信有关 J. 罗伯特·奥本海默"，在向胡佛揭发这位物理学家的信中，原子能联合委员会的负责人威廉·博登这样开头。

博登写这封信是因为"J. 罗伯特·奥本海默很可能是苏联特工"。

1949 年，苏联成为第二个引爆原子弹的国家，这证实了美国的担忧：苏联的军事技术已接近美国。令军事情报部门震惊的是苏联人竟发展得如此之快。奥本海默因为有权接触最高级别的机密，所以遭到博登毫无根据的指控：他肯定是间谍，"因为他接触的范围很可能是独一无二的……他现在和过去几年一直身居这样的要职，相比其他任何美国人，他所泄露的影响国防和安全的信息，都更重要、更详细"。

在麦卡锡主义的狂热气氛中，身为一个共产主义者等同于一个共产主义间谍。奥本海默的共产主义是一个履历问题，博登只是重复这点来证明他从事间谍活动。其证据是毫无说服力的："他的妻子和弟弟是共产党员，他至少有一个共产党情人……他要么是停止了向共产党捐献基金，要不然就是通过一个还没有被发现的新渠道捐款。"

博登最荒唐的证据是奥本海默对轰炸日本的反应。奥本海默发明了这种炸弹，但对它们的效力感到震惊，正如博登所说，"他亲自敦促从事这一领域的每一位资深人士停下来"。奥本海默还反对在战后进一步发展氢弹，这被博登视为他试图减缓美国的进步以支持苏联的证据。

博登下结论："很有可能，他是一名非常坚定的共产党人，自愿向苏联人提供间谍情报；很有可能，自那以后他就一直在从事间谍活动；很有可能，自那以后他就在苏联的指示下对美国的军事、原子能、情报和外交政策施加影响。"这是一份全方位指控的清单，但全都没有直接的证据。

像很多麦卡锡主义的受害者一样，罗伯特·奥本海默从没做过间谍。但他在1954年被剥夺了安全许可，此后再也没有为政府工作。

1949年阿尔伯特·爱因斯坦庆祝七十大寿时的合影。左起：I. I. 拉比、爱因斯坦、R. 拉登堡、J. 罗伯特·奥本海默。在1954年的听证会之后，物理学家同僚和诺贝尔奖得主I. I. 拉比语带嘲讽地评论："在我看来，这类事情似乎毫无必要采取那种程序……去针对一个拥有如奥本海默博士这样成就的人。这是一个真正具有积极意义的记录……我们有了原子弹和它的整个系列，我们还有了一整个系列的超级炸弹，你们还想要些什么，一群美人鱼？"

威廉·博登致 J. 埃德加·胡佛的信

1953 年 11 月 7 日

亲爱的胡佛先生：

这封信有关 J. 罗伯特·奥本海默。

如您所知，他多年来享受着特权，得以参与国家安全委员会、国务院、国防部、陆军、海军、空军、科学研究发展局、原子能委员会、中央情报局、国家安全资源理事会和国家科学基金会的各项重要活动。他接触的情报涵盖了军队正在开发的大多数新武器，至少有综合大纲的战争计划，关于原子弹、氢弹武器和库存资料的完整细节，中央情报局评估的一些主要证据，美国对联合国、北约以及其他许多高度安全敏感领域的参与。

因为他接触的范围很可能是独一无二的，他保管着大量涉及军事、情报、外交以及原子能事务的机密文件，还因为他的科学背景使他能够理解技术性机密数据的意义，看来合理的评估是：他现在和过去几年一直身居这样的要职，相比其他任何美国人，他所泄露的影响国防和安全的信息，都更重要、更详细。

虽然 J. 罗伯特·奥本海默没有为科学的进步做出重大贡献，但他在第二等的美国物理学家中享有受人尊敬的专业地位。就对政府事务的熟悉程度、与上级官员的密切联系以及影响高层思想的能力而言，他无疑是第一等的，不仅仅在科学家当中，而且还在军事、原子能、情报和外交领域所有塑造战后政策的人当中……

博登的信件文本，信的最后一段流露了他对奥本海默的反感。

杰基·罗宾逊告诉艾森豪威尔，他的人民厌倦了等待

（1958 年 5 月 13 日）

在第二次世界大战期间，很多美国黑人在海外为自由和民主的理念而战。在南北战争废除奴隶制将近一个世纪之后，他们在国内却被剥夺了类似的权利，这是一种多么苦涩而不公正的讽刺，而棒球明星杰基·罗宾逊想要追求这一权利。

作为一名前军人的杰基·罗斯福·罗宾逊，他在 1947 年冲破肤色的藩篱，成为美国职业棒球大联盟的第一名黑人球手，而不是在实行种族隔离的黑人联盟里。他以坚毅的精神和优雅的姿态承受了随之而来的羞辱和打压，使自己成为跨越肤色鸿沟的希望和改变的象征。

20 世纪五六十年代的民权运动借助对持续歧视日益增长的挫败感，呼吁平等权利。在罗宾逊的棒球职业生涯期间和结束后，他给 1956 年至 1972 年之间在任的每一位总统写过信，质问为什么平等的实现要等待如此之久。他最著名的一封信是 1958 年 5 月写给艾森豪威尔的，当时这位总统敦促非裔美国人要有耐心。

信中提醒总统，美国黑人已经是"最有耐心的人"，罗宾逊信中的中心要点是明确且具有说服力的："一千七百万黑人不能像您建议的那样去做，去等待人心的转变。我们现在就要享有我们认为作为美国人该有的权利。"

罗宾逊的抗议是正确的。一些强大的势力，如阿肯色州州长奥瓦尔·福伯斯，已经在力图维持现状并取消法律上做出的任何改变。1957 年 9 月，福伯斯无视最高法院最近废除学校种族隔离的裁决，命令国民警卫队废除九名

在道奇队迁往西部之前，杰基·罗宾逊为其效力。

非裔美国学生在小石城中心高中就读的合法地位。

艾森豪威尔不相信可能"用法律来改变人心"，而赞成渐进式的改变。尽管如此，他还是派出联邦军队来保护这些学生，让他们安全进入学校，并支持高等法院的裁定。

阿肯色州事件为罗宾逊的主张提供了支持，他认为艾森豪威尔"与福伯斯州长交锋的亲身经历足以证明，比起最终的融合，忍耐才是那些赞成种族隔离的领导人寻求的目标"。

在罗宾逊看来，艾森豪威尔"不断敦促忍耐，是在无意中摧毁黑人的自由精神，也给那些像福伯斯州长一样赞同种族隔离的领导人以希望，他们甚至会夺走我们现在享有的自由"。

信中敦促艾森豪威尔，就像在阿肯色州一样，在必要时用行动来支持他的言论，罗宾逊最后说，这"会让人们知道，美国决定在不久的将来，为黑人提供宪法下拥有的自由"。

罗宾逊 1919 年生于佐治亚州的一个佃农家庭，在 1972 年去世之前，他见证了历史的巨变。假如他活到 21 世纪，也许他仍然有理由给白宫的每一个在位者写信。

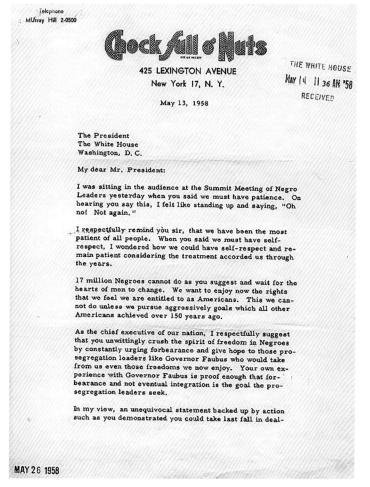

罗宾逊使用的信笺带有企业标识，该企业是一家他任副总裁的纽约咖啡公司。

华莱士·斯特格纳为美国的荒野谱写了一首赞美诗

（1960 年 12 月 3 日）

20 世纪 50 年代后期，美国成立了户外游憩资源审查委员会（ORRRC），以调研如何最佳地管理美国的荒野空间。1960 年，普利策小说奖得主暨早期环境保护主义者华莱士·斯特格纳，在给委员会的一封信中表达了自己的观点。

优美的文笔伴随着热烈的讨论，"'荒野'这个词"，不仅仅是对保护野生空间以供游憩的直接呼吁。相反，斯特格纳巧妙地将荒野的抽象概念——"一种无形

华莱士·斯特格纳在犹他州长大，他见识过美国最激动人心的荒野之一。为了表彰他对犹他大学的遗赠，2010 年设立了华莱士·斯特格纳环境人文奖，由犹他大学出版社管理。

的精神资源"——与同样抽象的美国概念联系起来。对斯特格纳来说，荒野塑造了美国的历史，也塑造了它的个性甚至灵魂。当拓荒的先驱们"在荒野的大陆上奋力砍伐烧荒，开辟我们的道路时，荒野对我们起了作用"。它必须被保存下来，"因为我们的民族品格正是在这种挑战下形成的"。

要是没有完成该项使命，就等同于美国人民失败了。或者如斯特格纳所说："如果我们任由剩余的荒野遭受毁灭，作为一个民族，我们将会失去一些东西。"他的信表达了国民的爱国本能，他警告，如果我们任由荒野被污染，那么"美国人将再也不能在自己的国家里摆脱人类和汽车垃圾的噪音、废气和恶臭"。

对斯特格纳而言，荒野是再造、重生和纯洁的源泉："一个美国人……是一个

在荒野中更新了自身的文明人。"对比之下，进步充其量是件喜忧参半的事情，它"现在威胁着要成为毁灭我们的'科学怪人'"。而最糟的是污染。事实上，"美国的技术文化已经污染了一个清洁的大陆和一个纯洁的梦想"。

解决之道何在？"一个明智的方法就是保持对自然界的控制"，他这样认为。此外，"我们需要自然来焕发精神"。

按照斯特格纳所说，荒野是如此强大，以至于"即使十年中我们从未涉足它一次，它的提醒和保证却依然存在，这对我们的精神健康大有裨益"。童年对辽阔大草原和干旱沙漠的记忆至今仍在支撑他、滋养他。它们"接近上帝想让你在它们中看到的一切"。对于更具人文主义倾向的读者来说，斯特格纳的荒野是这样一个地方：在那里，人们可以"在我所知的任何地方深入地审视自己"。

精神复兴的理念很难影响政府的政策，但是斯特格纳的信做到了。内政部长提到它，并用于一次荒野会议的演讲，报纸转载了它，它还出现在户外游憩资源审查委员会的报告中。不久之后，林登·约翰逊总统签署了荒野保护法案，促成了国家荒野保护系统的建立。

这封信的写作浓缩了斯特格纳一生的经历。过去、现在、将来的几代美国人都从中受益，享受着这个荒野的国度，或用斯特格纳的话说——"希望之地"。

华莱士·斯特格纳给加利福尼亚州荒野研究中心戴维·E.佩索宁的信

亲爱的佩索宁先生：

我相信您正撰写户外游憩资源审查委员会报告中有关荒野的那部分。如果可以，我想力推一些有关荒野保护的主张，众所周知，这些主张几乎不涉及娱乐活动。狩猎、垂钓、远足、登山、露营、摄影和欣赏自然风光，这些一定全会出现在您的报告中。作为基因保护区的荒野也会出现，它是一把科学标尺，我们可以用它测量世界在对抗人为失衡中的自然平衡。

我要强调的并不是对荒野的使用（尽管这些颇有价值），而是荒野的理念，它本身就是一种资源。它是一种无形的精神资源，从实用的角度来看，似乎这很神秘——不过，任何无法被推土机移动的东西，看上去都可能是神秘的。我们想说的是荒野的理念，它有助于形成我们的个性，当然也塑造了我们作为一个民族的历史。它与娱乐无关，就像教堂与娱乐无关一样，就像历史学家所称，"美国梦"的艰辛、乐观、豪爽与娱乐无关一样。然而，由于只有在这次游憩调查中，荒野的价值才被汇编进去，我希望您能允许我在游憩报告的页面中间插入这样的想法。

如果我们任由剩余的荒野遭受毁灭，作为一个民族，我们将会失去一些东西。如果我们任由最后的一片原始森林变成漫画书和塑料烟盒，如果我们把剩下的少数野生物种赶进动物园或使之灭绝，如果我们污染了最后的清新空气，弄脏了最后的清澈溪流，把铺设的道路推进到最后的寂静地区，如此，美国人将再也不能在自己的国家里摆脱人类和汽车垃圾的噪音、废气和恶臭。如此，我们再也没有机会看见我们在这个世界里的单纯、独立、绝顶和独特，再也看不到我们是由树木、岩石和土壤构成的环境的一部分，是其他动物的兄弟，是自然界的一个组成，并有能力融入其中。没有剩余的荒野，我们甚至没有机会作片刻的沉思和休憩，而只会盲目地钻进我们技术化的、白蚁般的生活之中——一个完全由人工控制环境的"美丽新世界"。

纳尔逊·曼德拉向南非总理发出最后通牒

（1961 年 6 月 26 日）

至 1961 年，纳尔逊·曼德拉已经成为一名南非反种族隔离运动强有力且异常活跃的领袖。当这个国家的总理亨德里克·维沃尔德宣布创建南非共和国时，曼德拉给了他机会，让南非成为一个新的多种族国家。

20 世纪 60 年代初是南非的一段动荡时期。作为英联邦的一部分，它不得不忍受哈罗德·麦克米伦在议会发表的"变革之风"演讲中，对自己种族隔离政策的隐含批评。1960 年，在一场游行示威中发生了导致六十九名非洲人死亡的"沙佩维尔屠杀"事件，引起了全球范围的谴责。世界上很多国家开始抵制南非的商品和服务。

当时南非联邦的少数欧洲人族群感觉受到了世界的威胁和围困。在一项投票复决中，他们投票退出联邦而成为一个共和国。1961 年 3 月，曼德拉组织了非洲人国民大会，讨论反种族隔离运动对政府决议的反应，人们普遍认为这个决议是让少数派政权永久延续的政治策略。4 月，他写信给维沃尔德，传达了大会的呼吁，即"召开一个多种族且具有权威性的国民大会，为南非起草一部没有种族歧视的民主新

宪法"。

他肯定不会对成功抱有什么期待。这个新共和国在 1961 年 5 月 31 日成立，没有召开任何国民大会，以暴力镇压罢工是对这一时刻的纪念。所以曼德拉在 6 月 26 日又写了第二封信给总理，指出全国百分之八十的人口仍在持续遭受迫害。"贵政府寻求用武力来镇压罢工，"他提醒维沃尔德，"军队被动员起来了，欧洲的平民被武装起来了。根据通行法，一万余名无辜的非洲人被逮捕了，全国各地都在禁止举行集会。"

曼德拉阐明了非洲人国民大会的回应，"由于贵政府没有召开国民大会，我们必须对贵政府发动一个全面的全国性不合作运动"。他给了维沃尔德一个选择：他仍然可以召开国民大会。"通过推行这条路线，放弃镇压，放弃贵政府的危险政策，您还

有可能拯救我们的国家，使之免于经济混乱和崩溃，免于内乱和苦难。"

"或者，"曼德拉继续写道，"您可以坚持现有的政策，它是残忍和欺诈性的，它是国内外数以百万计的人们所反对的。"曼德拉知道未来会发生什么。"我们知道，

一张纳尔逊·曼德拉在约翰内斯堡法院外的照片。从1952年起，曼德拉和奥利弗·坦博在南非经营第一家黑人合伙的律师事务所。1956年两人遭到叛国罪的指控，尽管坦博离开了这个国家，曼德拉留下了，并在1961年洗脱了指控。

贵政府将再一次发泄它的狂怒和残暴，以迫害非洲人民。但是……历史会惩罚那些凭借武力和欺骗镇压国民的诉求和合法意愿的人。"

曼德拉此时秘密组织了"民族之矛"，它是非洲人国民大会的武装分支。"我们正在恢复行动，反对您的政权。"他警告维沃尔德，"民族之矛"在12月开始一项破坏运动，不炮轰平民，而是轰炸国家设施。在第二年8月，他和他的活动家伙伴们被逮捕并遭到公审。

在不可避免地被定罪之后，曼德拉在监狱里服刑长达二十七年，而铁窗之外的世界在发生变化。维沃尔德于1966年被南非共产党的一名激进成员暗杀。曼德拉活着看到了种族隔离制度的终结，并担任南非充分代表多种族民主的第一任总统。

纳尔逊·曼德拉致亨德里克·维沃尔德总理的信

谨向您提及我 1961 年 4 月 20 日的信，迄今您没有垂赐回函，也未告知信已收到。在上述信中，我向您通报了 1961 年 3 月 26 日在彼得马里茨堡非洲人国民大会上通过的决议，要求贵政府于 1961 年 5 月 31 日前召开一个多种族且具有权威性的国民大会，为南非起草一部没有种族歧视的民主新宪法。

随信附上大会决议，其中清楚表明，如果到指定日期贵政府还没有召开国民大会，那么我们将会进行全国范围的示威游行，以表达反对少数种族用武力强加给我们的"白人共和国"。此外，决议进一步表明，除示威游行之外，我们还将号召非洲人对共和国政府或任何建立在武力基础上的政府不予合作。

基于贵政府没有回应我们的要求，受非洲人国民大会委托担任决议执行工作的非洲人国民委员会呼吁：在下月 29 日、30 日和 31 日举行一次大罢工。正如我在 1961 年 4 月 20 日的信中所预测的，贵政府寻求用武力来镇压罢工，您在国会匆匆通过一项特殊法律，授权未经审判就拘押与罢工组织有关的人们。军队被动员起来了，欧洲的平民被武装起来了。根据通行法，一万余名无辜的非洲人被逮捕了，全国各地都在禁止举行集会。

早在 1961 年 5 月 29 日（星期一）工厂的大门被打开之前，高阶警官和国家主义的南非人就故意散布谎言，宣布罢工失败了。所有这些伎俩都未能阻止罢工，我们的人们站起来了，给予我们坚强而充分的支持。工厂、办公室的工作人员、城乡的商人、大学和中小学的学生，都在这一时刻奋勇而起，以清晰的措辞声明他们反对这个共和国。

如果政府说除了欧洲人没有人回应这个呼吁，那他们就是在自欺欺人。我们出于实事求是的考虑，要求贵政府认识到，占国家人口五分之四的非洲人反对该共和国……

迪卡唱片公司给披头士乐队经纪人布赖恩·爱泼斯坦寄出一封拒绝信

（1962 年 2 月 10 日）

  1961 年的最后一天，四位流行音乐人从利物浦坐着他们路演经纪人的老旧厢式货车赶往伦敦。第二天他们将参加英国最大唱片公司之一的迪卡唱片公司的试演。这会是他们的重大突破吗？迪卡公司让他们的经纪人等了六周才送交了它的裁定。

  数周之前，迪卡的艺术家和表演曲目部主管迈克·史密斯来到利物浦，观看了披头士乐队在著名的洞穴俱乐部的演出。史密斯对他们的阵容印象非常深刻，其中包括他们原来的鼓手皮特·贝斯特，于是约定让他们在 1962 年元旦的上午 11 时，来伦敦迪卡公司的演播室做一小时试演。披头士乐队在路上花去了十个小时，因为他们的路演经纪人尼尔·阿斯皮诺尔在暴风雪中迷了路。他们的经纪人布赖恩·爱泼斯坦明智地单独乘坐火车前往。

  试演没能准时开始。迈克·史密斯晚到了，在参加新年前夜一个很晚的聚会之后，他还带着点儿醉意；他坚持让乐队在试演中用演播室的扩音器，而不是他们自己熟悉的设备，他觉得它们太差。

  披头士乐队一成立，就接连不断地演唱由十五首歌组成的曲目，这是爱泼斯坦挑选的，以便以最佳效果展示他们的才华。这包括三首列侬 – 麦卡特尼创作的歌曲（《像梦想家一般》《你好，小女孩》《被爱者的爱》）和一系列当时最佳歌曲作者写的作品，包括卡萝尔·金、菲尔·斯佩克特、莱伯和斯托勒以及查克·贝里的。

  试演进行得很顺利。

布赖恩·爱泼斯坦在利物浦郊区他的一家 NEMS 唱片店外面。

史密斯预料没有问题，答应爱泼斯坦会在几周内给予回音。这次演出在爱泼斯坦的要求下进行了录音，迪卡公司甚至还制作了一张《像梦想家一般》的醋酸纤维唱片，用以播放给迪卡公司的决策者们听。终于，在2月中旬，爱泼斯坦收到了迈克·史密斯的老板迪克·罗的来信。

在当今流行艺术收藏品的价值中，这封信可以比得上凡高的一幅小作品，虽然它现在已经流失，但我们有爱泼斯坦对其内容的回忆。"我无须拐弯抹角，爱泼斯坦先生，我们不喜欢您的男孩们的声音。组合已经过时了，特别是有吉他的四人配置组合的时代已经结束了。披头士乐队在演艺界没有未来。"

从那以后，这封信就一直给迪克·罗和迪卡公司带来尴尬。它经常被看作该公司史上最糟的业务决策，不可能有比这更

错误的意见。布赖恩·爱泼斯坦利用自己掏钱买下的迪卡公司的录音样带，去其他唱片公司推销披头士乐队。最终，乐队和百代唱片公司的子公司帕洛风唱片公司签了合约。披头士可谓空前绝后，没有任何其他乐队能卖出如此多的唱片，并对流行音乐产生如此深远而持久的影响。

在那个决定性的元旦，迈克·史密斯还试听了布赖恩·普尔和颤音乐队，迪卡唱片公司决定和他们签约，因为他们来自离伦敦更近的达格南，合作起来更容易，价格也更低廉。不过，在披头士乐队和百代唱片公司签约并证明吉他乐队绝对没有过时之后，迪克·罗没有再犯同样的错误，他用一个五人乐队来振兴经典的美国节奏蓝调曲目，那就是滚石乐队。

贝斯特（坐者）最初同意在切斯特的演唱会上演出，但后来退出，让三巨头乐队的鼓手在当晚替补上场。8月18日，林戈·斯塔尔接替了鼓手的位置。

一张宣传1962年8月16日切斯特一场重要的披头士乐队演出的海报。这一天，鼓手皮特·贝斯特被乐队解雇。洞穴俱乐部的播音师鲍勃·伍勒曾告诉布赖恩·爱泼斯坦，他在乐迷中太受欢迎，不能解雇他。

战争一触即发之际，赫鲁晓夫向肯尼迪发送一封和解信

（1962 年 10 月 26 日）

1962 年的古巴导弹危机把世界带到了核战争的边缘。广岛的惨状仍让人们记忆犹新，因此这对事态各方的政治人物和人民来说，是箭在弦上的十三天。三位主角的信件都显示了他们发热的头脑和冷静的外交手腕。

在美国 1961 年试图进攻古巴猪湾之后，菲德尔·卡斯特罗确信肯尼迪总统不久又会跃跃欲试。1962 年 7 月，在卡斯特罗和苏联领导人赫鲁晓夫之间的一次秘密会谈中，苏联同意在古巴放置核导弹，地点距美国本土仅九十英里（一百四十五公里），以遏制美国的任何入侵计划。

8 月，古巴发射场的建筑工作开始进行。9 月，在夜幕的掩护下，第一批核弹头从海上运达。最终，在 10 月 14 日，一架美国 U-2 型侦察机捕捉到了确凿无疑的证据：拍摄到古巴西部一个中程洲际弹道导弹的发射装置。

美国决定在 10 月 22 日对古巴的港口实施封锁，防止更多的军事装备运抵岛上。苏联指责美国此举是公海里的海盗行为，美国准备对任何来自古巴的导弹袭击实施

报复，经过四天唇枪舌剑的争论，由于拒绝让步，该地区的局势高度紧张。

这是美国和苏联之间的高压对峙，而菲德尔·卡斯特罗的古巴被夹在当中。基于一些理由，卡斯特罗确信另一场入侵企图很有可能，卡斯特罗在 10 月 26 日致信赫鲁晓夫，怂恿他率先发动攻击。"如果他们千方百计实施对古巴的入侵……那么现在到了永久消除这一危险的时候……无论该解决方案多么严苛和可怕，它是别无选择的。"他主张苏联应抢先对美国进行核打击。

如果他的盟友赫鲁晓夫听从了他心急如焚的呼声，核战争就会爆发。幸运的是，就在卡斯特罗写信给赫鲁晓夫的同一天，赫鲁晓夫在深夜给肯尼迪写了一封非常私人的信。这是对战争的恐怖以及两国领导

人有责任尽一切可能避免战争的坦率反思，为展现政治姿态留下了空间。

"我参加过两场战争，"他提醒肯尼迪，"要知道，当战争席卷城市和乡村时，它的后果是到处播下死亡和毁灭。"他说，

只有疯子或自杀者才会发动一场必定导致相互毁灭的核战争。相反，他主张"两种社会政治体系和平共存"，并提出一个简单的协定：苏联撤出导弹以换取美国不入侵古巴的保证。

"总统先生，"赫鲁晓夫这样结束他的信，"现在，我们和你们，都不应该去拉动那根绳子的两端——它已被你们打上了一个战争的结——因为我们双方拉得越紧，结也会打得越紧……如果不想把这个结打得更紧，不想使世界陷入热核战争的灾难，那么，让我们不仅放松拉在绳子末端的力量，还采取措施解开那个结。我们准备这样做。"

美国情报部门认为这封信是真诚的，其中的观点也正是人们愿意相信的。但在接下来的几个小时里，直到第二天晚上肯尼迪起草回信之前，紧张的局势都还在进一步加剧。世界处在刀口和浪尖上。

赫鲁晓夫 10 月 26 日致肯尼迪信函的第一页。

当局势缓和，肯尼迪给赫鲁晓夫回信

（1962 年 10 月 27 日）

苏联部署在古巴的核导弹，距离佛罗里达州海岸仅九十英里，这对菲德尔·卡斯特罗而言是自卫，但在美国人眼中则是咄咄逼人的挑衅。尽管肯尼迪的顾问们赞同用入侵古巴来解决这场危机，但他还是坚持走自己的路。

美国一得知苏联在古巴建造导弹基地，就开始讨论自己的所有选项，包括外交手段、先发制人的空袭或突然进攻。参谋长联席会议赞同采用最后一个选项，相信在这样的情况下苏联会抛弃古巴，让它自生自灭。然而，肯尼迪争辩说，"他们在发表所有的声明之后，不可能允许我们打掉他们的导弹、杀死大量俄国人，然后什么也不做。即使他们不在古巴采取行动，也一定会在柏林动手"。于是替代的措施是，美国海军在 10 月 22 日开始封锁古巴这个岛国。

当肯尼迪告诉美国人民（也告诉世界），任何来自古巴的攻击会被看作苏联发动的攻击时，紧张的局势升级了。赫鲁晓夫指责美国堵截它的船只是彻头彻尾的海盗行径，而中国也加入进来，承诺六亿五千万中国人民将站在古巴人民一边。美国的 B-52 型轰炸机飞往世界各地，随时准备对苏联本土发动攻击，同时动用了五百余架战斗机，准备攻击古巴。无人让步。

赫鲁晓夫给肯尼迪写了一封非常私人的信，谈及战争的愚蠢，第二天早上，他又写了一封更正式的信，内容包含苏联扩大化的和平提议，这次他提到美国在土耳其与苏联接壤边境上的导弹基地，以及苏联在古巴的导弹基地。苏联领导人提议，只要肯尼迪撤走土耳其的导弹，苏联就撤走古巴的导弹，并且，只要肯尼迪承诺不入侵古巴，苏联就承诺不入侵土耳其。

美国参谋长联席会议决定对赫鲁晓夫第二封信中关于土耳其的说辞不予理会，也没有在二十四小时内把这个新提议转达给肯尼迪。倒是肯尼迪写了一封信给赫鲁晓夫，接受了他第一封信中的那些较低条件。"读您的来信时，知道您建议的关键要点……如下：1. 您同意从古巴撤走这些武器系统……2. 就我方而言，我们同意……（a）立刻解除目前生效的隔离措施，（b）做出不入侵古巴的保证……"他补充说："如果把这些问题与欧洲和世界安全等更广泛的问题联系起来，从而拖延了关于古巴的讨论，肯定会加剧古巴危机并严重威胁世界和平。"

赫鲁晓夫立即接受了这个较小范围的约定。但当肯尼迪知道第二封信中提到的土耳其要素时，据报道，他这样说，"大多数人会认为这将是一个相当公平的交易，我们应该利用它"。尽管遭到他的和土方的顾问们反对，肯尼迪还是下令撤走那里的导弹基地。与此同时，对古巴港口的封锁监测了导弹从古巴运出的情况，并最终于11月20日解除。

为了预防今后出现的核恐慌，白宫和克里姆林宫之间建立了热线电话。至少古巴导弹危机之后的几年里，美苏之间的紧张关系大大缓和，一场如此逼近的会带来全球性灾难的危机，反倒成了明智外交和以书信迅速、坦率沟通而获益的范例。

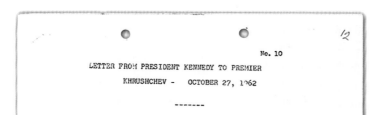

肯尼迪给赫鲁晓夫的回信标志着政治僵局的结束。

马丁·路德·金写自伯明翰监狱的信

（1963 年 4 月 16 日）

1963 年，马丁·路德·金因在亚拉巴马州伯明翰参加抗议活动而下狱。关押期间，有人带给他一份报纸，上面刊登了当地七名牧师（均为白人）对抗议的谴责。他当即在这份报纸的空白边缘起草一份答辩。

这是一封长信。当报纸写满了，他就用一名狱友偷偷给他的碎纸片来写，直到他的律师获准带给他一本记事本。"信本来会写得短很多，"他对批评他的牧师表示歉意，"如果我是在一张舒服的桌子上写的话。但当一个人独处狭小的牢房，除了写长信，久久地思考，久久地祷告，他还能做什么呢？"

"伯明翰，"马丁·路德·金博士写道，"可能算得上是美国种族隔离实行得最彻底的城市。其丑陋的残暴记录广为人知……伯明翰有多起黑人家庭和教堂发生爆炸的悬案，数量多于国内任何其他城市。"当他被指责是局外人，没有资格像当地人那样参加抗议时，他回应说："我来伯明翰是因为这里存在着不公正……任何地方的不公正都是对一切地方的公正的威胁。"他因被指控无证游行而遭逮捕，依据是不到一周前匆忙通过的一项不公正法律，以镇压伯明翰运动的协同行动。

七名牧师虽然对废除种族歧视的事业抱有同情，但认为应该在法庭上斗争，而不是在街头。正如马丁·路德·金指出的，对于他们，说这样的话很轻松，因为他们缺乏三百四十年的奴隶制和歧视给美国黑人带来的紧迫感。当白人提议，"有色人种终将获得平等的权利，但你们可能操之过急了"，他反驳，"做正确的事，时机总是成熟的"。

在信中一个极具感染力的段落里，马丁·路德·金向白人解释，在一个种族隔离的社会，身为黑人意味着什么。"当你们看到邪恶的暴徒对你们的父母施以私刑并淹死你们的兄弟姐妹……当你们看到充满仇恨的警察在辱骂、踢踹甚至杀害你们的黑人兄弟姐妹……当你试图向你六岁的女儿解释为什么她不能进入刚刚在电视上播放广告的公共游乐场，当她被告知游乐场禁止有色儿童进入而眼中泪光盈盈……'忍耐之杯'终于到了溢出的时候。"

该信的大部分内容是为非暴力的公民不服从运动辩护。"没有确定的法律和非暴力压力，我们就不可能在公民权利上取得任何成果……享有特权的群体很少愿意自动放弃他们的特权。"非暴力反抗可以在《圣经》中找到，经文记载着沙得拉、米煞和亚伯尼歌违反尼布甲尼撒二世的律法；也能在美国本土的波士顿倾茶事件里找到。希特勒的暴行在德国是合法的，人们反抗这暴行是错的吗？

马丁·路德·金非常直接地表达了他对国内白人宗教领袖的失望："温和的白人领袖专注于'秩序'甚于正义……我已经听到很多牧师说，'那些都是社会问题，与《福音书》没有真正的关系'。……是因为有组织的宗教太密不可分地受制于现状，以致无法拯救我们的国家和世界？"

正如人们在马丁·路德·金身上期望看到的，这是一封激情洋溢的信，充满了他那种植根于《圣经》的标志性雄辩力，通过使用重复的短语和发问来进行强调。这封信的写作环境给了它一种直观的和跃然于字里行间的愤怒。它成为美国社会学和政治学学生的标准课文，在马丁·路德·金满怀激情写下它之后的几十年里，它被收入在五十多部选集中。

伯明翰警察局摄于马丁·路德·金博士被捕后。

马丁·路德·金给当地七名牧师的信

1963 年 4 月 16 日

亲爱的牧师同行:

当身陷伯明翰的囹圄,我偶然看到你们最近的声明,称我当前的活动是"不明智和不合时宜的"。我很少停下来回答别人对我工作和想法的批评,如果我要回答摊在桌上的所有批评,那么我的秘书们每天除了处理这些信件,就几乎没有时间做其他事情,而我也会无暇从事建设性的工作。但因为我觉得你们是抱有真心善意的人,你们提出的批评是出于内心的真诚,所以,我希望试着用宽容和理性的措辞回应你们的声明。

我来伯明翰是因为这里存在着不公正。正如公元前 8 世纪的先知们离开他们的村庄,把他们的"耶和华如此说"传到远离他们家乡的地区,正如使徒保罗离开他的塔尔苏斯村,把耶稣基督的福音带到希腊－罗马世界的边远角落,所以我也不得不把自由的福音带出我的家乡。像保罗那样,我必须持续对马其顿人要求援助的呼声做出回应。

此外,我认识到所有社区和国家之间的相互关系。我不可能安坐在亚特兰大袖手旁观伯明翰发生的一切。任何地方的不公正都是对一切地方的公正的威胁。我们被困在一个无法逃脱的、相互依存的网中,受制于相同的命运。任何直接影响一个人的事,都会间接影响所有的人。我们再也不能忍受狭隘守旧的"外来煽动者"的想法。只要是任何生活在美国的人,在其境内的任何地方都不能被认为是局外人。

你们谴责在伯明翰发生的示威活动。但是,我要遗憾地说,你们的声明没有对引发示威游行的原因表达同样的关切……

普罗富莫的辞职为英国政坛最大的性丑闻画上句号

（1963 年 6 月 4 日）

　　当今，政治丑闻和性丑闻如此频繁地见诸报端，以致它们不再会毁掉一个政治家的职业生涯。然而，回溯 20 世纪 60 年代的英国，丑闻的暴露是一种羞愧和耻辱之源，会使当事者毁了事业，在某些情况下甚至失去生命。

　　约翰·普罗富莫是一位著名的英国政治家。第二次世界大战期间，他是一名国会议员兼现役军官，参加过北非和诺曼底登陆当天的战斗。他在保守党内逐步晋升，1961 年被首相哈罗德·麦克米伦任命为陆军大臣。

　　普罗富莫与女演员瓦莱丽·霍布森结婚。瓦莱丽·霍布森在银幕上的最伟大时刻，是在大卫·里恩执导的《远大前程》和伊琳制片公司的经典黑色喜剧《仁心与冠冕》中的演出。与一位杰出的政治家结婚让她得以继续在公众的关注下享受生活，所以嫁给普罗富莫之后，她放弃了演艺事业。她的告别演出是在《国王与我》中与赫伯特·罗姆的对手戏。

　　1961 年，她的丈夫和电话应召女郎克里斯蒂娜·基勒有一段短暂的婚外情，他们是在一个上流社会的泳池派对上相识的。这段婚外情只持续了几个星期，然后普罗富莫就结束了它。但在 1962 年，和基勒有关系的另两名男子卷入了一桩枪击案，她因此成为好事媒体关注的对象，事情的细节也一一浮出水面，她不仅与普罗富莫有过风流艳史，还与苏联驻伦敦大使馆的一名海军武官叶夫根尼·伊万诺夫有染。

　　这两段婚外情是同时发生的，伊万诺夫当时和基勒、普罗富莫一起参加了泳池派对。从陆军大臣到苏联特工，这种潜在的安全缺口敲响了权力走廊的警钟，但在那时，英国报界对公众人物的私生活采取某种谨慎克制的态度。直到一个政治对手利用议员豁免权（免于诽谤起诉）的保护，指控普罗富莫泄露国家机密时，这段婚外情才被公开讨论。

　　普罗富莫否认此事，但是当新闻记者深挖下去，真相表明，这位大臣虽然是位可敬的人，但对不明智的露水情缘，他并不是生手。早在战争和结婚之前，他就与一名德国模特有过一段情，该女子后来在法国沦陷后的首都巴黎为德国做情报工作。他和基勒的婚外情被坐实了。当时，对议会议员同侪说谎被视为一种重大罪行，普罗富莫决定，他必须给首相写一封信。

"您会想起，"他写道，"3月22日那天，在议会提出某些指控后，我发表了一份个人声明。在我的声明中，我说过我在这种交往中没有任何不当行为。令我深为悔恨的是，我不得不承认这不是真的，我误导了您和我的同僚以及议会。"约翰·普罗富莫觉得他别无选择，只能辞去政府职务，

哈罗德·麦克米伦感激地接受了他的辞职。

经调查，没有发现国家安全受到破坏的证据，但约翰·普罗富莫倾其余生从事慈善工作，试图以此弥补自己昔日的荒唐。他的妻子支持他。正是因为这桩政治丑闻，政府的权威被撼动了，这一年晚些时候，麦克米伦本人也辞职了。伊万诺夫被召回到莫斯科。基勒遭到媒体追逐，在经历了两段短暂的婚姻之后，她独居并远离公众生活，于2017年去世。而西蒙·沃德，那名被指控为基勒的皮条客并把她介绍给普罗富莫及伊万诺夫的男子，在审判期间自杀身亡。

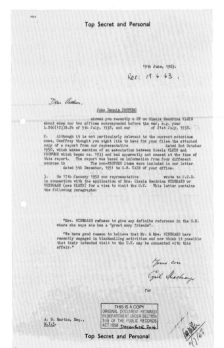

普罗富莫辞职后，有消息透露，军情五处已经掌握了一份他早前与一名德国模特有染的文件。

陆军大臣约翰·普罗富莫。

克里斯蒂娜·基勒。

切·格瓦拉告诉卡斯特罗他想要继续战斗

（1965 年 4 月 1 日）

在推翻美国扶持的古巴独裁者富尔亨西奥·巴蒂斯塔的过程中，马克思主义革命者埃内斯托·切·格瓦拉是菲德尔·卡斯特罗的副手。在建立了他们自己的共产主义国家后，切在一封回顾他们合作关系的信中向菲德尔告别。

切·格瓦拉想把成功的古巴革命输出到世界各国，而卡斯特罗更倾向于留在国内，领导自己的国家。毕竟，菲德尔是古巴人，而切是阿根廷人。切看到资本主义在整个南美引发的贫困和灾难，因此被马克思主义所吸引。

1954 年，他目睹了美国中央情报局应一家美国私营企业"联合果品公司"的要求，颠覆了危地马拉的社会主义政府，因为该公司的运作和利益正受到危地马拉政府的限制。该公司已习惯把危地马拉当作自己私家的香蕉共和国来经营。这一年的晚些时候，格瓦拉在墨西哥城遇见卡斯特罗，二人缔结了革命友谊，最终推翻了美国扶持的古巴政府。1959 年元旦，战败的巴蒂斯塔逃离古巴。

切对新古巴的贡献包括扫盲计划和农业改革。他在战术上的才能帮助击退了美国对古巴猪湾灾难性的入侵，他还推动苏联核弹头的安装，加速了古巴导弹危机。他曾担任古巴社会主义品牌的国际大使，加以早年在南美旅行的经历，使他确信有进行全球革命的必要。

1965 年，他离开古巴去启动改变外国的革命，首先是在刚果，后来是在玻利维亚。离开之前，他给卡斯特罗写了一封告别信，他想让这封信在他死后发表。他愿意为革命事业献身，正如他在信中回忆："有一天，他们走过来问，万一我死了，该通知谁，而它真实发生的可能性震撼了我们所有人，后来我们明白这是真的，在一场革命中，人不是胜利就是牺牲。"

他解释他的离开："世界其他国家在召唤我付出微薄的努力。我可以做你基于古巴领导人的责任而不能做的事，现在到了我们分开的时候。"他退出的背后原因也可能与他的工业改革计划失败有关，还有，他推崇中国的社会主义模式甚于卡斯特罗偏爱的苏联版本。但在这封他打算发表的信中，他对卡斯特罗竭尽溢美之词。

"我仅有的严重失误［革命期间］，是没有足够快地理解您作为一个领袖和革命者的品质。我曾经有过辉煌的日子，"他表示，"我会把您教给我的信念带到新的战场。无论我在哪里，我都会感受到作为一名古巴革命者的责任。"

在这封信中，他辞去了他的政治和军事职务，并宣布放弃他的古巴公民身份，象征性地使自己融入一个更全球化的共产主义社区。格瓦拉在刚果发动革命的行动失败了。"没有斗志。"他抱怨说，1966年他去了玻利维亚，以追求更富成果的革命运动。在那里，他虽然取得了更大的成功，但却被中央情报局支持的政府军逮捕。他被匆匆处死，以避免任何正式审判所引起的国际关注。他死后，这位理想主义革命者的面容，成为 20 世纪 60 年代反体制运动的圣像，出现在数以百万计的 T 恤衫和海报上。

古巴圣克拉拉的切·格瓦拉陵园为这位革命者修建的纪念碑。纪念碑上刻有格瓦拉致卡斯特罗告别信的全文。

切·格瓦拉给菲德尔·卡斯特罗的辞职信

在这一刻，我记起了很多事情：当我在玛丽亚·安东尼娅的家里遇见您时，当您提议我一起加入时，一切的准备都很紧张。有一天，他们走过来问，万一我死了，该通知谁，而它真实发生的可能性震撼了我们所有人，后来我们明白这是真的，在一场革命中，人不是胜利就是牺牲（如果他是一个真正的革命者）。很多同志在通往胜利的路上倒下了。

如今，一切都少了些戏剧性，因为我们更成熟了，但事情在不断重复。我觉得我已经完成了我系于古巴这片土地上的革命的那部分责任，现在我要向您、向同志们、向您的人民（现在也是我的人民）道别。

我正式辞去我在党内领导层的职位，辞去我的部长职务和指挥官军衔，并放弃我的古巴公民身份。我与古巴没有任何法律上的约束。唯一的联系是其他性质的——这些联系不能像任命职位那样可以被中断。

回顾我过往的生涯，我相信我已经用足够的真诚和献身精神去工作，以巩固革命的胜利。我仅有的严重失误，是没有在塞拉马斯特拉山脉的第一刻起就对您抱有更多的信心，以及没有足够快地理解您作为一个领袖和革命者的品质。

我曾经有过辉煌的日子，在加勒比海［导弹］危机的灿烂而悲伤的日子里，在您的身边，我为我属于我们人民而深感骄傲。在那个时代，很少有政治家像您这样才华横溢。我还自豪于毫不犹豫地跟随您，自豪于认同您的思考、审视及评估危险和原则的方法。

世界其他国家在召唤我付出微薄的努力。我可以做你基于古巴领导人的责任而不能做的事，现在到了我们分开的时候。

您应该明白我是怀着快乐和悲伤的心情这样做的。作为一个建设者，我把我至纯的希望留在这里，把那些我珍视的至爱留在这里。我离开的是一个把我视为儿子接纳的民族。这使我的心灵有些伤痛。我带着您教给我的信念，带着我的人民的革命精神，带着履行最神圣职责的感觉，奔赴新的战场：反对存在于任何地方的帝国主义……

水门事件审判后，詹姆斯·麦科德致信约翰·西里卡法官

（1973 年 3 月 19 日）

　　"白宫水管工"是白宫设立的一个安全专家秘密小组。正如它的名字所暗示的，目的是制止破坏性的泄露行为，比如五角大楼文件。作为一个秘密组织，它的第一项规则就是：不要把其名称置于办公室的门上。

　　这是该小组成员 G. 戈登·利迪开的一个玩笑，他在门上挂了一块标牌，上面写着"水管工"；虽然它很快就被撤下，但这个名字还是传开了。"水管工"干的第一件脏活就是试图让丹尼尔·埃尔斯伯格名誉扫地，他曾是一名军事战略家，向媒体泄露过五角大楼关于进行越战的文件。

　　1972 年，当尼克松总统寻求连任时，"水

1973 年 4 月 22 日，詹姆斯·麦科德在参议院水门事件委员会做证，并展示了一个用以窃听民主党人的窃听器。

管工"卷入了总统连任竞选活动。作为律师和前联邦调查局特工的利迪，建议在华盛顿水门大厦民主党全国委员会办公室安装窃听器。安装窃听器的行动被伪装成一场偷窃行为，在总统连任竞选安全协调员詹姆斯·麦科德的指挥下，由一组"水管工"参与实施。

　　直到 5 月 28 日"水管工"非法闯入之后，才发现他们安装的录音带没有正常工作。于是第二次"入室偷窃行动"在 6 月 18 日凌晨实施，结果闹出了很大的乱子。一名警觉的守夜人发现门锁被摆弄过，于是报警。"水管工"的监视哨没有注意到警察的抵达，因为这些警察都是嬉皮士打扮，来自一支针对街头犯罪的秘密巡逻队。他们当场逮住了五个正在作案的"水管工"，包括麦科德在内，还缴获开锁工具、照相机和成捆的大面额现金——就像这是一群

卡通猫夜贼。

白宫撇清了自己与这项犯罪的关系，暗示中央情报局和古巴涉及此案。尽管知道这些作案者和总统连任竞选有关，但尼克松还是以压倒性优势再次当选。1973年1月，即尼克松总统第二任期后的第十天，所有五名夜贼连同利迪和另一名前中央情报局的"水管工"霍华德·亨特接受了审判，被判定有罪。"水管工"用缄默法则，即保持沉默，成功地避开了与尼克松竞选活动的任何关联。

然后在1973年3月，被宣判有罪的詹姆斯·麦科德写了一封信给审讯他的约翰·西里卡法官，该法官怀疑在非法闯入水门大厦的背后有一个高层的阴谋集团。麦科德在信的开头谈及对自己法律地位、生计和人生的担忧。"我相信，报复会落在我、我的家人和我的朋友身上。"然而，"为了恢复对刑事审判系统的信心，……我将做如下陈述，希望能帮助你在本案中伸张正义"。

麦科德决定做出正确的陈述。"被告受到要求他们认罪并保持沉默的政治压力，"他开始说，"在审判过程中，做出伪证……"麦科德暗示，"其他参与者在审判中没有被指认出来，而那些证人当时本可以指认他们"。最重要的是，他断然驳斥了白宫对事件的说法。"水门事件并非中央情报局的运作。古巴人可能被其他人误导，以为这是中央情报局的运作。我知道事实并非如此。"

非法闯入水门大厦这一事件九个月后，麦科德的来信重新点燃了公众对水门事件的兴趣，而这是白宫希望人们忘却的。媒体重新开始调查，特别是来自《华盛顿邮报》的鲍勃·伍德沃德和卡尔·伯恩斯坦的调查，揭露了一个由理查德·尼克松（"狡猾的迪基"）主导的充满肮脏把戏的毒蛇窝。尼克松于1974年8月9日主动辞职，以避免遭弹劾下台，一个月后，他的前副总统和继任者杰拉尔德·福特赦免了他——也许，这是一个粉刷而不是修水管的案例。"白宫没有粉饰"的说辞也到此为止。

麦科德的信使水门事件重新发酵，最终导致总统下台。

罗纳德·韦恩以八百美元卖出他百分之十的苹果股份

（1976 年 4 月 12 日）

后悔通常是一种无用的情绪。雅达利公司的前雇员罗纳德·韦恩对他在 1976 年做出的一个金融决策并无太多悔意，这本可以让他多拥有一千亿美元。

1976 年，罗纳德·韦恩为电脑游戏先驱雅达利公司设计文档系统，同事中有两位名叫史蒂夫的人，姓氏分别为乔布斯和沃兹尼亚克。韦恩具有工程师的头脑，富有远见，擅长解决问题。他的两位同事都是年轻人，沃兹尼亚克比韦恩年轻十六岁，而乔布斯的年龄几乎只有韦恩的一半。当时韦恩四十一岁，阅历丰富，而两个史蒂夫却有年轻人天马行空的雄心壮志。

韦恩的年龄和阅历足以让他知道自己的局限性。五年前，他曾经试图放弃他的工作，创办自己的公司，向游乐场兜售吃角子老虎机。他的商业冒险失败了，后来他回忆说："我很快就发现我不适宜做生意，我从事工程工作要好得多。"这次失败造成了韦恩精神上的创伤，他坚持在接下来的一年里偿还投资者的资金。

在雅达利公司，乔布斯爱和沃兹尼亚克争论电脑的未来，有时候向年长的、更有经验的人征求对争论观点的意见。一天晚上下班之后，他们全都去了韦恩家，讨论当天的话题。很明显，沃兹尼亚克和乔布斯会大有作为，那天晚上他们商量成立一个新公司来施展他们的抱负。他们知道，在如何运作公司的未来方向上，他们还将会有争论，所以他们邀请韦恩作为第三方投资人，以调解任何争端。这是一个慷慨的提议，韦恩接受了。他会获得百分之十的红利，两位史蒂夫各得百分之四十五。

在创办公司的过程中，罗纳德·韦恩发挥了充分的作用。他起草了相关条款以界定他们三人间的合作关系，还撰写了苹果 1 代电脑——他们公司第一款产品——的使用手册。韦恩还设计了苹果公司最早的标志——一幅艾萨克·牛顿爵士坐在苹果树下的画，是老式木版画风格。这个古色古香的图像并不真正适合一家即将改变未来的公司，在一年之内，它就被一个彩虹色的版本所取代，变成了更为人熟悉的苹果图形。

然而，韦恩对自己的合伙人角色感到焦虑。合伙人有责任平等承担公司造成的亏损，但年轻的乔布斯和沃兹尼亚克没有财产可赔，韦恩担心他必须承担一切亏损的责任。在他这样的年龄，遭遇了老虎机生意的失败，他为此拼命地努力工作，不能再冒风险失去这一切。

1976年4月12日，即苹果公司正式成立不到两个星期，他写了一封信给企业注册处，中止了他和苹果公司的联系，并转让他百分之十的股份，其价值是八百美元。他后来说："这是当时我根据手头的资讯做出的最佳决定。"一年以后乔布斯和沃兹尼亚克吸引了其他的投资者，另外再支付给韦恩一千五百美元，以杜绝他未来对公司的任何索求。因此，对韦恩的百分之十股权，他的总收益是两千三百美元。考虑到通货膨胀，在2018年，这两千三百美元的价值略高于一万美元。而在同一

年，苹果公司的净值超过一万亿美元，其中的百分之十就是一千亿美元。

韦恩今天唯一的遗憾就是卖掉了他最初的苹果合约。2000年，他以五百美元出让，而2011年，在拍卖会上，这份由公司合伙人签署的文件以一百二十六万美元的价格卖出。

罗纳德·韦恩通过签署这份协议信退出了公司。他甚至在出售这份文件时也吃了亏。

比尔·盖茨给正在盗用他软件的电脑爱好者写了一封公开信

（1976 年 2 月 3 日）

媒体盗版不是什么新鲜事。自飞利浦公司发明了盒式磁带以来，人们就一直用它来录制唱片。到了数字化时代，正如比尔·盖茨在微软公司早期付出代价后发现的那样，非法拷贝变得更为容易了。

早期，家用电脑并不是供普遍使用的，而是适合极客、电脑迷和技术奇才的定向产品。这些数字时代的先驱们被称为业余爱好者，他们成立俱乐部，分享在硬件、软件和编写程序方面的实验。

当牛郎星 8800 微型电脑在 1975 年 1 月号的《大众电子》杂志上推出时，比尔·盖茨和保罗·艾伦看到了一个商机。他们依

微软早期，比尔·盖茨（坐者）与合伙人保罗·艾伦的合影。

靠蒙特·达维多夫的帮助，写出了一个 BASIC（初学者通用符号指令码）版本的编程软件，用于新的样机。牛郎星 8800 微型电脑的制造商 MITS（微仪系统家用电子公司）给该软件发放了许可证，1975 年 4 月，盖茨和艾伦共同创办了微软公司，以开发牛郎星 BASIC 软件。他们花了这一年余下的时间改善它，并增加了一些新的功能特点。

MITS 公司用一辆定制的野营车销售他们的产品，他们驾着它跑遍了电脑俱乐部和电脑商店。当他们巡回到位于帕洛阿尔托的家酿计算机俱乐部推销产品时，有人偷走一盘牛郎星 BASIC 磁带，拷贝了五十份，在俱乐部的下一次会议上分发。到该年年底，牛郎星 8800 电脑的销售量达到每月数千台，但牛郎星 BASIC 软件仅仅售出数百件。盗版之风猖獗。

在沮丧和缺乏资金的状况下，盖茨给

美国的电脑爱好者写了一封公开信，发送到全国各地的俱乐部和电脑杂志。"我们从数百名使用 BASIC 软件的用户那里得到的反馈是积极的。"他这样开始。但是他评论道，只有不到百分之十的牛郎星电脑用户购买了 BASIC 软件，而它销售给业余爱好者所得的版税少之又少，花费在牛郎星 BASIC 软件上的时间价值每小时不足两美元。盖茨将这与他们开发这款软件所花费的四万美元电脑时间进行比照。

他对产品用户所持的普遍批评态度是可以理解的。"正如大多数业余爱好者必须明白的那样，你们大多数人使用的软件是偷窃来的。硬件必须付钱，但软件却成了某种共享的东西。谁会在乎为它工作的人是否得到了报酬？"这是对那些早期热衷此道的人的严厉指责，在缺乏大量可用商业软件的情况下，他们很习惯把自己的编程软件变成所有人可以分享的利益。

但当然，盖茨所言不无道理。"你们现在所做的就是阻止人们编写出好的软件，"他斥道，"谁受得了一无所得地从事专业工作？哪个业余爱好者会花三年的精力去编写程序、寻找所有的瑕疵、撰写产品的文档，然后无偿地分发给别人使用？"他宣布，微软公司正在开发新的软件，"但是几乎没有什么动力让我们向电脑爱好者提供这款软件"。他直言不讳，"最明显不过，

你们做的事情就是偷窃"。

比尔·盖茨的信很尖锐。电脑杂志普遍支持他，这些杂志着眼的是电脑业余爱好者的未来。但业余爱好者却愤怒了。他们质疑牛郎星 BASIC 软件的两百美元成本和它的四万美元开发费用。他们说，如果微软公司亏本，那么问题出在微软的商业模式上。在家酿计算机俱乐部 1976 年 2 月号的时事通讯中，会员迈克·海斯写的另一封公开信，不无苦涩地指出："顺便说一下，把你所有潜在的未来客户都称为小偷，可能是'不明智的营销策略'。"

An Open Letter to Hobbyists

　　To me, the most critical thing in the hobby market right now is the lack of good software courses, books and software itself. Without good software and an owner who understands programming, a hobby computer is wasted. Will quality software be written for the hobby market?

　　Almost a year ago, Paul Allen and myself, expecting the hobby market to expand, hired Monte Davidoff and developed Altair BASIC. Though the initial work took only two months, the three of us have spent most of the last year documenting, improving and adding features to BASIC. Now we have 4K, 8K, EXTENDED, ROM and DISK BASIC. The value of the computer time we have used exceeds $40,000.

　　The feedback we have gotten from the hundreds of people who say they are using BASIC has all been positive. Two surprising things are apparent, however. 1) Most of these "users" never bought BASIC (less than 10% of all Altair owners have bought BASIC), and 2) The amount of royalties we have received from sales to hobbyists makes the time spent of Altair BASIC worth less than $2 an hour.

　　Why is this? As the majority of hobbyists must be aware, most of you steal your software. Hardware must be paid for, but software is something to share. Who cares if the people who worked on it get paid?

　　Is this fair? One thing you don't do by stealing software is get back at MITS for some problem you may have had. MITS doesn't make money selling software. The royalty paid to us, the manual, the tape and the overhead make it a break-even operation. One thing you do do is prevent good software from being written. Who can afford to do professional work for nothing? What hobbyist can put 3-man years into programming, finding all bugs, documenting his product and distribute for free? The fact is, no one besides us has invested a lot of money in hobby software. We have written 6800 BASIC, and are writing 8080 APL and 6800 APL, but there is very little incentive to make this software available to hobbyists. Most directly, the thing you do is theft.

　　What about the guys who re-sell Altair BASIC, aren't they making money on hobby software? Yes, but those who have been reported to us may lose in the end. They are the ones who give hobbyists a bad name, and should be kicked out of any club meeting they show up at.

　　I would appreciate letters from any one who wants to pay up, or has a suggestion or comment. Just write me at 1180 Alvarado SE, #114, Albuquerque, New Mexico, 87108. Nothing would please me more than being able to hire ten programmers and deluge the hobby market with good software.

Bill Gates
Bill Gates
General Partner, Micro-Soft

比尔·盖茨二十岁时写的这封信预示他与客户的关系前景不佳。

迈克尔·舒马赫因为划掉了定冠词"the"而成为世界冠军

（1991 年 8 月 22 日）

当年轻的迈克尔·舒马赫突然有机会驱车参加比利时大奖赛，乔丹大奖赛车队希望能顺利地与这个德国人签订一份长期合同。在最后一刻，舒马赫对协议书中的措辞做了重要修改。

在 20 世纪 90 年代初，梅赛德斯公司车队有三名驾驭他们 C11 型运动车的高手，他们是卡尔·温德林格、海因茨-哈拉尔德·弗伦岑和迈克尔·舒马赫。弗伦岑被大多数专家认为是赛车运动的天才，他已经进入了单座 F3000 跑车的赛事，仅低于顶级的 F1（国际汽车联合会一级方程式锦标赛）。

魅力无穷的爱尔兰人埃迪·乔丹是一位精明的车队老板。他本人也是一名赛车手，并已进入驾驶 F3000 跑车的行列，后来在一级方程式赛事最高领导人伯尼·埃克尔斯通的帮助下，组建了自己的 F1 车队。但是，1991 年，他两名车手中的伯特兰·加绍在与一名伦敦出租车司机发生争执后，因为对出租车司机使用了催泪瓦斯，出人意料地被收监入狱。

比利时大奖赛是紧接在 F1 大奖赛后面的一场赛事，乔丹突然有了一个空缺需要填补。梅赛德斯公司渴望让一名德国车手登车进入 F1 赛场，于是同意了乔丹的要求：在 1991 年剩余的赛事中，为舒马赫的每场比赛支付十五万英镑（二十万美元）的出场费，另外再为 1992 年和 1993 年支付三百五十万美元。

乔丹同样渴望舒马赫加入他羽翼未丰的车队。他的另一名车手安德烈亚·德·切萨里斯，只能算是 F1 车手中的熟练工；在他职业生涯行将结束时，动辄发生意外事故，因为他带来了赞助，他才有了一个车手席位。如果舒马赫真的像赛车场里一些人认为的那样优秀，那么将会把竞争机制引入车队，吸引更多的赞助者，乔丹也无须依赖"付费车手"了。

乔丹寄给这个德国人一份车手协议书，舒马赫回信说：

我确认，如果您让我参加 1991 年的

比利时大奖赛，我将在去蒙扎站之前与您签署一份（那份）有关我服务于1991年、1992年、1993年以及梅赛德斯有1994年首选权的车手协议。

信的关键所在是他划掉了其中的用词"那份"而代之以"一份"。

比利时大奖赛开赛在即，时间紧迫，舒马赫需要一个车手席位，需要驾车在银石赛道上短暂地跑一跑，然后才有可能顺利越过F1最考验人的赛道和可怕的艾奥罗格弯。乔丹没有坚持让他重新写一封信。

在比赛中，舒马赫在初赛中取得第七名的成绩，相当于乔丹车队本赛季的最佳排位（最好的起步名次），而安德烈亚·德切萨里斯则慢了零点七秒，排在第十一名。比赛不尽如人意，因为舒马赫的离合器在一开始就断了，但他已展现了自己前途无量，发车区的其他车队开始流露与这位德国人签约的兴趣。

但是，乔丹手中握有一份协议——或者他是这样认为的。舒马赫的经纪人威利·韦伯辩称，他们同意签署的是"一份"合同，而不是"那份"合同，"一份合同"可以是任何东西，比如一份每年参观他工厂两次的合同。法庭采纳了他的辩词，所以迈克尔·舒马赫以自由之身加入了贝纳通车队。

在接下来的两年里，乔丹为他表现不佳、不可靠的引擎而苦苦挣扎。如果舒马赫被迫留在这个车队，那么他的职业最终可能会陷于停滞。然而贝纳通车队里并不是每个人都欢迎舒马赫加入。一年以后，舒马赫赢得了比利时大奖赛，并在1994年成为世界冠军，他还是七届世界冠军的获得者。不幸的是，他在2013年的一次滑雪事故中丧失了行动能力。

埃迪·乔丹对事态的发展颇为冷淡。"很难想象，F1车赛的大事，竟能因为合同中的用词不是'那份'而是'一份'而导致不同的结果，"他对《赛车新闻》说，"但有时候赛车就是这样。这使我自此以后对每一份文件都非常注意。"

在和乔丹大奖赛车队一起参加了一场比赛之后，迈克尔·舒马赫成为七次世界冠军的获得者（五次驾驶法拉利赛车），是赢得F1大奖赛最多次的车手。

JORDAN GRAND PRIX LIMITED
21 SILVERSTONE CIRCUIT
SILVERSTONE
NORTHAMPTONSHIRE
NN12 8TN
ENGLAND
TEL.0327 857153
FAX.0327 858120
TELEX 312341 EDDIE JG

22 August 1991

For the attention of Eddie Jordan

Dear Eddie

I confirm that if you enter me in the 1991 Belgian Grand Prix I will sign ~~the~~ driver agreement with you prior to Monza in respect of my services in 1991, 1992, 1993 and subject to Mercedes' first option, 1994. ~~The driver agreement will be substantially in the form of the agreement produced by you with only mutually agreed amendments.~~

Ltd
I understand that PP Sauber ~~AG~~ will pay you £150,000 per race for 1991.

I also understand that you require US$ 3.5 million for both 1992 and 1993 and if I or my backers are unable to find this money you will be entitled to retain my services in those years.

Yours sincerely

Michael Schumacher

这封寄给赛车队老板埃迪·乔丹的信和它的初稿有很重要的不同之处。

214

谢伦·沃特金斯致信批评安然公司的可疑账目

（2001 年 8 月）

从 20 世纪 30 年代的一家天然气分销公司起步，安然公司在 20 世纪 90 年代中期肯尼思·莱担任其首席执行官时迅速发展。从一开始，他就把公司的收益扩展到远非它的根基所能及，实际是在以有问题的交易来透支公司的能力。这是一个即将破裂的泡沫。

1990 年，来自破产的休斯顿第一城市国家银行的杰弗里·斯基林和来自破产的大陆伊利诺国家银行暨信托公司的安德鲁·法斯托，加入了安然公司莱的团队。这三个人买下或构建了一个由相互依赖的公司组成的跨国迷宫，在这些公司中，他们隐瞒债务和夸大利润。他们在休斯敦的公司总部形成了一种企业文化，即公司的董事们和会计师们对这三个人的可疑行径熟视无睹，对不时发生的非法利益冲突一味容忍，而不是质疑。

在跨国扩张和惊人利润的光鲜外表背后，隐藏着用虚假的子公司隐瞒亏损的欺骗性会计系统。通过这种做法，安然公司故意误导股东，让他们相信公司能为他们的投资带来良好的回报，从而保证了资金源源不断地流入公司，流入公司执行高管的口袋。

然而，在 2001 年 8 月，杰夫·斯基林从安然公司辞职，公司负责企业发展的副总裁谢伦·沃特金斯表露了对公司会计系统的担忧。她给莱的信最初是匿名寄出的。她早先在安然的安达信会计事务所工

2002 年 2 月 26 日，谢伦·沃特金斯（左）、杰弗里·斯基林（中）和杰弗里·麦克马洪在美国参议院商业、科学和运输委员会做证。

作，她明白她在谈论什么。"我非常担心，"她承认，"我们会在一波会计丑闻中崩溃。"

斯基林突然从一家据称财务状况如此好的公司辞职，看上去确实疑点重重。"我想，"沃金斯写道，"他不是在开玩笑，他看到了前景，知道无法填补这个漏洞，他宁可现在弃船，也不愿两年后在羞愧中辞职。"她特别考虑到名叫"秃鹫"和"猛禽"的两个计划，它们分别将在 2002 年和 2003 年到期，但无法实现承诺的回报。"这有点像在某一年抢劫了银行，而试图在两年后偿还。"她告诉莱。"我们处于太多的审查之下，可能有一两个不满'调动的'员工，他们熟知这种'可笑的'会计制度，这会使我们陷入困境。"

她向肯尼思·莱提出的问题在安然公司和它的会计师办公室引发了无声的恐慌，高管们纷纷抛售所持的股票，安达信会计事务所则销毁文件，同时坚称安然公司的运行非常健康。

公司的门面坍塌了，12 月 2 日，安然成为美国历史上最大的破产公司。当时位列全球五大会计公司之一的安达信也倒闭了。斯基林以重罪被判二十四年徒刑，服刑十二年后于 2019 年 2 月出狱。法斯托被判犯有欺诈、洗钱和共谋罪，因向检方提供证据而被减刑，并于 2006 年获释。莱的十项罪名被判成立，但他在宣判前死于心脏病发作。谢伦·沃特金斯则在各种会议上就美国企业文化的危险发表演讲。

Dear Mr. Lay,

Has Enron become a risky place to work? For those of us who didn't get rich over the last few years, can we afford to stay?

Skilling's abrupt departure will raise suspicions of accounting improprieties and valuation issues. Enron has been very aggressive in its accounting—most notably the Raptor transactions and the Condor vehicle....

We have recognized over $550 million of fair value gains on stocks via our swaps with Raptor, much of that stock has declined significantly.... The value in the swaps won't be there for Raptor, so once again Enron will issue stock to offset these losses. Raptor is an LJM entity. It sure looks to the layman on the street that we are hiding losses in a related company and will compensate that company with Enron stock in the future.

I am incredibly nervous that we will implode in a wave of scandals. My 8 years of Enron work history will be worth nothing on my resume, the business world will consider the past successes as nothing but an elaborate accounting hoax. Skilling is resigning now for "personal reasons" but I think he wasn't having fun, looked down the road and knew this stuff was unfixable and would rather abandon ship now than resign in shame in 2 years.

Is there a way our accounting gurus can unwind these deals now? I have thought and thought about how to do this, but I keep bumping into one big problem—we booked the Condor and Raptor deals in 1999 and 2000, we enjoyed a wonderfully high stock price, many executives sold stock, we then try and reverse or fix the deals in 2001 and it's a bit like robbing the bank in one year and trying to pay it back 2 years later....

I realize that we have had a lot of smart people looking at this and a lot of accountants including AA & Co. have blessed the accounting treatment. None of this will protect Enron if these transactions are ever disclosed in the bright light of day....

The overriding basic principle of accounting is that if you explain the "accounting treatment" to a man on the street, would you influence his investing decisions? Would he sell or buy the stock based on a thorough understanding of the facts?

My concern is that the footnotes don't adequately explain the transactions. If adequately explained, the investor would know that the "Entities" described in our related party footnote are thinly capitalized, the equity holders have no skin in the game, and all the value in the entities comes from the underlying value of the derivatives (unfortunately in this case, a big loss) AND Enron stock and N/P....

The related party footnote tries to explain these transactions. Don't you think that several interested companies, be they stock analysts, journalists, hedge fund managers, etc., are busy trying to discover the reason Skilling left? Don't you think their smartest people are pouring [sic] over that footnote disclosure right now? I can just hear the discussions—"It looks like they booked a $500 million gain from this related party company and I think, from all the undecipherable ½ page on Enron's contingent contributions to this related party entity, I think the related party entity is capitalized with Enron stock.".... "No no, no, no, you must have it all wrong, it can't be that, that's just too bad, too fraudulent, surely AA & Co. wouldn't let them get away with that?"

2001 年 8 月 14 日安然公司首席执行官杰弗里·斯基林突然离职后，谢伦·沃特金斯以匿名的方式将这封信寄给了董事长肯尼思·莱。

216

大卫·凯利博士承认他是英国广播公司
批评性报道的线人

（2003 年 6 月 30 日）

　　2002 年，英国政府委托制定一份评估伊拉克拥有大规模杀伤性武器的档案。其目的是支持英国参与入侵伊拉克的计划，以推翻该国领导人萨达姆·侯赛因。事实证明，这是发动战争最站不住脚的借口。

　　这份后来被称为"骗人档案"的内容包括：声称伊拉克在接到其总统萨达姆·侯赛因的任何命令后，有能力于四十五分钟内发射化学和生物武器。生物战专家大卫·凯利博士被要求审阅这份档案，他不同意其中的一些见解，包括四十五分钟的反应时间。

　　接下来，在 2003 年 3 月，美英联合入侵了伊拉克，以消除其大规模杀伤性武器为明确的目标，并阻止其对恐怖主义的支持。入侵部队并没有找到伊拉克拥有大规模杀伤性武器的证明。2003 年 5 月，英国广播公司记者安德鲁·吉利根对凯利博士

前联合国武器专家大卫·凯利博士，摄于 2003 年 7 月 15 日抵达英国下议院时，那是他自杀的前两天。

做了一次非正式采访，凯利表达了他对该档案持保留态度。他告诉吉利根，他相信它被托尼·布莱尔首相的通讯总监阿拉斯泰尔·坎贝尔"添油加醋"过，目的是鼓动公众支持入侵。

　　吉利根随后在他的广播报道中重复了该指控，提及坎贝尔，但没有提到他的线人凯利。而反对入侵的对手死死抓住这点不放，以此证明布莱尔故意伪造理由发动战争。英国人丧失了生命，伊拉克则在缺乏战后规划的情况下陷入了混乱，而发动战争的主要理由也不存在。英国广播公司面临的压力与日俱增，要求它披露消息的

来源，于是凯利博士决定写一封信给他所属国防部的部门主管，私下承认他和吉利根见过面。

他虽然确实谈论过自己作为武器检查员在伊拉克的经历，但否认讨论过该份档案。"我甚至都没有想到我是吉利根的消息来源，直到一位朋友说，她觉察到有些评论正是那种我会做出的有关伊拉克化学和生物能力的论述。"凯利觉得"吉利根肆意夸大了我和他的晤面，他还会见了其他与该档案真正密切相关的个人，或者他在文章中汇集了多个来源的评论"。

政府部门持相同的看法，仅宣布有一名雇员承认见过吉利根，然而，从公告的细节可以推断出凯利的身份，很快他就被发现是该记者的消息来源。许多人认为他是被政府故意指认的，目的是降低吉利根的报道的可信度。

大卫·凯利受到了来自支持者和批评者的巨大压力。7月15日和16日，在两个国会委员会连续两天的听证会上，他这样一个文质彬彬、说话温和的人，受到了咄咄逼人的质问。他的回答有时声音非常轻，几乎不能被听到。这段经历使他深受刺激。7月17日下午，他离开家，走进一片他最喜爱的林地，服下了过量的止痛药，然后割腕自杀。他的尸体在第二天早上被发现。

阴谋论者暗示，可能是政府的特工谋杀了凯利。但政府对凯利的死因做了调查，结论是政府不应为导致凯利自杀的任何压力负责。安德鲁·吉利根在调查结束后辞去了他在英国广播公司的工作，该调查对他的报道准确性提出了质疑。尽管布莱尔政府后来赢得了另一个任期，但是托尼·布莱尔和阿拉斯泰尔·坎贝尔的名声永远受损：他们为把这个国家拖入一场不受欢迎的、没有合法性的战争而篡改了档案。

抗议者在伦敦王家法院外面高举标语牌。英国首相托尼·布莱尔本该向霍顿调查委员会提供证据，该委员会负责调查凯利博士的死因及饱受批评的让英国走上伊拉克战争之路的档案。示威中有针对国防大臣杰夫·胡恩、布莱尔和外交大臣杰克·斯特劳的标语牌。

博比·亨德森要求堪萨斯州承认飞天意面怪

（2005 年 1 月）

2005 年，堪萨斯州教育委员会讨论在学校引进智能设计论的教学。智能设计论认为，这个世界太过复杂，不可能自行进化，一定有一个更高层次的存在参与其中——具体地说，就是基督教的上帝。但并非每个人都赞同。

神创论者和宗教保守主义者想要教导人们进化论是有瑕疵的，并提出应该给可供选择的有神论课程相同的课时。科学家们对此深感震惊。

物理系大学毕业生博比·亨德森以一个"忧心的市民"的身份，给堪萨斯州教育委员会写了一封公开信，在信中他假惺惺地表达了担忧，担忧"学生只会听到一种智能设计的理论"。据这名二十五岁的俄勒冈州人信中所说，存在很多智能设计理论，而且，他和"世界上许多其他人"一样，"坚信宇宙是由一位飞天意面神创造的"。

亨德森以非常公平的方式阐述了他的神学观点。考虑到让学生"聆听多种观点以便自己做出选择"的重要性，他提出，学校应该教授学生有关飞天意面神参与智能设计的课程。毕竟，他继续写道，"如

果智能设计论如它声称的那样，其基石不是信仰，而是另一种科学理论，那么你们也必须允许教授我们的理论，因为它同样以科学为基础，而不是基于信仰"。

亨德森把自己戏弄人的科学理论和人们熟悉的有关全能的神的宗教比喻交织在一起，他讽刺了智能设计论的主张，并巧妙地动摇了它自称一门科学的合理性。

长期以来，神创论者一直试图通过指出科学中微不足道的统计异常现象来质疑

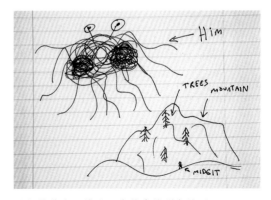

平凡的艺术：博比·亨德森的形象绘画。

碳年代测定法。亨德森也反对碳年代测定法，但他把所有令人棘手的数据都归因于这位飞天意面神，"是它用面条般的附肢改变了结果"。此外，"针对进化过程的压倒性科学证据，只不过是一个巧合而已"。根据亨德森这个"飞天意面神教信徒"的说法，"这是他［飞天意面神］安排的一个巧合"。

根据神创论者的说法，像挪亚洪水这样的自然灾害是对不信神者的神罚。亨德森在信中使用同样的伪逻辑，他指出，"自19世纪以来，全球变暖、地震、飓风和其他自然灾害是海盗数量减少的直接因素"。他故意用一张荒谬的图表来说明他的理论。他的"相关性不是因果关系"的基本观点，早已被理查德·道金斯等著名无神论者极其详尽地阐述过。

虽然飞天意面神产生了大量头版新闻（以及产生了现实生活中的飞天意面神教

信徒），并为讨论增加了一些很需要的不确定性，但堪萨斯州教育委员会里共和党和民主党之间的权力平衡发生了变化，这才确保了智能设计论不会成为永久性的课程。

Statement regarding Traditional Pastafarian Headgear:

Allow me to confirm that the wearing of a Colander is a tradition in the Pastafarian faith. Not all followers dress so formally, but it is a common practice for us to do so while making official identification documents.

As you know, religion plays a serious part in many people's lives, including the wearing of specific clothing. Believers over the years have sometimes unfortunately experienced resistance, mockery, or even discrimination for simply following the guidelines of their religion.

Thankfully case law has repeatedly affirmed that believers have a constitutionally-protected right to wear such clothing in nearly all public situations including: work, school, while taking identification photos, even in the courtroom — provided that the clothing does cause undo harm. That is to say, that religious clothing is with very few exceptions a protected right.

We, the Church of the Flying Spaghetti Monster, are not a litigious group but of course we, along with the ACLU and others, have an interest in defending the individual rights and liberties guaranteed by the Constitution and the laws of the United States.

Thank you for your cooperation and May You Be Touched by His Noodly Appendage.

Sincerely,

Bobby Henderson, Church of the Flying Spaghetti Monster

飞天意面神教会有一个进一步的规定：只需二十五美元就可以成为该教会的牧师。

飞天意面神启发了伟大的艺术，例如阿恩·尼克拉斯·扬松的作品《触摸他面条般的附肢》。

切尔西·曼宁通过数据转储给维基解密写信

（2010 年 2 月 3 日）

切尔西·曼宁的故事究竟是一个叛国的故事，还是一个军队或性别认同失败的故事，完全取决于你的感受。而有一件事情是肯定的：希望美国陆军的男性化环境可以"治愈"他的女性气质是一个错误。

切尔西洗礼时的名字是布拉德利，被作为男孩抚养长大。她母亲在怀孕期间和生下她之后都在酗酒，切尔西早年主要靠姐姐凯茜照料。切尔西十一岁时，她母亲试图自杀，十三岁时，她父母离异了。

男性外表下的女性气质使她成为学校里的欺凌目标。到了十七岁，她被认定是一个男同性恋者。但她的情绪变幻莫测，有时内向，而在另一种情形中，她会用刀攻击她的继母。2007 年，她加入美国陆军，在那里，艰苦的物质生活和更严重的欺凌使她濒临崩溃。她被调到情报分析部门工作，在这方面她驾轻就熟，因为她精通电脑，反应机敏，善于思考。

在这个职位上，她接触到了各种各样的敏感信息。她开始认同自己为女性，但军队仍然在执行"不问不说"政策。孤独、沮丧和压力在她内心不断积聚。她的情绪不稳定让人忧心，她被介绍给一位心理健康顾问；尽管她有可能对自己和他人构成危害，2009 年，她仍因具有情报分析师的技能而被派往巴格达。

她对自己的身份以及在这场她反对的战争中所扮演的角色深为不快，于是转而上互联网寻求安慰，并发现了维基解密——一个致力于公开秘密记录的组织。2010 年1 月初，她把近五十万个有关伊拉克和阿富汗战争的军队文件复制到记忆卡里，这样下次休假时就可以放在照相机里偷偷带回美国。

为了把它们提供给《华盛顿邮报》，她还以"自述文件"的格式附加了一封说明信。她写道："这是伊拉克和阿富汗两场战争中具有历史意义的新闻。""您可能需要按下这些信息九十天到一百八十天不发表，以便最好地把如此大量的信息分发给广大受众，并保护好信息源。"她被自己正在做的事情所激励，又补充说："这是我们这个时代的重要文件之一，它拨开了战争的迷雾，揭示了 21 世纪不对称战争的本质。祝您今天有个好心情。"

《华盛顿邮报》和《纽约时报》对她提供的信息不感兴趣，于是她把它提供给了维基解密。在接下来的三个月里，她传送了更多的文件，包括一架美国直升飞机攻击平民和媒体的确凿视频。维基解密公布了这段视频，此举被认为极大地提升了该组织在揭露被掩盖真相方面的声誉。

切尔西·曼宁可能希望自己被抓。她向一名上级指出，直升飞机的视频是存储在她工作网络中的一个拷贝。2010 年 5 月，她与阿德里安·拉莫进行了一系列在线聊天，后者是一名黑客出身的记者，在聊天中她承认了自己所做的一切。拉莫认为她在危及人们的生命，并向军方的反间谍部门告发了她。5 月 26 日她被逮捕，认罪后被判三十五年监禁。

2017 年 1 月，奥巴马总统在卸任离开椭圆形办公室时，为她的判决减刑，但是即将上任的特朗普总统在推特上称她是"一个忘恩负义的叛国者。可怕之极！"。2019 年，她因拒绝指证维基解密的创办人朱利安·阿桑奇而再次入狱。

切尔西·曼宁给维基解密的信（用"自述文件"的格式）

这是伊拉克和阿富汗两场战争中具有历史意义的新闻。您可能需要按下这些信息九十天到一百八十天不发表，以便最好地把如此大量的信息分发给广大受众，并保护好信息源。这是我们这个时代的重要文件之一，它拨开了战争的迷雾，揭示了 21 世纪不对称战争的本质。祝您今天有个好心情。

　　切尔西·伊丽莎白·曼宁原名布拉德利·爱德华·曼宁，因向维基解密泄露七十五万份文件，2010年至2017年在狱中服刑。2019年3月，她因拒绝在大陪审团前为调查维基解密创建人朱利安·阿桑奇做证，以藐视法庭罪再次入狱。曼宁辩称，她已在军事法庭袒露了自己所知的一切。

宇船员们哀叹美国缺乏太空运输系统

（2010 年 4 月 14 日）

当美国丧失了载送太空人或人造卫星进入轨道的能力，完全依赖在太空竞争中被它如此令人信服地击败了的俄罗斯时，经验丰富的宇航员们无不感到震惊。

2004 年，美国国家航空航天局启动了它的"星座"计划，以回应乔治·W. 布什总统对进一步探索太空的关注。它的任务宣言是："在月球上建立一个广泛的供人类驻足的基地，作为深入火星和更远太空旅行的跳板。"

随着国际太空站（ISS）的预期建成，以及航空航天局的航天飞机计划退役，"星座"计划将成为太空旅行激动人心的新阶段，它的诞生对最初登陆月球的老兵来说是一个令人振奋的消息。第一个在月球上迈步的宇航员尼尔·阿姆斯特朗早些时候曾说："我完全预料，到本世纪末，我们取得的成就将会大大超过我们已取得的。"太空计划于 1962 年由肯尼迪总统启动，于 1972 年以"阿波罗"17 号告终。阿姆斯特朗的同事尤金·塞尔南抱怨说："我很失望，我依然是最后一个登上月球的人。"

继航天飞机之后，美国国家航空航天局开始开发用于内外太空旅行的下一代航天飞行器，使用新的"战神"1 号火箭和做重载运输的"战神"号火箭。阿姆斯特朗、塞尔南和吉姆·洛弗尔说："国家航空航天局内部和整个国家的热情都很高涨。"但是在巴拉克·奥巴马的总统任期内，两项审查发现"星座"计划"超出预算，并落后于计划和缺乏创新"。在他的 2010 年预算中，他延长了国际空间站的使用时间，但完全砍掉了"星座"计划。

三位资深的太空指挥官——阿姆斯特朗（"阿波罗"11 号）、洛弗尔（"阿波罗"13 号）和塞尔南（"阿波罗"17 号）在一封致美国公众的公开信上签署了他们的名字，对该决定表示谴责。没有了"战神"，加上航天飞机的终结近在眼前，"美国通往近地轨道和国际太空站的唯一途径，现在将受制于与俄罗斯达成的一项协议，即向他们的联盟号购买空间……"

这些前宇航员的共识是，如果该计划一旦重启，那么花费在"星座"计划的研究、开发及重建上的时间和金钱损失，将是对迄今为止投入在该计划中的一百亿美元的可怕浪费。这个国家在 1969 年赢得了太空竞赛，他们预测："在未来一段不确定的时间内，没有运载工具进入近地轨道，也没有人类超越地球轨道的探索能力，我们的国家将注定沦落为二流乃至三流国家。"

这三人参与的"阿波罗"计划是一个艰苦的、循序渐进的学习过程，每一次新的任务都是建立在早期任务的经验教训和发现的基础上的。这封公开信认为，没有什么能替代真正的、实用的太空旅行。"如果没有实际航天飞行器操作所提供的技能和经验，美国很可能会处于一蹶不振的下风。"

不言而喻，未来仍有待观察。美国确实是依赖俄罗斯的联盟号飞船，现在还在使用像埃隆·马斯克等企业家的内太空飞行器。美国国家航空航天局还有一个仍在进行的外太空飞行探测器的计划，用以探索我们的太阳系和更远的地方。虽然"战神"系列火箭被取消了，但美国国家航空航天局仍在发展"猎户星座"飞船，这是他们原定要执行的。与此同时，包括中国在内的其他国家也在积极追求建立月球基地的构想，以便从该基地向太空做下一个飞跃。

在美国"阿波罗"17号最后一次访问月球表面期间，月球考察车帮助宇航员尤金·塞尔南和哈里森·施密特在远离早期"阿波罗"执行任务的地方收集岩石样本。

美国宇航员致巴拉克·奥巴马的公开信

……为了实现这一愿景，飞行组件和基础设施的设计和生产在顺利进行，项目所有主要部门的详细规划已经开始。国家航空航天局内部和整个国家的热情都很高涨。

当奥巴马总统最近公布他对国家航空航天局的预算时，他提议略微增加资金的总投入，以进行实质性的研究和技术开发，将国际太空站的运营延长至2020年，为一种新的但未明确定义的重型运载火箭制定长远规划，并为开发近地轨道的商业用途注入大量资金。

尽管其中一些提议是有价值的，但伴随而来的"星座"计划的取消，即取消"战神"1号和5号火箭以及"猎户星座"飞船的决定，其后果却是毁灭性的。

美国通往近地轨道和国际太空站的唯一途径，现在将受制于与俄罗斯达成的一项协议，即向他们的联盟号购买空间（以每个座位五千万美元的价格，预计在不久的将来还会大幅上涨），直到我们有能力为自己提供运输服务。总统提议中设想的商业运输轨道之可行性是无法准确预测的，但可能需要的时间比我们预想的更长，费用也更昂贵。

斯科特·卡彭特	尼尔·阿姆斯特朗	詹姆斯·洛弗尔	尤金·塞尔南
克里斯·克拉夫特	杰克·洛斯马	万斯·布兰德	鲍勃·克里平
米歇尔·D.格里芬	埃德·吉布森	吉姆·肯尼迪	艾伦·比恩
阿尔弗雷德·M.沃登	格林·伦尼	吉姆·麦克迪维特	吉恩·克兰兹
乔·克尔温	弗雷德·海斯	杰拉尔德·卡尔	杰克·加恩
查理·杜克	布鲁斯·麦坎德利斯	弗兰克·博尔曼	保罗·韦茨
乔治·米勒	哈里森·施密特	迪克·戈登	

爱德华·斯诺登向德国媒体披露了一个令人震惊的消息

（2013 年 10 月 31 日）

当揭密者爱德华·斯诺登将美国情报部门及其盟友的敏感文件泄露给世界媒体时，他将这一举动描述为一种"政治表达行为"。最令人震惊的是，他透露美国一直在监听德国总理安格拉·默克尔。

2006 年至 2013 年期间，斯诺登曾为一系列美国安全机构（包括中央情报局、国家安全局和国防情报局）从事网络反间谍工作，要么直接在这些部门供职，要么为向它们提供服务的公司工作。

在工作中，他参与了一些安全行动，这些行动将国家和国际合法性的定义扩展到了临界点。2012 年，他开始下载有关美国政府间谍活动的文件。他越来越感到不满，后来他声称，压倒自己的最后一根稻草是看到国家情报总监詹姆斯·克拉珀在经过宣誓的证词中向国会撒谎。

在 2013 年 5 月 20 日逃往香港之前，他开始尽可能多地收集他看到的滥用监控的证据。在香港，他泄露了数千份秘密文件给英国《卫报》和美国《华盛顿邮报》。它们似乎说明，美国在例行公事般地收集世界各地数百万普通手机用户、在线游戏玩家以及谷歌和雅虎等公司的客户信息——实际上，在对互联网上的几乎任何事情进行监控。美国国家安全局 2013 年对该项活动的所谓"黑色预算"是五百二十亿美元。

这是任务的大规模扩展。斯诺登还透露了美国从事间谍活动的范围不是针对敌人，而是针对最亲密的盟友。文件显示，全球有三十五国领袖成为美国在澳大利亚、加拿大、斯堪的纳维亚地区和欧洲进行监视的受害者。德国总理默克尔的个人手机受到监听，这使得她向奥巴马总统投诉，"盟友间的间谍活动是不可接受的"。

2013 年 6 月，斯诺登的美国护照被注销，他从香港逃到莫斯科。当德国开始对斯诺登的证据启动正式调查时，他不敢离开相对安全的俄罗斯前去做证。他代之以写了一封公开信给德国总理、议会和国家公诉人，为他的"政治表达行为"辩护。

他列出他供职过的美国机构。"在我为这些组织服务的过程中，"他写道，"我相信我目睹了我国政府的系统性违法，从而产生了采取行动的道德责任。"斯诺登指出，他披露的情况受到许多上下层人士的欢迎，并"导致提出了许多新的法规和政策，以解决以前被掩盖的滥用公众信任问题"。

他继续写道："尽管我的努力取得了显著的积极成果，我国政府仍继续将持异议视为背叛，并试图把政治言论定为不能为之辩护的重罪。然而，说出真相并不是犯罪。"

鉴于斯诺登的真相，奥巴马下令对美国的监控活动进行审查，该审查建议对大约四十六项政策进行修改，并无证据显示，大规模监听阻止了恐怖主义行为。斯诺登除了揭露具体的做法，还披露了我们使用互联网时很容易受到肆无忌惮的窥探。斯诺登仍在莫斯科的一个秘密地点接受庇护。

Buchungsnummer: 2R2VZ2
Reisedaten für: STROFBFI F/M/

To whom it may concern,

I have been invited to write to you regarding your investigation of mass surveillance.

I am Edward Joseph Snowden, formerly employed through contracts or direct hire as a technical expert for the United States National Security Agency, Central Intelligence Agency, and Defense Intelligence Agency.

In the course of my service to these organizations, I believe I witnessed systemic violations of law by my government that created a moral duty to act. As a result of reporting these concerns, I have faced a severe and sustained campaign of persecution that forced me from my family and home. I am currently living in exile under a grant of temporary asylum in the Russian Federation in accordance with international law.

I am heartened by the response to my act of political expression, in both the United States and beyond. Citizens around the world as well as high officials - including in the United States - have judged the revelation of an unaccountable system of pervasive surveillance to be a public service. These spying revelations have resulted in the proposal of many new laws and policies to address formerly concealed abuses of the public trust. The benefits to society of this growing knowledge are becoming increasingly clear at the same time claimed risks are being shown to have been mitigated.

Though the outcome of my efforts has been demonstrably positive, my government continues to treat dissent as defection, and seeks to criminalize political speech with felony charges that provide no defense. However, speaking the truth is not a crime. I am confident that with the support of the international community, the government of the United States will abandon this harmful behavior. I hope that when the difficulties of this humanitarian situation have been resolved, I will be able to cooperate in the responsible finding of fact regarding reports in the media, particularly in regard to the truth and authenticity of documents, as appropriate and in accordance with the law.

I look forward to speaking with you in your country when the situation is resolved, and thank you for your efforts in upholding the international laws that protect us all.

With my best regards,

Edward Snowden
31 October 2013

SIGNED

WITNESSED

斯诺登档案所披露的监控信息，很可能让美国的一些最亲密的北约伙伴的情报机构为之震惊。

揭密者向未来的揭密者发出呼吁

（2013 年 12 月 11 日）

丹尼尔·埃尔斯伯格是非数字化时代的爱德华·斯诺登，他在 1971 年向《纽约时报》泄露了后来被称为"五角大楼文件"的机密文件，揭露了美国在越战期间的欺骗行为。

事实上，"五角大楼文件"是一份由美国国防部委托撰写的冗长报告，涉及 1945 年至 1961 年之间美国对越政治和军事介入的历史。埃尔斯伯格在从事该项研究，并对其中展现的一些内容感到不安。这份报告显示，美国秘密扩大在越南战争中的行动授权，轰炸了邻近的柬埔寨和老挝，并且未经报告就对北越发动袭击。

媒体对此事的反应非常激烈，《纽约时报》揭露约翰逊政府"不仅对公众，还对国会进行系统性的说谎"。

就像爱德华·斯诺登一样，埃尔斯伯格的举动受到了国家权力机构的抨击。根据 1917 年的《反间谍法》，1973 年 1 月 3 日，他遭到起诉。

丹尼尔·埃尔斯伯格，摄于 2004 年。

加上其他有关盗窃和阴谋罪的指控，他将因反国家罪面临最高一百一十五年的刑期。

然而，对他有利的是，人们发现"水管工"一直在处理他的案件。"水管工"是尼克松政府雇用的一个非法机构，窃听在水门酒店召开的民主党大会，还被指派在埃尔斯伯格案件中进行非法的证据收集。

1973 年 5 月 11 日，由于政府的不端行为和这种证据的非法收集，加上伦纳德·布丁和哈佛法学院查尔斯·内松教授的辩护，法官小威廉·马修·伯恩撤销了对埃尔斯伯格的所有指控。2011 年 6 月，"五角大楼文件"的全部内容被解密，并公之于众。

在爱德华·斯诺登事件引起全球关注后，

埃尔斯伯格和其他揭密者一起，决定给全球主要的倡导自由思想的报纸写一封公开信。他们辩称，揭密者所为是为了公众的福祉，公众正在受到政府的欺骗，像爱德华·斯诺登这样的人是英雄，因为他在帮助追究肇事者的责任。他们不希望看到这种努力被削弱，也不希望看到其他潜在的揭密者受到想要保全颜面的政客们的压制或阻挠。

给未来揭密者的公开信

至少自2001年9月的事件之后，西方政府和情报机构一直在努力扩大自己的权力范围，同时侵蚀隐私、公民自由和公众对政策的掌控。斯诺登事件之后，曾经被视为偏执、奥威尔式、锡箔纸帽子般的幻想，原来甚至还不是故事的全部。

真正值得注意的是，多年来我们一直被警告这些事情正在发生：大规模监控全部人口，网络的军事化，隐私的终结。所有的事情都假借"国家安全"之名施行，这或多或少已经成为一个口号，以避开争论，并确保政府不被追究责任——他们也不可能被追究责任，因为每件事都是暗箱作业。保密法，秘密法庭对其秘密法律的秘密解释，丝毫没有有效的议会监督。

尽管有越来越多勇敢的、有原则的揭密者挺身而出，但总的来说，媒体对此仍关注甚少。由布什政府发起、被奥巴马政府严重强化的对说出真相者前所未有的迫害，大多都被忽视了，而仅仅为让同胞知道正在发生什么而被指控犯有重罪的善意人士，其人数创下了纪录。

这是对我们时代的苦涩讽刺：当约翰·基里亚库（前中央情报局员工）因举报酷刑而入狱的时候，施虐者和他们的帮凶却逍遥法外。

同样，维基解密的信源切尔西（原名布拉德利）·曼宁被指控犯有其他严重罪行——通敌（所谓的"敌人"应该作"公众"解）。曼宁被判监禁三十五年，而那些在2003年计划发动了非法和灾难性的伊拉克战争的人却依然身居高位。

在过去十年里，许多前国家安全局官员站了出来，揭露了上述机构大规模欺诈、严重违法和滥用权力的行径，其中有托马斯·德雷克、威廉·宾尼、柯克·维贝。美国国家安全局和政府其他部门的反应是百分之百的迫害和百分之零的问责。揭露这些强大的派系可不是在玩什么有趣的游戏，但尽管西方媒体的业绩记录不如人意，揭露仍是获取真相、平衡辩论和维护民主的最后途径，而民主这种脆弱的构架，用温斯顿·丘吉尔的话来说，"是所有其他政府形式之外最糟糕的一种"……

书信是继艺术品之后的又一个投资热点吗?

（2017 年一 ）

最近，写于历史关键时刻的信函，其原件的售价异常高昂。手握创造或记录历史的那页纸时的兴奋，为此付出高价似乎是值得的。它是否也因此值得投资呢?

2017 年 7 月，一组由伟大科学家阿尔伯特·爱因斯坦打字并手写签名的信件，在以色列的一个拍卖会上以二十一万美元售出。最初的收信人中有同为科学家的戴维·玻姆，而魔术师尤里·盖勒是买主之一。拍卖行最初估计的售价约四万六千美元。如果他们对最终的结果感到满意，那么与当年晚些时候这座城市的另一场爱因斯坦书信拍卖相比，这就根本算不了什么。

2017 年 10 月，一封爱因斯坦写给日本帝国酒店侍者的短简，在以色列卖出了一百七十万美元的惊天之价。一些因素导致了这样的价格。它是手写的，而且是写在一张酒店的信笺上，该酒店由著名建筑师弗兰克·劳埃德·赖特设计（后来被拆毁）。写这封信的情况饶为有趣——爱因斯坦没钱付小费给那位男侍，于是写了这封短简给他，希望自己的名声能使之比给小费更有价值。因为信是由那位侍者的直

系后代售出的，其来源无可争议。

这封短简的内容也很特别。爱因斯坦在其中阐述了他的理论，不是相对论，而是幸福观。信中这样写道:

> "平静而谦虚的生活比在持续的躁动中追求成功更为幸福。
>
> 阿尔伯特·爱因斯坦
> 1922 年 11 月，东京"

历史信件可以成为未来精明投资的商品，这是一种有趣的可能性。市面上大艺术家的画作越来越少，2019 年 6 月，一幅凡高的早期画作在巴黎交付拍卖，这是那里二十年来第一次拍卖凡高的作品。相比之下，重要信札的市场正在扩大。

现在有专门从事历史文件手稿交易的经销商，一些主要的拍卖行定期拍卖书籍和手稿，其中包括重要的信札。仅仅 2019

年 6 月这一个月，苏富比拍卖行以三十万到四十万美元的估价竞拍了一封毛泽东写于 1948 年的信；佳士得拍卖行则把整场交易都用以拍卖唱作人莱昂纳德·科恩写给他的缪斯女神玛丽安·伊伦的信件。还有，2019 年，两封写于 1969 年涉及披头士乐队即将解散的信件以五十五万美元的价格售出。

21 世纪，人们对拥有一份手写历史信件的竞标已经突破了界限。2017 年，受舞台剧《汉密尔顿》大获成功的鼓舞，纽约苏富比拍卖行以二百六十万美元的价格，卖出了亚历山大·汉密尔顿书桌上的一批信件和其他文件。但这与拍卖会上信件的最高成交价相比还是相形见绌。2013 年，发现脱氧核糖核酸（DNA）的团队成员弗朗西斯·克里克写给儿子迈克尔的一封信，被纽约佳士得拍卖行以六百零九万八千五百美元售出。这封信写于 1953 年，其中描述了他的发现，还有一幅手绘的脱氧核糖核酸的螺旋形图解。

随着我们写信的数量逐年减少，而电子邮件在不慎碰触键盘时就可能被删除，也许各种各样的旧文件将变得比以往更有价值。纸质信件是一种来自过去的媒介和声音。如果你能找到，也许一封珍贵的历史信件就在你祖父母的旧箱子里。

阿尔伯特·爱因斯坦在 1954 年的一封信中分享了自己对上帝和宗教的看法。"'上帝'这个词对我而言没有什么意义，它不过是人类软弱的表现和结果，《圣经》是一部令人尊敬的文集，但也只是远古的传奇。任何解释，无论多么复杂巧妙，（对我而言）都不能改变这点。"这封信的估价在一百万至一百五十万之间，2018 年在纽约佳士得拍卖行以二百八十九万二千五百美元的价格拍出。

J.R.R. 托尔金的一封未发表的信，讨论完成《魔戒》三部曲第三部时的困难。2014 年，该信在伦敦宝龙拍卖行以一万零六百二十五英镑的价格卖出。

娱乐行业的女性要求改变

（2018 年 1 月 1 日）

2018 年 1 月 1 日，《纽约时报》发表了一封由娱乐行业三百多名女性签名的公开信。妇女对电影业男性高管性虐待的谴责汇成了汹涌巨浪。这封信呼吁停止性骚扰和性别不平等。

这封信宣告团结所有处于危险中的妇女，从"每一位试图逃脱有暴力倾向客人的客房服务员"到"每一位被雇主强行触摸的家政工"。这封公开信尽量避免一种批评，即只有好莱坞精英女性才可能有力量和胆识控诉虐待。信里说，这是为"各行各业在遭受侮辱和攻击行为时因谋生而被期望忍受的妇女"发声。

签名者强烈要求，"必须结束女性在男性主导的工作场所中，为她们的进入、晋升、单纯被听到和被承认所面临的困境。打破这个难以突破的垄断的时候到了"。这封公开信让很多男人不寒而栗，他们之前以为自己在性方面的不端行为永远不会曝光。"时间到了"这句话，既是这场运动的简称，又是几个为实现其目标而成立的组织的统称。

2017 年，针对好莱坞大亨哈维·温斯坦的性侵指控是这场运动的催化剂。2018

年 5 月，纽约警方指控他犯有多项罪行，他在缴纳了一百万美元保释金后获释，被命令戴上电子跟踪设备。他坚称自己无罪。

不管温斯坦的案子结果如何，他的名声一败涂地，他的名字不可分割地与性行为不检联系在一起。"温斯坦效应"这个短语被创造出来，用以描述此后在全球迅速发展的一种现象：妇女们纷纷挺身而出，指控权势名人的性侵。

尽管性侵指控占据了新闻头条，但这封信指出，这只是一个更广泛问题的表象：其深层原因是"系统性的性别不平等和权力不平衡催生了虐待和骚扰妇女的温床"。公开信继续呼吁，"大幅提升女性在各行各业的领导地位和权力"，并"让所有女工享有平等的代表权、机会、福利和薪酬"。

变革需要资源，这封呼吁"时间到了"的公开信为此制订了计划。成立一个法律基金会，"以帮助所有行业遭受性侵犯和性骚扰的受害者，质询那些对她们的伤害负有责任的人，并为她们的遭遇发声"。在一年多一点的时间里，它就筹集到了两千多万美元。

"时间到了"运动并不是孤立的。同样高姿态的"我也是"话题标签，被用来吸引人们对数十个国家普遍存在的性暴力的关注。它的法语变体"#BalanceTonPorc"，即"揭发咸猪手"，有一种对该行为很巧妙的厌恶感。这两场运动都是很多国家重新平衡两性权力的更广泛运动的一部分，是妇女在民权运动的进军中姗姗来迟的新举步。

"时间到了"运动至少改变了一件事情。公开信认为，女性，甚至是强有力的好莱坞明星，以前都因担心"在发声过程中遭到攻击和伤害"而保持沉默。"时间到了"运动，一举打破了万马齐喑的局面。

We write on behalf of over 300 women who work in film, television and theater. A little more than two months ago, courageous individuals revealed the dark truth of ongoing sexual harassment and assault by powerful people in the entertainment industry. At one of our most difficult and vulnerable moments, Alianza Nacional de Campesinas (the National Farmworker Women's Alliance) sent us a powerful and compassionate message of solidarity for which we are deeply grateful.

To the members of Alianza and farmworker women across the country, we see you, we thank you, and we acknowledge the heavy weight of our common experience of being preyed upon, harassed, and exploited by those who abuse their power and threaten our physical and economic security. We have similarly suppressed the violence and demeaning harassment for fear that we will be attacked and ruined in the process of speaking out. We share your feelings of anger and shame. We harbor fear that no one will believe us, that we will look weak or that we will be dismissed; and we are terrified that we will be fired or never hired again in retaliation.

JANUARY 1, 2018

Dear Sisters,

We also recognize our privilege and the fact that we have access to enormous platforms to amplify our voices. Both of which have drawn and driven widespread attention to the existence of this problem in our industry that farmworker women and countless individuals employed in other industries have not been afforded.

To every woman employed in agriculture who has had to fend off unwanted sexual advances from her boss, every housekeeper who has tried to escape an assaultive guest, every janitor trapped nightly in a building with a predatory supervisor, every waitress grabbed by a customer and expected to take it with a smile, every garment and factory worker forced to trade sexual acts for more shifts, every domestic worker or home health aide forcibly touched by a client, every immigrant woman silenced by the threat of her undocumented status being reported in retaliation for speaking up and to women in every industry who are subjected to indignities and offensive behavior that they are expected to tolerate in order to make a living: We stand with you. We support you.

Now, unlike ever before, our access to the media and important decision makers has the potential of leading to real accountability and consequences. We want all survivors of sexual harassment, everywhere, to be heard, to be believed, and to know that accountability is possible.

We also want all victims and survivors to be able to access justice and support for the wrongdoing they have endured. We particularly want to lift up the voices, power, and strength of women working in low-wage industries where the lack of financial stability makes them vulnerable to high rates of gender-based violence and exploitation.

Unfortunately, too many centers of power – from legislatures to boardrooms to executive suites and management to academia – lack gender parity and women do not have equal decision-making authority. This systemic gender-inequality and imbalance of power fosters an environment that is ripe for abuse and harassment against women. Therefore, we call for a significant increase of women in positions of leadership and power across industries. In addition, we seek equal representation, opportunities, benefits and pay for all women workers, not to mention greater representation of women of color, immigrant women, disabled women, and lesbian, bisexual, and transgender women, whose experiences in the workforce are often significantly worse than their white, cisgender, straight peers. The struggle for women to break in, to rise up the ranks and to simply be heard and acknowledged in male-dominated workplaces must end; time's up on this impenetrable monopoly.

We are grateful to the many individuals – survivors and allies – who are speaking out and forcing the conversation about sexual harassment, sexual assault, and gender bias out of the shadows and into the spotlight. We fervently urge the media covering the disclosures by people in Hollywood to spend equal time on the myriad experiences of individuals working in less glamorized and valorized trades.

Harassment too often persists because perpetrators and employers never face any consequences. This is often because survivors, particularly those working in low-wage industries, don't have the resources to fight back. As a first step towards helping women and men across the country seek justice, the signatories of this letter will be seeding a legal fund to help survivors of sexual assault and harassment across all industries challenge those responsible for the harm against them and give voice to their experiences.

We remain committed to holding our own workplaces accountable, pushing for swift and effective change to make the entertainment industry a safe and equitable place for everyone, and telling women's stories through our eyes and voices with the goal of shifting our society's perception and treatment of women.

In Solidarity

这封具有开创性的公开信在《纽约时报》上发表。

格蕾塔·桑伯格宣读一封给印度总理的信

（2019年）

　　瑞典女学生格蕾塔·桑伯格以年轻人的大无畏精神，向各国政府发出对气候变化采取行动的呼吁。2019年，她吁请印度总理纳伦德拉·莫迪为他的国家在环境记录方面做更多的事情。

　　在格蕾塔·桑伯格女独角戏般的"为气候罢课"期间，她成为全球关注的焦点。当她的老师向他们展示消瘦的北极熊和海洋中的塑料岛影像时，她惊呆了。她无法理解，为什么人们在保护地球的气候和环境方面做得如此之少。

　　2018年8月，她十五岁，决定每周五逃学，把这一天用来抗议。她把这一天花在瑞典国会的台阶上，向政治家们发送传单，传单上宣称："我这样做，是因为你们成年人在糟蹋我的未来。"瑞典的电视新闻团队报道了她的立场之后，其他人开始去那里加入她的行列，一时间，这个想法跨越了国界。截至2018年年底，全球有二百五十多个城镇发生了类似的罢课。

　　桑伯格小姐出现在世界各地的示威活动现场，其间还继续她在斯德哥尔摩的周五守夜活动。2019年4月，她参加了"反灭绝"组织在伦敦的大规模示威活动，并在现场发表演讲。"我们正面临一场直接而空前的危机，但它从来没有被视为危机，我们的领导人都表现得像个孩子。"

　　在联合国气候变化会议上，她对满满

格蕾塔·桑伯格参加斯德哥尔摩的一次周五抗议活动。

一屋子这样的领导人演讲，告诉他们："你们还不够成熟，不能实话实说。你们甚至把负担留给我们孩子。"2019 年 1 月她在达沃斯举行的经济论坛上演讲，她说："一些人，一些公司，特别是一些决策者，他们清楚地知道，为了继续赚取难以想象的金钱，他们已经牺牲了多少无价的东西。我相信，今天在座的许多人都属于那样的群体。"

印度总理纳伦德拉·莫迪受到桑伯格的点名批评，在 2019 年 2 月 15 日的一次采访中，她直接向他喊话。她径直转向镜头，毫不留情地向莫迪传递了视频信。"亲爱的莫迪先生，"她这样开始，"您需要立刻采取行动应对气候危机，而不只是空谈它。"

莫迪做的比"空谈"还糟。他在 2014 年接管权力后，把政府的环境、森林和气候变化部的预算削减了一半，大大弱化了政府保护野生动物和监测污染的能力。他冻结了绿色和平组织的银行账户，因为该组织反对转基因农作物，而这正是他要推动的。他还计划放宽规定，让高污染地区的各种工业可以自由地复工，只要求它们自愿报告污染情况。

"如果您继续这样下去，"格蕾塔告诉莫迪，她的目光从不动摇，"像往常那样行事，只是空谈和一味夸耀点滴的胜利，那么您会失败。如果您失败了，将被视为未来人类历史上最坏的恶棍之一。这可不是您想要的。"

正如马拉拉·优素福扎伊在 2014 年为儿童的受教育权而战，格蕾塔·桑伯格是在为他们有权拥有一个环境可持续发展的未来而战。优素福扎伊在 2014 年十七岁之际成了最年轻的诺贝尔和平奖得主。跟随她的脚步，无畏的桑伯格获得了 2019 年该奖项的提名。

尽管瑞典首都下雪，桑伯格还是会参加抗议，她的同学和其他青少年活动者也会经常加入。

附录

（终生的书信交往）

　　亚历山大·格雷厄姆·贝尔是海伦·凯勒的朋友和捐助人，后者堪称世界上最奇特非凡的女性之一。最初贝尔是和海伦的老师安妮·沙利文（梅西）通信，但最终，海伦借助布拉耶盲文打字机，能够自己写信了。这两封信让人得以窥见他们的终生友谊，是在凯勒试图说服这位年迈的苏格兰人出演表现她人生故事的电影时，两人间的往来书信。

身穿毕业装的海伦·凯勒和亚历山大·格雷厄姆·贝尔。

　　海伦·凯勒早期对"猎潜舰"的评论是关于亚历山大·格雷厄姆·贝尔的水翼船实验的。贝尔花了十一年时间与凯西·鲍德温一起在不同的快艇上工作，直到他们的HD-4型水翼船以每小时七十英里（即每小时一百一十三公里）的速度穿越新斯科舍省的布拉多尔湖。

海伦·凯勒致亚历山大·格雷厄姆·贝尔的信

（1918 年 7 月 5 日）

亲爱的贝尔先生：

您会坐在您告诉我的奇妙的"猎潜舰"的边缘——如果可以安全地坐在一个行驶如此之快的东西上面的话——读这封信吗？请注意，您要从头读到尾，不要把您读的内容和图纸之类的东西混在一起！我要写的是最重要的东西，是关于您和我，还有我的老师。

几个星期前我们在纽约见到您时，我们告诉您我的人生故事将要被拍成电影，我们问您是否愿意在其中出镜。您笑着说："你们想让我去加利福尼亚拍摄吗？"嗯，事情并没有那么糟，不完全是那样。目前的计划是，在开始去西部拍摄主要部分之前，先在这里，并在波士顿和它附近拍摄若干片段。这部电影的意义在于忠实地表达我的发展、教育、抱负、志向和友谊。目的是尽可能地展示那些在我生命中起了重要作用的杰出人物。制片人非常希望您

能和卡鲁索[1]、我的老师还有我一起在该片的开场中出现。

我觉得最令我踌躇不决的是，要为拍摄一张"快照"而请您奔走千里。要不是您的慈爱和宽宏大度有那么多的明证，我甚至都不敢提出这个要求。我知道去纽约或波士顿的跋涉需要付出多大的努力。我知道在夏天旅行是多么的不舒服。但我希望您能同意我的看法，这个项目工作可能对人类有足够的价值和重要性，值得为之做出牺牲。在您一生中，您始终不变地坚守为他人服务的宗旨。如果这部影片符合我们的期望，那将是对教育的不朽贡献。

我想已经有人建议过，如果您不能来，可以用别人来"假扮"您，只要您同意这样一个替身。但那只是对您的模仿，而不是亲爱的您本人，我不知道该怎样面对一

---

1 恩里科·卡鲁索（Enrico Caruso, 1873—1921），海伦·凯勒的朋友，意大利著名男高音歌唱家，被誉为"一代歌王"。

个仅仅是您替身的人。

亲爱的贝尔博士，在我的摄制旅行中，有您在我身边会是一件多么幸福的事啊！就会像在真正的旅行中一样，您常常使时间变得短暂而不让人感到厌倦，所以在我的人生戏剧中也是如此，我握着您有力的大手，您使道路明亮而充满趣味，您赋予不幸一种希望和勇气的潜在含义，这将帮助我周围的很多人走到最后。您知道，吉本曾告诉我们，他在写《罗马帝国衰亡史》最后一页最后几行时的情景，他走出花园，在他的刺槐树小道上徘徊不定，眺望着洛桑市和远处的山脉。他说银色的月轮映在水中，大自然万籁俱寂。我把这部影片想象成我的刺槐树下的小道。我的意思是，从某种意义上说，这将是我人生故事的收结。它应该传递一个希望和满足的信息。它应该强调勇气、信仰和奉献的意义。您不难看到，如果参与拍摄该部影片的人，都不是真的和我一起走在刺槐树下的人，这个信息将失去它的一些力量和真实性。一些用他们的爱和奉献充实我人生的人去世了。菲利普斯·布鲁吉斯、奥利弗·温德尔·霍姆斯、爱德华·埃弗里特·黑尔、亨利·罗杰斯、塞缪尔·克莱门斯和其他很多人，如果他们还活着，都会在这部影片中占一席之地。您和威廉·肖夫人[1]几乎是仅剩的，从我童年甜蜜的黎明开始，和我一起走进刺槐树小道的人。

甚至在我的老师出现之前，您就在黑暗中向我伸出了温暖的手。的确，正是通过您，她才来到我的身边。这一切回想起来是多么的鲜亮生动！我多么清楚地看到这个被击败的小孩，和那个上帝派来解救她的年轻姑娘！她未经训练，孤身一人，几乎失明，迅速来到了我的身边。我仍然能感觉到她强烈、温柔、颤抖的抚摸，还有她在我脸上的热吻。有时我觉得，在那个重要时刻，她在思考我作为人的存在。当然，她率先制胜，击败了残酷的命运。噢，醒来时的兴高采烈！噢，举步走近光明时，以及用渴望而好奇的手紧握知识时，那种闪闪发亮的快乐！由于"感觉"这个词，它是第一个对我敞开它美好心扉的词，我的手指依然感到温热。怎么所有的东西似乎都在思考，都是活的！在所有永恒的岁月里，我怎能忘记从黑暗和寂静中向我冲来的奇迹之流？而您是这奇迹的一部分，是欢乐的一部分！我忘不了您如何在一旁密切关注着我老师的努力，从残酷的环境中解放我的智力、我的生活、我的心。从

———————

1　威廉·肖夫人（Mrs William Thaw），海伦·凯勒的援助者。

一开始您就明白年轻教师的艰巨任务。您很快就认可了她的能力，认可她那永不衰竭的精力、热情和创造力。我喜欢您慷慨大度的处事方式，您一直支持她的工作。当那些对以精神力量战胜失明缺乏信心的人在怀疑和犹豫之时，是您鼓舞我们进行斗争。当我决定学习说话时，您用比我们自己更坚定的信念为我们喝彩。当我奋力读完大学时，我深切地感受到您对我的同情和对我前瞻性的信心！您一遍又一遍地对我说："海伦，不要让不必要的限制捆绑你的手脚。你能做你认为能做的任何事。记住，你的勇气会让很多人勇敢起来。"对于我的成功，您总是显示出一个父亲的快乐，而在事情不如人意的时候，您显示的又是一个父亲的温柔。这么多年过去了，您伟大的胸怀依然在接纳我们。

我怎么才能表达这一切对我们的意义呢？语言不足以表达我们在您的友谊中感受到的好运、骄傲、喜悦和鼓舞。这就是我们为什么如此热切地希望您能出现在我们的影片中。单单您的名字，就是一个富饶的收成，从中产生高尚的思想和渴望。它就像在我们内心回响的深沉而甜美的铃声，告诉我们生命的美丽在于它无边无际的慷慨，在于它对人类服务的无私奉献。

正如普剌克西忒勒斯[1]赋予石头生命，您也这样，用生动的言语使哑巴的嘴唇活了起来。您把语言的甘甜之水倾倒在耳朵听不到的沙漠中，您给了人的思想以力量，因此它遵命在声音的大胆翅膀上向陆地和海洋倾泻。您难道不让成千上万知道您名字并对您倾心的人因为看到您的脸而高兴吗？

附上我们的爱，您诚恳的朋友，

海伦·凯勒

又及，他们想在本月中旬为您拍摄影片。

---

1 普剌克西忒勒斯（Praxiteles，公元前 4 世纪），古希腊著名雕塑家，首位塑造裸体女性的雕塑家。

241

July 5, 1918.

Dear Dr. Bell:

Will you sit down on the edge of one of those wonderful submarine-chasers you told me about--if such a swift thing can be sat on with perfect safety--and read this letter? Mind, you are to read it through, and you are not to get what you read mixed up with charts and things! What I am going to write about is most important, it is about you and me--and my teacher.

When we saw you in New York several weeks ago, we told you that the story of my life was to be dramatized for a motion picture, and we asked you if you would be willing to appear in it. You laughed and said, "Do you expect me to go to California to have my picture taken?" Well, it is not as bad as that--not quite. The present plan is to have several pictures made here and in Boston and vicinity before we start West where the main part of the picture will be made. The idea of the picture is to represent my development, education, ambitions, aspirations and friendships faithfully. The intention is, as far as possible, to show distinguished people who have been important in my life. The producers are very desirous to have you appear with Caruso and my teacher and me in the opening scene of the drama.

I feel the greatest hesitation in asking you to come a

thousand leagues for a "snap-shot". If I had not had so many proofs of your love and forbearance, I should not dare even to consider making the request. I realize the effort it will cost to make the journey to New York or Boston. I know how uncomfortable it is to travel in summer. But I hope you may agree with me that the enterprise may have sufficient value and importance for humanity to be worth the sacrifice. For a lifetime you have had steadily before you the vision of service to others. If the picture should fulfil our expectations, it will be a permanent contribution to education.

I believe it has been suggested that if you cannot come, some one might be "made up" to represent you, provided you would consent to such a substitute. But that would be only an imitation of you, not your dear self, and I should not know how to behave towards a mere substitute of you.

Dear Dr. Bell, it would be such a happiness to have you beside me in my picture-travels! As in real journeys you have often made the hours short and free from ennui, so in the drama of my life, your eloquent hand in mine, you make the way bright and full of interest, give to misfortune an undertone of hope and courage that will assist many others beside myself to the very end. You know that Gibbon has told us how, when he wrote the last lines of the last page of "The Decline and Fall," he

went out into the garden and paced up and down in his acacia
walk overlooking Lausanne and the mountains. He says the silver
orb of the moon was reflected from the waters, and all nature was
silent. I conceive of the picture-drama as my walk under the
acacias. I mean, in a sense it will be the finish of the story of
my life. It should carry a message of hope and fulfilment. It
should emphasize the significance of courage, faith and devotion.
You can readily see, if the people taking part in the drama are
not the real people who have walked with me under the acacias, this
message will lose something of its force and genuineness. A number
of the friends whose love and devotion have enriched my life are
gone. Phillips Brooks, Oliver Wendell Holmes, Edward Everett Hale,
Henry Rogers, Samuel Clemens and many others would have a place in
the picture if they were living. You and Mrs. William Thaw are
almost the only ones left who entered the acacia walk with me
where it begins in the sweet dawn of childhood.

Even before my teacher came, you held out a warm hand to
me in the dark. Indeed, it was through you that she came to me.
How vividly it all comes back! How plainly I see the vanquished
little child, and the young girl God sent to liberate her! Un-
trained, alone, almost blind, she journeyed swiftly to me. I

still feel her strong, tender, quivering touch, her kisses upon
my face.   Sometimes I feel that in that supreme moment she thought
me into being.   Certainly she forestalled and defeated a cruel
fate.   O the waking rapture!   O the shining joy of feet approaching
light, of eager, inquisitive hands grasping knowledge!   My fingers
still glow with the "feel" of the first word that opened its gol-
den heart to me.   How everything seemed to think, to live!   Shall
I, in all the years of eternity, forget the torrent of wonders
that rushed upon me out of the darkness and silence?   And you are
part of that wonder, that joy!   I have not forgotten how you fol-
lowed step by step my teacher's efforts to free my mind, my life,
my heart from the tyranny of circumstance.   From the first you
understood the stupendous task of the young teacher.   You were
quick to recognize her ability, her tireless energy, enthusiasm
and originality.   I love you for the generous way in which you
have always upheld her work.   When others who had little faith
in the power of spirit to conquer blindness doubted and faltered,
it was you who heartened us for the struggle.   When I made up
my mind to learn to speak, you cheered us on with a faith that
outran our own.   How closely I felt your sympathy and forward-
looking faith in me when I fought my way through college!   Again
and again you said to me, "Helen, let no sense of limitations hold
you back.   You can do anything you think you can.   Remember that

5

25 SEMINOLE AVENUE
FOREST HILLS
L. I., N. Y.

many will be brave in your courage." You have always shown a
father's joy in my successes and a father's tenderness when things
have not gone right. After all these years you still take us both
up in your great heart.

How can I ever express what all this means to us? Words are
not eloquent enough to declare all the good fortune, the pride, the
joy, the inspiration we feel in your friendship. That is why we
want so very much to have you appear in our picture. Your name
alone is a rich harvest from which come high thoughts and desires.
It is as a deep, sweet chime ringing in our hearts and telling us
of a life beautiful in its boundless generosity, in its consecra-
tion to the service of humanity. As Praxiteles animated stone, so
you have quickened dumb lips with living speech. You have poured
the sweet waters of language into the deserts where the ear hears
not, and you have given might to man's thought, so that on auda-
cious wings of sound it pours over land and sea at his bidding.
Will you not let the thousands who know your name and have given
you their hearts look upon your face and be glad?

With dear love from us both, I am,

Affectionately your friend,

Helen Keller

P.S. They would like to make the picture of you about the middle
of this month.

亚历山大·格雷厄姆·贝尔致海伦·凯勒的信

（1918 年 7 月 18 日）

亲爱的海伦：

我最最讨厌拍电影，我刚给弗朗西斯·特里维里安·米勒博士写了断然拒绝的信，您 7 月 5 日的来信就送到了。这是一封能使铁石心肠为之感动的信，它深深地打动了我。它让我想起很久以前我在华盛顿遇见的那个小女孩，对我来说，您依然是那个小女孩。我只能说为了您的原因，您想要我做的任何事情我都会做，但是在您去加利福尼亚之前我去不了美国，我们必须等到您回来。

您必须记住，我第一次遇见您时，我并不是七十一岁的年纪，也尚未白发苍苍，而您现在也不再是一个七岁的小女孩，所以很明显，任何历史性的镜头都必须用我们的替身来拍摄。您将不得不找一个黑头发的人来扮演您童年时代的亚历山大·格雷厄姆·贝尔，然后，在以后的场景中，也许您和我作为现在的我们在一起出现，相比之下这会饶有趣味。我毫不怀疑，当您从加利福尼亚回来时，我们可以安排一个对我们两人都合适的会面。

献上对您和您的老师深深的爱，您诚挚的朋友，

亚历山大·格雷厄姆·贝尔

（此信系当时居住加拿大新斯科舍省的亚历山大·格雷厄姆·贝尔寄给居住美国纽约州长岛的海伦·凯勒。）

Helen Keller,
Drawer 25

1918 July 18

Beinn Bhreagh
Near Baddeck
Nova Scotia

My dear Helen:

I have the greatest aversion to appearing in a moving-picture, and I had just written to Dr. Francis Trevelyan Miller declining positively, when your letter of July 5 arrived. It is a letter which would move a heart of stone and it has touched me deeply. It brings back recollections of the little girl I met in Washington so long ago, and you are still that little girl to me. I can only say that anything you want me to do I will do for your sake, but I can't go down to the States before you go to California, and we will have to wait till you come back.

You must remember that when I met you first I wasn't seventy-one years old and didn't have white hair, and you were only a little girl of seven, so it is obvious that any historical picture will have to be made with substitutes for both of us. You will have to find someone with dark hair to impersonate the Alexander Graham Bell of your childhood, and then perhaps your appearance with me in a later scene when we both are as we are now may be interesting by contrast. I have no doubt that when you return from California we can arrange a meeting to suit both of us.

With much love to you and Teacher,

Your loving friend,

(signed) Alexander Graham Bell

Miss Helen Keller
25 Seminole Avenue,
Forest Hills, Long Island, N.Y.

译后记

历史学者科林·索尔特独辟蹊径，以书信为引子和媒介，引导读者走入历史，认识历史，思考历史。书信乃是一种直接向收信人表达思想、情感、意志、心愿、决定、要求等等思维活动的特殊文体。在悠悠的历史长河中，人类留下的书信数不胜数，就像一颗颗散发着幽光异彩的珍珠。作者以他特有的历史视角，在众星闪烁的书信海洋中精选出一百封各种类别的信件，加上自己对其时代背景的考据、挖掘，以及对其历史意义的分析、评说，把它们如同珍珠般地串成一链，这就是呈现在读者面前的《改变世界的信》。

该书的选题非常广泛，时间从远古到21世纪的今天，有战争年代，也有和平时期；所涉及的人物，有政坛、军界、商界的名人，有文学界、艺术界和娱乐界的泰斗，有科学界、宗教界的巨擘，更有普通的草根平民。

这一封封信都有它们各自的历史价值，通过阅读它们，我们了解了一个个历史事件，它们是参与事件的写信人的最直接叙述，所以它们真切生动，让人感同身受。刺杀恺撒的密谋者在事成后小心翼翼地筹划退路，以求自保；小普林尼对毁灭庞贝古城的维苏威火山爆发时的详尽描述，甚至细微到烟雾的形状以及它们在空中的变化过程，为后世研究这场毁灭庞贝城的火山爆发提供了可靠的信息；哥伦布亲笔记载他第一次抵达美洲时的观感以及对当地土著的印象和彼此间的互动，可以说是两个世界碰触时最珍贵的第一手资料；圣女贞德围城时致英王等人的信，无疑让我们洞悉到了英法百年战争中的一些精彩花絮；而英国的宗教革命，以及随后新教与天主教之间反反复复的血腥较量，竟是源于国王亨利八世的一段情史，这是该书一组信件所勾勒出的完整印象，王室中的刀光剑影亦尽显其中；拿破仑和亚历山大之间的通信，乃是俄法两国在席卷欧洲的拿破仑战争中的外交博弈，展现了两国关系随着利益的变化而变化，也点明拿破仑的入侵导致了两败俱伤的莫斯科焚城；而美国的独立战争和南北战争也通过华盛顿、富兰克林、林肯、舍曼等人的书信以及其他有关信件而变得有血有肉，生动具体，可摸可触；在给无数生灵带来痛苦的第一次世界大战的隆隆炮声中，诗人沙逊的公开信揭示了年轻一代普遍存在的反战情绪，而齐默尔曼的外交信函则显示了热战下另一个激烈的外交战场；肯尼迪的椰子信，爱因斯坦和西拉德致罗斯福的信，希特勒致格姆利希的信，罗斯福与丘吉尔的通信，英国密码破解人员给丘吉尔的信，使我们了解了二战中一些如反犹太宣传、偷袭珍珠港、太平洋战争和间谍战等事件的重要细节；另有一些信件，反映了美苏两个大国在战后世界秩序重组中的较量；更有一些书信，反映了历史性的灾难事件，如斯科特上尉率领的北极考察队悲壮地全军覆没，坦塔尼克号首航时遭遇造成近一千五百余人丧命的沉船海难；另外，德拉斯·卡萨斯、威廉姆斯、马丁·路德·金、曼德拉等人正气凛然的反种族压迫信件也是本书的一个亮点……总之，凡有一定时间跨度的重要历史事件在书中都有展示。

另外，本书还通过书信展现了科学技术界的一些饶有趣味的故事，如达芬奇在工程方面不同凡响的技能和创造力，伽利略用自制望远镜第一次观察到了木星的卫星，达尔文在小猎犬号上的五年航行生涯造就了他影响世界的进化论，居里夫妇在孜孜不倦的科学研究中建立起来的真挚爱情，莱特兄弟的第一次动力飞行开辟了人类航空史的新纪元，爱因斯坦和奥本海默对发明原子弹的贡献和反思，苹果和微软在创业伊始不为人知的一些插曲。林林总总，千姿百态。

同样，该书也不乏文学艺术界的动人故事，如莫扎特的《魔笛》首演给他带来难以抑制的兴奋，凡高与弟弟提奥理性的书信交流促使他选择绘画作为自己的终身事业，比阿特丽克斯·波特享誉世界的《彼得兔》的雏形竟是一封为逗乐一个五岁幼童而写的信，波德莱尔自杀未遂后以《恶之花》奠定了他的文学地位，弗吉尼亚·伍尔夫在饱受精神疾病的折磨下坚持她的文字表述，王尔德在狱中以锥心之痛反思此前放浪形骸的人生，左拉以檄文《我控诉》作为直刺恶者的利刃，披头士乐队第一次试演受挫迎来了新的机遇，等等，令人目不暇接。

值得一提的是，这一封封信不仅是历史事件的记录，还是写信者真性情的显露，比如，从达芬奇的自荐信中，可以看到他艺高大胆的自信，以及文艺复兴那个伟大时代赋予他的建功立业的豪迈之情。从宗教改革者马丁·路德的信中，我们看见了他的坚毅、执着，看见他特立独行的人格和锐意改革之心。从亨利八世的情书中，我们可以窥见这个一生娶了六位王后并屡屡杀妻的国王虚伪、多变、信誓旦旦和口蜜腹剑的嘴脸。而莫扎特的家信，让我们一窥这位伟大音乐家的另一个侧影——热爱生活、热爱家人，重视家庭，其情感甚至细微到忧虑儿子的教育环境和人格成长，这正如世人对他的评价，"他有春风的面，炎夏的心"。刺杀马拉的夏洛特·科黛在临刑前写下的书信显示了她为理想决绝的献身精神和对亲人及同道的无限柔情。而美国独立革命先贤亚历山大·汉密尔顿的婚外情，让我们洞悉了人性的复杂，即便这样一个伟大的人物也有其软弱的一面，这就是真实，光亮中总会有阴影。由书信所吐露出的书信主人的真性情，可谓千姿百态，不一而足。

不独如此，让人尤为感叹的是，每一封信都有它的文字特色乃至文学价值。十六岁的圣女贞德虽然不识字，但她口授的信件是那样的文采斐然，其铿锵有力，其正气凛然，其回肠荡气，足以彪炳史册。画家凡高的书信体现了他非凡的文字造诣和思辨能力，这恐怕是他成为一个伟大画家的底气所在。王尔德在狱中写的致情人书，是那样的苦涩和深沉，充满对人生的反思和哲学思考，一反他轻快逗笑，追求唯美的文风。缪尔写给老罗斯福总统为约塞米蒂国家公园请命的信，尽显他作为一个植物学家的风采，他饱含热情，历数河谷珍稀的动植物，以他丰富的专业知识和优美的文笔给人以美的享受。而巴卢在南北战争阵亡前写给妻子的信，简直就是诗的语言，诗的韵律，通篇可见他那颗热烈跳动的、对国家和亲人的赤子之心。居里写给未来妻子的求爱信是那样的热烈、诚恳而又委婉克制，如此感性动人的文字出自一个以理性为行事准则的科学家笔底，不能不说是一个奇迹，亦是读者之幸。而给人印象尤深的是海伦·凯勒致贝尔的一封长信，其情感真挚诚恳，文字流畅灵动，思辨抽象而富有逻辑，其文学价值不容置疑，这对一个盲聋人来说简直就是奇迹，也是教育界的奇迹。若论书信的简洁明了，当数斯巴达人对威胁的回应，另外还有莱特兄弟向父亲报捷的电报，更有报告珍珠港受袭的电文以及肯尼迪遇险后的求救信，这些信件是历史为我们留下的言简意赅的叙事范本，弥足珍贵。

就译者而言，翻译这本书的过程犹如一场长途跋涉和探奇，犹如穿越一条悠远深邃的历史隧道，更如手擎火炬探索一个形成于远古并无限扩展的岩洞，让我始终怀着那份好奇、遐想和惊异，每挪一步都会想：下一个遇到的将会是什么？谁？哪个国度，何种事件，又会引来怎样的思考和启迪？无疑，每挪一步都会有新的充电，新的满足，新的期待。

那么，就让读者加入我的行列，一起来参与跋涉，享用一场书信的盛宴吧，希望每个人都会有自己独特的体验。

程应铸

于 2021 年 6 月